汉语古诗词英译的接受语境研究

陈文慧 著

中国出版集团
中译出版社

图书在版编目（CIP）数据

汉语古诗词英译的接受语境研究／陈文慧著．—北京：中译出版社，2023.12
ISBN 978-7-5001-7655-8

Ⅰ.①汉… Ⅱ.①陈… Ⅲ.①古典诗歌－英语－文学翻译－研究－中国 Ⅳ.①I207.22 ② H315.9

中国国家版本馆 CIP 数据核字（2023）第 233730 号

汉语古诗词英译的接受语境研究
HANYU GU SHICI YINGYI DE JIESHOU YUJING YANJIU

出版发行／中译出版社
地　　址／北京市西城区新街口外大街 28 号普天德胜主楼 4 层
电　　话／(010) 68359827, 68359303（发行部）；68359725（编辑部）
邮　　编／100088
传　　真／(010) 68357870
电子邮箱／book@ctph.com.cn
网　　址／http://www.ctph.com.cn

出 版 人／乔卫兵
总 策 划／刘永淳
策划编辑／范祥镇
责任编辑／范祥镇
文字编辑／王诗同

排　　版／北京竹页文化传媒有限公司
印　　刷／北京玺诚印务有限公司
经　　销／新华书店
规　　格／710 毫米 ×1000 毫米　1/16
印　　张／16.5
字　　数／232 千字
版　　次／2023 年 12 月第 1 版
印　　次／2023 年 12 月第 1 次

ISBN 978-7-5001-7655-8　定价：69.00 元

版权所有　侵权必究

中 译 出 版 社

序

  任何交流都离不开语境，于是在交流过程中至少就有了表达语境与接受语境之分，前者指的是言语生产如何以自己的语境和视角开展编码、文本组织等活动；而后者则指的是言语接受者如何在自己特定的语境中开展解码、理解和接受等活动。只有当表达语境和接受语境在一定程度上匹配，交流的效率才能提高，交流才能产生效果。二十世纪六七十年代康斯坦茨学派的代表人物罗伯特·姚斯提出了审美接受理论，强调读者的期待视野和审美经验；而另一代表人物沃尔夫冈·伊瑟尔所提出的读者反应论则假设认为，只有在读者和文本之间建立起联系，文学作品才得以产生，即文本的意义只有在读者与文本互动过程中的某个特定语境下才得以建构。以上这些建立在以读者为中心的理论，不出意料地首先在文学批评中受到欢迎，得到了大力推广。在译介学界，该理论流派更是如日中天，其热度至今仍未消退。这充分说明在文本建构和文本接受过程中，尊重读者、有效交流是何其重要。

  尽管如此，我不认为陈文慧教授的《汉语古诗词英译的接受语境研究》一书是为了迎合这些理论而为其注脚，因为新的形势对跨文化交流活动提出了新的要求。这些新形势包括：中国在世界上的地位日益重要，想听中国故事的呼声越来越高；古诗英译虽然成绩斐然，其研究空间却也留白不少；翻译活动以及翻译行为越来越注重交流的有效性，越来越向读者靠拢等。因此与其说这项研究是为理论背书，不如说这些理论启发了研究者。

i

如果理论不与中国在新形势语境中的传播实践相结合，那这些理论就如同缺乏解释力的空中楼阁。将理论结合实践，这就是本书的价值所在。

当然，如果说这项研究仅仅停留在以读者为中心的接受语境，或者仅仅是为了适应形势而作，未免有失偏颇。本书中，我们会发现作者收集了大量的古诗英译案例，其中不乏中外名家（汉学家、翻译家）的译作，极大地充实了其论据。此外，在研究读者接受语境的过程中，读者的阅读行为不免会影响到译者的翻译行为，因此要充分地研究读者语境，就不得不对译者展开认真而又细致的分析和讨论。更重要的是，作者在译者文化身份的研究中使用了"文化内部人""文化外部人"等概念，合乎情理，让人耳目一新，这也是本书所包含的学术和创新价值。对目标语读者及其接受过程中的政治、文化、社会语境进行深入研究，是讲好中国故事的重要环节，也是提高跨文化交流有效性不可或缺的关键要素。

总之，本书的分析和讨论除了其内在系统性和逻辑关联性外，尚有其他未曾在此序言中提及的研究特色，因此我建议与其在此一一赘述，不如退而开卷了然，之后掩卷深思。

王庆奖

二〇二三年十月深秋于呈贡大学城

目　录

引言   1

第一章　接受语境的研究概况   11
  第一节　文献综述   11
  第二节　研究方法   42
  第三节　调查结果与分析   57

第二章　汉英诗歌鉴赏标准分析   87
  第一节　汉语古诗词鉴赏标准   88
  第二节　英语诗歌鉴赏标准   99
  第三节　形式与格式   113
  第四节　语言与风格   116
  第五节　意义与意境   120

第三章　"文化内部人"译作及其评价   124
  第一节　汉诗英译的滥觞——理雅各   125
  第二节　唐诗系统西传的起步——翟理斯   130
  第三节　中西合译的典范——陶友白   133
  第四节　开始融入美国文化的英译汉诗——埃兹拉·庞德   136
  第五节　普通读者广泛接受的译诗——阿瑟·韦利   140
  第六节　汉诗融入美国文化的继续推进——王红公   146

第七节　汉语古诗词的译介高潮——伯顿·华兹生　　151
　　第八节　中国文学在英语世界的改写——西利尔·白之　　156
　　第九节　寒山诗经典化的推动者——加里·斯奈德　　159
　　第十节　当代汉诗英译的集大成者——宇文所安　　162
　　第十一节　小结　　167

第四章　"文化外部人"译品及其评价　　174
　　第一节　汉诗西传的滥觞——蔡廷干　　174
　　第二节　汉词西传的开启——初大告　　177
　　第三节　"膨胀性"译诗的代表——徐忠杰　　181
　　第四节　屈原的主要译介者——孙大雨　　184
　　第五节　中西合璧的高峰——杨宪益　　187
　　第六节　译诗数量居首的译者——许渊冲　　191
　　第七节　散文体译诗的典范——翁显良　　195
　　第八节　格律体译诗的回归——吴钧陶　　198
　　第九节　"三美"理论的坚持与革新——郭著章　　200
　　第十节　"传神达意"的倡导者——汪榕培　　203
　　第十一节　小结　　205

第五章　汉英诗歌文本比较的五维分析　　210
　　第一节　诗歌文本的语言文字维度　　212
　　第二节　诗歌文本的历史文化维度　　214
　　第三节　诗歌文本民族审美维度　　216
　　第四节　诗歌文本的跨文化交流维度　　218
　　第五节　诗歌文本的译者主体性维度　　222
　　第六节　小结　　225

结　　语　　227
参考文献　　231
附录　调查问卷　　254

引 言

1 研究背景

本课题最初为云南省 2016 年哲学社会科学规划项目《汉语古诗词英译的接受语境研究》[①]，此前的研究也在一定程度上为本课程的研究打下了基础。另外，本课题组成员对诗歌在感性和理性上的热爱与对文学在业余和专业上的追求，也在很大程度上促进了本研究的开展。

诗意的语言是一个民族的心灵最浓缩、最真实、最艺术的符号表达方式和反映生活精华的文学样式。海德格尔曾经说过，诗乃是一种创建，这种创建通过词语并在词语中得以实现[②]，诗歌浪漫的抒情性、丰富的想象力、高度的概括性、凝练的语言、和谐的韵律和节奏使得诗歌不仅成为现代世界人们生活质量的外在仪式，更成为迷失于现实世界人们的心灵之所，也正因为如此，海德格尔又说，语言是存在之家，而诗则是一种道说的方式[③]。

在文学中，诗歌几乎作为一种最古老的文学形式，是一个永恒的话题，既是文人骚客的一种生活方式，也是大众爱好。然而对于诗歌是什么之类的问题，许多人的回答似是而非，时而坚定，时而模糊；时而如歌如泣，时而豪情满怀；时而发自于一时之诗情，时而体现于永恒的诗意，

[①] 项目批准号：YB2016059.
[②] 海德格尔. 海德格尔选集 [M]. 上海：上海三联书店，1996: 317.
[③] 海德格尔. 海德格尔选集 [M]. 上海：上海三联书店，1996: 358, 1103.

如此等等。也正是因为诗歌这样的特点，才使得学者、文学爱好者们对诗歌的研究欲罢不能，意犹未尽，总有说不完的话题。拉康说过，语义通过时间的积淀具有滑动的特征。如果拉康说的是时间的流逝会促进语义的流变的话，那么从空间的视角来看，跨文化的翻译话语也使得语义在两种文化之间各执一词，难以匹配。这种时间与空间的交错使得诗歌的语义变化无穷，因人而异，因地而异。因此，诗歌的翻译一如诗歌作为最古老的文学形式一般是一个永恒的研究话题，而且随着全球化运动的发展常说常新。

另一方面，古诗作为中国古典文化的一部分，也是属于世界文学的财富，世界人民有权了解这部分古典文化财富的存在和内涵，而对如何将古典中的经典传播到世界上便成为翻译研究的重大任务之一。不唯如此，"古典学"就不足以是"一门现代新兴学科"，具有现代性，"是现代心灵对古代世界的历史地探究，它服务于现代的思想目的"[1]。因而研究古诗以及研究古诗英译同样是为了服务针对现代世界的传播，尽到翻译研究工作者的义务，使中国古诗的传承者能够合理地了解自身的文化财富，其行为具有现代意义，而且具有全球化的意义。传播的现代性不仅仅在于古诗英译在为现代思想而服务，更在于传播受众接受的价值取向。如果不把研究的重心向传播受众方面倾斜，那么古诗英译的传播价值则大打折扣。古诗英译的传播接受研究不仅意在了解中国古诗的传播效果，而且也意在了解和把握中国古诗在异域的生存状况，恰如本雅明在《译者的使命》中所说的那样，译品的生命力在于传播[2]。

2 范围界定

古诗英译，顾名思义，就是将中国古代诗词翻译成英语。但研究古诗英译若就此定义未免过于简单，因为不得不考虑以下几类问题。(1) 时间

---

[1] 聂敏里. 古典学的兴起及其意义 [J]. 世界哲学，2013（04）：111–124.

[2] Benjiamin, Walter. "The Task of the Translator". trans. Harry Zohn, in Lawrence Venuti, ed., *The Translation Studies Reader*[M]. London: Routledge, 2000: 1–4.

概念，即所谓的"古"应该古到什么时候？又应到后来的什么时间为止？又应以什么依据和标志来确定所谓的"古"？本研究中，"古"的概念界定在清朝及之前。（2）文体概念，即所谓的"古诗"是指古代人创作的，诸如五言、七律等类型的诗歌，还是也包括今人采用古代文体来创作的诗歌？在中国文化中，诗是诗，词是词，二者并不相同，若如此，"古诗"是否应同时包括诗和词？考虑到英语文化中诗词之间并没有区别，在将其译成英语时也难以对二者作出区别，因此本研究的古诗也包括词在内。（3）跨文化概念，即以汉语为本的文化和以英语为基础的文化之间的差异，这方面的差异体现在诸多方面，如前述的诗与词的对等、格律平仄的对等；诗歌审美的标准以及音、形、义之间的差异；语境、意境在两类文化之间的巨大相异等等，不一而足。这使得汉英诗歌大异其趣，其差异的广度、深度和复杂程度也十分巨大。（4）翻译概念，即语言转换过程中的技术问题、转换效果方面的艺术问题以及转换研究中的学术问题。换句话说，翻译所要考虑的是文本外在形式与内在语义、语用的匹配（equivalent）；源语文化与目标语文化信息在转换过程中的流失（adequacy）；目标语读者与源语读者的审美差异与美学接受（acceptance）[①]；目标语读者与源语读者就同一诗歌文本的共鸣同享（readers' response）等均属于在翻译概念中需要考虑的问题。

在本研究中，"接受"是古诗英译研究的关键词和中心词。所谓接受指的是作为接受信息一方的反应。在文学文艺批评理论中，姚斯认为文学作品与人之间存在互动关系和历史连贯性，这类关系体现在作品产生与接受的相互关系之中，即文学艺术只获取了某种具有过程特征的历史，而作品的连续性是通过生产主体和消费主体来加以协调的，即通过作者和公众之间的互动得以协调的[②]。因此，姚斯从读者或消费者的视角来看文

[①] Toury 在论述翻译过程中译者的侧重点时，提出了充分翻译（adequate translation）和接受翻译（acceptable translation）的两种翻译策略。见 G. Toury, Norms in Translation [M]. London & NY: Routledge, 1995: 57。

[②] Jauss, Hans Robert. *Toward an Aesthetic of Reception*. Trans. Timothy Bahti, Minneapolis: University of Minnesota Press, 1982: 15.

学作品，并将其视为产生和接受两个方面相互影响的过程①。伊瑟尔的"读者反应论"同样认为读者是作品接受过程中一股不可忽视的力量，读者有"权力"参与文学作品的评价活动，并起到决定性的作用。他说，文学作品不能完全与文本等同，或者不能完全与读者对文本的理解等同，而是处于二者之间。作品高于文本，因为文本只有在被领会时才富有生命力，而且对文本的领会绝非独立于读者个人的性情之外。文本与读者的聚合使得文学作品得以产生，但却无法精确定位，因而必须随时处于某种只可意会的状态。②

从上述姚斯、伊瑟尔等人的讨论中不难发现，所谓的"接受"主要指：

（1）既然有文艺作品的生产，就会有文艺作品的消费（接受），因此文学活动的整个过程不能没有读者的参与。

（2）读者作为接受信息一方不应被排除在文学批评之外，不考虑读者接受的文学作品只是作者的一厢情愿，而不是作者与读者的互动对话。

（3）文学作品的理解与领悟与个体读者的自身条件息息相关，因而体现了人的个性和主体性。但从文艺批评理论的视角来理解"接受"似乎与本研究所要定义的接受尚有一段距离，因为就古诗英译或者说在很大程度上的其他翻译而言，还存在着跨文化的语境，即不同文化背景下的读者接受。除了刚才所说的读者个性问题，跨文化背景下的读者在文学作品的接受方面所面临的局面则更为复杂。因为"对所有以往文献的解读均源自过去与现在的对话。人们为理解某部作品所做出的努力取决于其自身文化环境所允许提问的范围"；而且"人们当期的视角总是与过去发生联系"③。

正是基于上述的讨论，本研究所理解的"接受"主要指的是：

（1）异文化读者（受众）对译品（古诗英译）的理解接受，强调异域读者对古诗译品（包括国内译者和母语译者的译品）在语义、语用等方面

---

① Holub, Robert. *Reception Theory: A Critical Introduction*, London: Methuen, 1984, xii.

② Iser, Wolfgang. *The Implied Reader: Patterns of Communication in Prose Fiction from Bunyan to Beckett* [M]. Baltimore: The Johns Hopkins University Press, 1974: 274–275.

③ Selden, Raman. Peter Widdowson and Peter Brooker. *A Reader's Guide to Contemporary Literary Theory* [M]. Essex: Prentice Hall, 1997: 54–55.

的理解。

（2）古诗英译在异域文化背景下的美学接受，重点讨论在英语文化背景下，在汉语语境中的读者审美与在英语语境中的读者审美之间的匹配程度。

（3）古诗英译在异域文化语境中的传播接受，侧重研究古诗的译品在异域文化的接受空间和范围。

3　研究方法

本研究主要采取以下几种方法：一是比较法；二是问卷调查法；三是理论研讨法。

比较法几乎是翻译研究不可回避的研究方式。本研究的比较主要体现在两个方面：一是汉语古诗与英语诗歌审美标准的比较。英汉两种文化的审美自古不同，"中国表现诗学起源于道家学说，英国表现诗学远承希腊罗马时代的先哲，近承本国启蒙主义后期的前浪漫主义代表"。[①] 英汉两种文化滋润下的诗人以及欣赏主体，其各自的生活经验和思维模式对山川风物及人生体验各有感悟，因而就产生了具有鲜明差异的审美特征和标准。这些迥异的审美历史经验"制约着原作的选择，本国的诗歌文体观念和传统的审美观念无形中规定和约束着译者的翻译活动。译者选择什么样的诗歌文本进行翻译，他对原诗的接受、翻译、模仿或者改写的出发点和目的等行为已经被'先在'的民族文化审美观念圈定了范围"[②]。诗歌美学标准的对比不仅可以了解不同文化背景下各民族的审美差异，更可以深入地了解和把握导致古诗英译接受效度的因素和条件。

二是两种译者的比较。其中一种译者指的是把汉语古诗译成自己母语的人；另一种译者则指的是把汉语古诗译成外语的人。前者多为以英语为母语的译者，如英美的汉学家，又称为"文化内部人"（cultural

---

[①] 朱炎．中西文化之异同 [C]．郁龙余（编）．《中西文化异同论》．北京：生活•读书•新知三联书店．1989：162.

[②] 熊辉．民族文化审美与外国诗歌形式的误译 [J]．山东外语教学，2009（02）：80—83.

insiders）；后者指的是以汉语为母语的译者，即中国的英语语言文学专家，又称为"文化外部人"（cultural outsiders）。① 二者不仅在文化身份方面不同，而且也在源语的理解、目标语的表述、文字转换手法等方面有着明显的区别。前者熟悉目标语文化的内部情况，能够了解目标语读者的需求并作出大胆的翻译改写等行为，其译品因而更可能为目标语读者所接受；而后者则对源语文化有着更加深刻的了解，更能够在对源语文本的理解方面趋于精准。虽然前者通过翻译改写在转换文化概念过程中难免信息缺失，但比起后者文化概念的精准理解却又显得更加的"文化正确（culturally correct）"而不是"文本精确（textually exact）"。② 之所以需要对这两类译者加以比较，首先，两类译者的译品与古诗英译的接受密切相关，或者说在某种意义上，一类译者表现为正相关，而另一类译者则处于负相关的状态。其次，通过对二者的比较，可以更好地理解接受的过程、因素和条件。

问卷调查法通过对以英语为母语的域外文化读者进行询问而获得更加真实的数据资料，是本研究的一种论证方法。本研究中的问卷大致试图了解以下几种信息。首先，域外文化读者对汉语古诗译文的认知，借以了解以母语为英语的读者对古诗英译的接受与传播空间。其次，域外文化读者对所译汉语古诗的"诗味"理解是否充分，即是否能够达到源语读者的程度，抑或是达到目标语读者自身的审美标准，以此了解域外文化读者在汉语诗歌接受与英语诗歌接受之间的差异。问卷调查最终的目标是通过量化的手段了解域外文化读者的接受，同时解析古诗英译中存在的现象和问题，并佐证本研究的观点和结论。虽然量化方法在人文学科的研究中起到一定的作用，但由于被调查对象的条件（如认知差异、生活阅历、教育程度高低、世界观之迥异等）各有不同，其作用是有限而非决定性的。

---

① 见 Wang Qingjiang & Kong Yi. "Transplantation, Transformation & Transmutation: Translation of Cultural Concepts in Heterogeneous Cultural Communications" in Wang Qingjiang, et al.. *Theories & Strategies: A Study of Translation Between Heterogeneous Cultures* [M]. Kunming: Yunnan University Press, 2016: Appendix I (190–203).

② 同上。

理论研讨法的基础主要依赖的是文化阐释学派的理念，包括姚斯的"美学接受"理论（aesthetic reception）、伊瑟尔的"读者反应论"（reader's response），但这些理论无论是追根溯源还是后察来者，都会涉及胡塞尔的"现象学"（phenomenology）、施莱尔马赫与伽达默尔的"阐释学"（hermeneutics）、尼采的"上帝已死"（God is dead）、巴特的"作者之死"（the death of the author），霍尔文化学派等的观点。

本研究之所以选择这个学派的理论和观点，主要考虑以下几个因素。一是这个学派具有浓厚的历史基础，从 19 世纪到如今，该学派的观点和理论不断更新发展，依然在文艺文学批评方面发挥着举足轻重的作用。二是这个学派主张把话语权和叙事权交给受众读者，无论是尼采的"上帝已死"还是巴特的"作者之死"、姚斯的"美学接受"，还是伊瑟尔的"读者反应"都意在解构权威，让普罗大众获得彰显自身话语的权力，让读者参与到作品的构建过程之中，因而与本研究讨论的古诗英译接受有着紧密联系。三是争取大众话语权和叙事权的运动不仅是西方文化思潮近一二百年来的主要议题，也与其他文化背景下人民的日常社会生活发生着越来越紧密的联系，尤其是在互联网阅读日益丰富的现代社会，受众感受和体验得到了前所未有的关注，在文学批评、传播学、译介学等领域的研究成果也层出不穷。

除以上方法外，本研究还采取了其他的论证方式，如文献查阅法，以大量的前人研究成果为基础，对本研究中提出的观点加以支撑，同时也对另外一些观点加以补充。此外，还必须说明的是，上述所提及的任何一种研究方法并非仅限于以该方法来讨论某一问题，而是几种方法交叉使用来论证某个问题，即量化方法中有理论的支撑，而理论研讨中也有数据的支持；比较法则几乎贯穿整个讨论的过程。以上主要的研究方法之间既有一定的独立性，也存在相互的联系性，在论证过程中起到了相互印证的作用。虽然这些方法不是绝对完整地阐述了古诗英译的域外接受，但也在很大程度上论证了古诗英译本研究的论点。

4　主要观点

变异（transmutation）是本研究观点中的关键词。任何文化概念在传播到域外时都会面临该文化概念的本地化问题（localization），而本地化的过程即是该概念变异的过程。19世纪，孔子著述在美国得以传播，通过与耶稣形象的对比并经历美国人对孔子认知的起起伏伏，该认知成为美国文化传播的最大遗产。[①] 在翻译领域所有的文本体裁中，诗歌被很多人所认可的一个最大特征就是诗歌的"不可译性"（untranslatability），或者用钱锺书的话来说就是"抗译性"（translation-resistant）。在译介学领域，有关"不可译性"的解释出发点不一样。美国哲学家奎因通过研究印第安语，认为一些民族因世界观的不同而难以对他们的语言进行完整的翻译[②]；而最近（2013年），美国学者阿普特在其专著《反世界文学：不可译性的政治学》中所提到的"不可译性"则在某种意义上来讲指的是西方文化有其独特的、不可复制的经验[③]。虽然方汉文教授在其文章里对此观点提出了批评，但就民族的独特性来看，笔者是认同阿普特的观点的。

本研究基本认同钱锺书的观点，认为诗歌，尤其是汉语古诗，具有较大的不可译性。但是本研究所谓的不可译性并非简单否定的概念，而是基于以下思考。首先，汉语古诗的不可译性主要体现在汉语文化和英语文化具有不同的文化历史发展路径，双方民族的历史经验、生活经历及所处地理和人文环境均有着很多差异，其异质等级在世界文化中几乎是最高的。实际上，汉语古诗即便在语内翻译（即文言文译成白话文）尚有争议，毋庸说在语际翻译中，将其译成英语过程中文化信息、审美体验与感受的缺失了。其次，本研究所谓的不可译性并非指语言转换的不可能性，而是指经过语言符号转换之后的目标语无法使目标语读者接受源语的美学感受和

[①] 张涛. 耶稣会会士之著译：孔子进入美国的最初媒介 [J]. 社会科学辑刊. 2017（03）：142–148.

[②] 吕俊. 奎因的"翻译不确定性"到底是什么意思？——对一个译学中哲学误读的纠正 [J]. 上海翻译. 2002（02）：1–6.

[③] 方汉文."反世界文学"的特洛伊木马：洋泾浜与克里奥尔话语" [J]. 广东社会科学. 2018（06）：168–172.

体验，甚至也无法使目标语读者获取以自身文化审美标准来评判的感受和体验。本研究认为诗歌翻译按照难易程度可分为语义翻译、语境转译和意境传递三个层次。其中作为"文化外部人"的我国学者，其翻译大都能够完成第一个层次的翻译，即语义翻译；有少部分人可以完成语境的转译，但能够达到意境传递的译品就凤毛麟角了。而作为"文化内部人"的汉学家译者也基本上做到了前两个层次，也有少部分达到第三层次，但是从传播的效果来看，有多少能够达到第三层次则存疑。最后，不可译性并不是指不可交流性，此二者有本质区别。虽然美国汉学家王红公因翻译李清照的诗歌而小有名气，但其受到中国诗歌影响而创作的英文诗歌却更有名；美国汉学家斯奈德对中国古代诗人很熟悉，他的创作思想、诗美意境、语言形式和艺术技巧等多方面接受了中国古典诗歌的许多影响和启发[1]。在美国诗学界，甚至出现了深受中国古诗影响的"寒山诗派"。从美国的以上经验来看，诗歌虽然具有很大的"不可译性"，但是其内在思想却存在很大的可交流性，而此可交流性则须经过本地化过程而抵达变异。

5　本研究结构

本文分为三个部分。其中第一部分为引言，主要介绍了研究背景、研究范围、研究方法和主要观点等内容。第二部分包含第一章至第五章。其中第一章为接受语境研究概况。概况包含文献综述、研究方法及调查结果与分析三个部分。文献综述主要涵盖接受美学视角下的翻译研究及汉语古诗词英译研究，研究方法主要介绍本研究所使用的接受理论与问卷调查两种途径，第三部分的调查结果与分析则为主要针对由上一部分中问卷调查得来的结果与数据。第二章是从形式与格式、语言与风格及意义与意境等几方面对比分析汉英诗歌鉴赏标准，为的是凸显诗歌鉴赏标准的动态性及其可能对翻译产生的影响。第三章和第四章分别对英译汉语古诗词的十位较为具有代表性的"文化内部人"和十位同样较为具

---

[1] 朱徽. 唐诗在美国的翻译与接受 [J]. 四川大学学报，2004（04）：84–89.

有典型性的"文化外部人"及其译作社会互动的梳理。第五章是从语言文字、历史文化、民族审美、跨文化交流与译者主体性等五个不同维度多视角比较分析汉英诗歌文本。最后一部分为结论，主要阐述了本项目研究得出的汉语古诗词英译具有天然的抗译性与实际可交流性，其中可以看到翻译思潮与文化权力的争取过程亦步亦趋，还有文化内部人与外部人的翻译行为差异等结论，以及从本研究中得到的启示和本项目研究存在的不足等。

第一章　接受语境的研究概况

第一节　文献综述

1.1　接受美学与翻译研究

20 世纪 60 年代，姚斯和伊瑟尔开创接受美学理论，该理论在 70 年代蓬勃发展，成为读者反应批评的一个流派和突出代表。80 年代是我国接受美学理论的介绍、引入期。先后发表于《文艺研究》和《文艺理论研究》上的一系列介绍接受美学理论的论文将此理论引入中国学术界视野之内。同时，接受美学理论翻译也紧跟其后迅速展开，其中以周宁、金元浦二位教授翻译的《接受美学与接受理论》（1987 年辽宁人民出版社）为此理论翻译的代表作，在中国引起较大反响。随后的《审美过程研究》（金元浦、周宁、金惠敏：1991）、《接受美学译文集》（刘小枫：1989）、《接受美学》（张廷深：1989）等译著相继出版，使接受美学理论很快在中国学术界扎根并与中国本土文化相宜相长，包括翻译在内的多领域得到多方位发展。新兴的接受美学理论以其"以读者为中心""文本的召唤结构"和"文本意义空白和不确定性"等几个核心概念使之与以作者为中心、以文本为中心的传统解读理论相区别，也为翻译的理论和实践开拓新的研究空间。读者，包括作为第一读者的译者，与译作的关系被提升到了前所未有的高度，得到更多的关注和研究。在此形势下，本章就近十年来以接受美学为理论基础的英汉及汉英翻译研究展开调查，以期厘清接受美学理论视角下我国的翻译理论研究状况。①

1.1.1　文献统计

对CNKI（中国知网）2007年至2016年10年间中国博士论文全文数据库、中国优秀硕士学位论文全文数据库以及中国期刊全文数据库三个数据库中的论文（以核心期刊和学报为主），以"接受美学与翻译"（以英汉汉英翻译为主）为主题进行电子检索，得出相关研究的最终统计成果达707篇。选择其中具有较强权威性和代表性的论文，并对这些论文的题目、摘要以及关键词进行分析，以期对近十年来国内接受美学的翻译视角研究现状做出较为全面和客观的分析。

把CNKI三个数据库中的707篇论文分别以博士论文、硕士论文和期刊论文的不同范围按年度分类（见表1-1），以及从作品案例、儿童文学翻译、译者主体性、读者反应及其他的研究视角进行再次分类（见表1-2、表1-3和表1-4），统计结果如下：

表1-1　论文数据库和发表时间统计表

时间	2007年	2008年	2009年	2010年	2011年	2012年	2013年	2014年	2015年	2016年
博士论文篇数	1	0	0	1	0	0	0	1	0	0
硕士论文篇数	39	34	32	41	46	53	50	31	22	45
期刊论文篇数	29	30	36	38	27	22	33	25	39	33

---

① 本部分内容作为阶段性研究成果已发表于《昆明理工大学学报（社会科学版）》2018年第1期90—98页。

表1-2 不同研究视角分类统计

研究视角	文学翻译接受研究		主体性接受研究		其他
	作品案例分析	儿童文学翻译	译者主体性	读者反应	其他
硕博士论文和期刊论文篇数（共707）	455	66	74	26	86
占论文总数的百分比	64%	9%	11%	4%	12%

表1-3 硕博士论文研究视角分类统计

研究视角	微观操作/实践操作						宏观视角		
	作品案例分析		儿童文学翻译	译者主体性	读者反应	影视翻译	中文作品国外接受	译家研究	理论研究
	单个译本/某一现象分析	多译本对比研究							
篇数（共394篇）	187	79	42	41	8	20	3	3	11
占总数的百分比	47%	20%	11%	10%	2%	5%	1%	1%	3%

表1-4 期刊论文研究视角分类统计

研究视角	微观操作/实践操作						宏观视角		
	作品案例分析		儿童文学	译者主体性	读者反应	影视翻译	作品国内/外接受	理论研究	译家研究
	单个译本/某一现象分析	多译本对比分析							
篇数（共313）	165	24	24	33	18	10	5	30	4
占总数的百分比	53%	7%	7%	11%	6%	3%	2%	10%	1%

从表 1–1 中的统计可以看出，在 2007 年至 2016 年 10 年间，以"接受美学与翻译"为主题的硕博士研究论文数量呈现增长又稍有回落，但总体保持增长的趋势。但就期刊论文而言，从 2007 年的 29 篇到 2016 年的 33 篇，研究的态势相对稳定。纵观所有论文，研究内容大致可以划分为文学翻译的接受研究、主体性的翻译接受研究以及翻译接受其他研究等几大模块。继而，文学翻译接受研究包含古典文学翻译研究、儿童文学翻译研究和文学文本内涵翻译研究，主体性翻译接受研究涵盖译者主体性研究、读者反应研究与作家或作品研究，翻译接受其他研究为理论研究、影视翻译研究和非文学文本接受翻译研究。本部分具体研究分析均以博士论文、出自我国"211 工程""985 工程优势学科创新平台"大学、具有代表性外语院校的硕士论文以及核心期刊论文为例。

1.1.2 文学翻译的接受研究

总体看来，无论是硕博士论文还是期刊论文，以作品案例分析为主要方法的文学翻译接受研究占据接受美学视角翻译研究的大半壁江山。学者们对译作微观操作层面展开大量探讨，研究对象主要涉及作品译本或是文学作品内涵的翻译研究。此类研究性论文的特点是研究对象译本范围较广、内涵研究对象较多。

1.1.2.1 古典文学研究

就文学翻译的接受研究而言，古典文学作品为主流研究对象。小说类如《红楼梦》《水浒传》《浮生六记》等，戏剧如《西厢记》《长生殿》等。针对译作的研究主要在于不同学者对同一译作的不同视角研究。学者刘利晓和沈炜艳都选取了我国名著《红楼梦》英译本为研究文本，但前者着重分析原著中模糊语于译文中的再现，并提出再现过程中模糊美的保留、明晰和专门解释等几种翻译策略[①]，后者探讨的是霍克斯版《红楼梦》中译者对读者语言习惯、文化背景、审美习惯三个维度的关照，借此来

---

① 刘利晓. 接受美学视阈下模糊语言在《红楼梦》翻译中的审美再现 [D]. 长沙：中南大学，2010：67–72.

阐释接受美学理论在文学翻译中的运用。①无论是从哪个视角探讨译本，分析研究的落脚点都在于翻译的实际运用，即翻译策略或方法的分析或归纳总结。

和其他古典文学形式翻译研究一样，汉语古诗词这种最能体现汉语语言美的古典文学形式也是很多学者的关注点之一。例如陶友兰根据接受美学对读者在阅读过程中作用的重要性，结合许渊冲"三美"标准，提出浅化原诗文化意象、等化对应文化信息和深化原诗文化意象等"三化"策略，以期更好呈现文化差异克服和诗歌翻译中"文化亏损"的减少。②此类汉语古诗词的接受美学视角翻译研究以实践为基础，以读者反应为重点，突出作为第一读者的译者对原文本与译本间文化空白的处理。

1.1.2.2 儿童文学

儿童文学翻译以其读者独特性被单独划分一类。儿童文学作品翻译的目标读者是少年儿童。儿童的生活经验，知识背景和认知能力都大大有别于成人，因此既要保持儿童语言的特点，又要把原文中的语言文化传递给小读者就是较难的挑战。儿童文学翻译研究的视角主要有三类，即单个译本研究、多译本对比研究和译者研究。

对单个译本的研究仍旧是儿童文学翻译研究的主要方法之一。与其他文学形式翻译不同的是，儿童文学翻译中对单个译本的研究除了对已出版译本的研究外，近几年涌现出中英文儿童文学作品原文的自译实践并进而剖析自译过程中使用的翻译策略与方法的研究。此类论文多以自译为研究文本，结合儿童文学特征，探讨将接受美学应用于儿童文学翻译，从词、句、修辞等由微观到宏观逐层总结相应翻译策略与方法。如《接受美学视角下儿童文学的翻译策略——以 *A Little Princess* 汉译为例》。该文选取自译的美国儿童小说 *A Little Princess* 中的典型例子，以接受美学为研究视角，寻求读者中心，期待视野以及文本空白等接受美学核心概念与儿童文学翻

---

① 沈炜艳，吴晶晶. 接受美学理论指导下的《红楼梦》园林文化翻译研究——以霍克斯译本为例 [J]. 东华大学学报（社会科学版）. 2015 (01)：8–14.

② 陶友兰. 从接受理论角度看古诗英译中文化差异的处理 [J]. 外语学刊. 2006 (01)：93–97.

译的契合点，从词汇、句法和修辞三个层面探讨儿童文学的翻译策略。[①]儿童文学自译及研究使研究者的翻译实践与理论研究紧密结合，也使翻译研究领域的实践基础和理论内涵更为丰富。

相对于单个译本的研究，多译本对比是儿童文学翻译更为常用的方法研究。学者们围绕儿童读物特殊性，多以从词汇、句子至修辞、文化等由小及大的层级横向比对，以展现不同译者主体性在各个层面的发挥，通过译者主体性发挥归纳总结翻译策略与方法。"接受美学视角下儿童文学的翻译研究——以《夏洛特的网》两个汉译本为例"通过两个汉译本词、句、表述及文化等儿童语言美的保留对比，凸显更符合儿童读者特殊期待视野，更能为儿童读者接受的译本。[②]

纵览儿童文学翻译研究论文，从译者角度而言，五篇论文研究译本均出自儿童文学翻译家任溶溶老先生笔下，而唯一一篇关于译者的研究论文也是以任老先生为研究主体，选其八部达尔代表作品译例，从语音、词汇、句法、修辞等不同层面总结儿童文学翻译策略，进而论证任溶溶儿童本位的翻译思想及其借鉴意义。[③]"儿童文学翻译家是儿童文学传播的媒质，他们的儿童观，翻译策略、个人性情、喜好等各个方面都会直接影响他们对于一部儿童文学作品的阐释。而他们的译作又或多或少地会对整个儿童文学的发展产生影响。"[④]一方面，这固然凸显任老先生对儿童文学翻译的巨大贡献，但另一方面也显露出我国一流儿童文学翻译人才较为匮乏的现状。

1.1.2.3　文学文本内涵研究

文学文本的内涵研究是包括意象或是文化负载词等含有丰富内涵的文化信息翻译研究。意象翻译研究是文学文本内涵的主要研究方式，意象

[①] 杨纯. 接受美学视角下儿童文学的翻译策略——以 *A Little Princess* 汉译为例 [D]. 长沙：湖南大学，2013：16–25.

[②] 唐丹. 接受美学视角下儿童文学的翻译研究——以《夏洛特的网》两个汉译本为例 [D]. 长沙：中南大学，2014：57–73.

[③] 曹丽霞. 从姚斯的接受理论看现阶段儿童文学翻译——达尔作品任溶溶译本研究 [D]. 四川外国语大学，2013：31–64.

[④] 寿敏霞. 儿童文学翻译综述 [J]. 宿州教育学院学报，2008（02）：131-133.

翻译研究分为意象分类翻译研究与同一意象不同译本对比研究。学者李洪乾、阳小玲和邢程均将汉语古诗词中意象分类并对英译进行研究。李洪乾采用对以英语为母语的读者展开问卷调查的方式，分析英语读者对汉语古诗词中意象文化背景的了解和接受程度，并总结归纳出文化意象翻译应采取异化为主、同化为辅的手法。① 阳小玲结合读者的期待视野、语言、意象审美观以及意象美传递的原则，试探讨了诗歌意象美"有条件"再现的途径，即顾及读者的期待视野、顺从读者的语言审美观，以缩短审美距离，使译文读者能获得轻松愉快的审美体验；着眼读者对汉文化的接受力，对具有丰富汉文化韵味的意象采取适当的保留，根据需要添加对原文读者已知而对译文读者新鲜的文化信息，以扩展读者的期待视野和审美经验，并进而以许渊冲翻译的中国古典诗词为例，具体分析了实现意象美"有条件"再现的方式，即：意象美的全部传递、部分传递、零传递以及意象美的替换。② 邢程以许渊冲《唐诗三百首》译本中的意象翻译为研究对象，分析归纳出针对意象的处理方法包括直译、同义词解释、替代、移植及意译等实用的翻译方法。③ 意象翻译研究以翻译策略、方法的归纳总结为研究结论，以翻译策略与方法凸显译者主体性发挥。意象在不同译本中的翻译对比研究也是意象翻译的主要研究形式之一。朱慧芬以《红楼梦》霍克斯和杨宪益两个常见译本为语料，对书中古典诗词翻译中的美学效果从音美、形美、义美和味美四个角度进行对比分析，并结合读者的反映，探讨中诗英译过程中保持源语诗歌中音、形、义与味的美学效果。④ 吴英以哈代的三个中译本（张谷若 1935 年译本，王守仁 1997 年译本，王之光 2006 年译本）为研究对象，运用接受理论，分别从译者和读者的期待视野及意义未定点的具体化对比分析三个译本，通过对比研究得出不同译本主要受制

---

① 李洪乾. 接受理论指导下的古典汉诗英译中的意象再现 [D]. 长沙：国防科学技术大学，2006：33–36.

② 阳小玲. 汉语古诗词英译"意象美"的"有条件"再现——基于接受美学理论的阐释 [D]. 长沙：中南大学，2012：55–95.

③ 邢程. 接受美学视角下看古诗词文化意象的英译——以许译《唐诗三百首》为案例 [D]. 武汉：华中师范大学，2013：30–41.

④ 朱慧芬. 从接受美学的角度对《红楼梦》诗歌英译的对比分析 [D]. 杭州：浙江大学，2007：16–42.

于不同时期的译者和译文读者的期待视野。对于源文本本身的不确定性，作者将几个不同译本在词汇、修辞到文化的纵向层面做进一步比较。这样的比较分析也证明了随着时代发展和语言变化，旧译本再难迎合新时期读者的阅读需要，适应不同时代读者需要的译本的出现是必然的也是必要的。[①] 相较意象在特定译本中的翻译研究而言，意象在不同译本中的对比将译者主体性置于不同译本和不同时代这样更为宏观的语境中分析，因而能够更清晰地对比体现译者主体性的不同发挥。

"文化负载词（Culture-loaded words）是标志某种文化中特有事物的词、词组和习语，反映了特定民族在漫长的历史进程中逐渐积累的、有别于其他民族的独特的活动方式。"[②] 富含独特文化信息的文化负载词英译研究也是文学文本内涵研究的重要内容。蒋伟平在分析《浮生六记》林语堂英译本后探讨了译者在融合读者期待视野中翻译文化负载词所用的策略和方法。[③] 王伟归纳总结了《拊掌录》林纾英译本中对原文本做出的诸如调整改编不符合中文读者阅读习惯的句子结构，删节一些背景信息，将译文改造成以情节为中心的小说或笑话，为方便译文读者理解添加注释以及替换原文中的文化负载词等策略与方法。[④] 文化负载词内涵研究的另一种常用法就是同一文化负载词在不同译本中的翻译对比研究。康姝媛从文化差异、翻译策略和接受理论角度分析《西游记》两个英译本中的 10 个文化负载词翻译。该学者通过分析原文化负载词中的文化意蕴在译文中的保留程度，并对比译文读者对译文接受与原文读者接受的近似性程度判断文化负载词英译的准确度以及翻译策略——归化或异化——的运用适度与否。[⑤] 于杉分析比较英若诚和霍华德的《茶馆》英译本中文化负载词翻译后，总结出英若诚的英译本通俗简洁，易于外国观众接受，其译本语言形式充满

---

① 吴英. 接受理论视角下《还乡》三译本的对比研究 [D]. 武汉：华中师范大学，2015：16–37.

② 廖七一. 当代西方翻译理论探索 [M]. 南京：译林出版社，2000：232.

③ 蒋伟平. 林语堂《浮生六记》文化负载词的翻译：接受美学视角 [D]. 长沙：中南大学，2008：63–71.

④ 王伟. 接受美学视角下的文学翻译——林纾译《拊掌录》研究 [D]. 武汉：华中师范大学，2013：39–64.

⑤ 康姝媛. 接受理论与翻译策略——以《西游记》的两个英译本为例 [D]. 西安：西安电子科技大学，2008：35–52.

张力和活力，有利于演员进行舞台表演；相反，霍华德译本则以异化为主。于杉进一步得出二者在一定程度上实现了读者的期待视野，但未能达到最佳审美距离的结论。①

文化负载词翻译主要以汉语文化负载词英译为研究主流。无论是一个译本中的文化负载词接受美学视角翻译研究还是多译本对比研究，研究者均从读者反应角度出发，分析归纳译者为融合读者期待视野选择的翻译策略，翻译策略的使用是译者主体性体现。

除了以意象和文化负载词为典型，文学文本内涵的另一个研究视角是从韵律、语音或词汇的较小层级延展到词汇、语义、句子、意境以及文化的较大层面，此研究视角又以同一原文本的多译本对比为主要方法。学者吴英以哈代的三个中译本（张谷若1935年译本，王守仁1997年译本，王之光2006年译本）为研究对象，运用接受理论，分别从译者和读者的期待视野及意义未定点的具体化对比分析三个译本。作者通过对比研究，得出各译本主要受制于不同时期的译者和译文读者的期待视野。对于源文本本身的不确定性，作者对三个不同译本从词汇、修辞到文化的纵向层面进一步比较。这样的比较分析也证明了随着时代发展和语言变化，旧译本再难迎合新时期读者的阅读需要，适应不同时代读者需要的译本的出现是必然的也是必要的。②

个案研究和译本比对研究是文学文本内涵研究的主要方法。但无论是哪一种都是基于接受理论文本召唤结构、读者期待视野和读者反应等几个核心概念，以单个案例或是译本对比体现作为第一读者的译者的主观能动性。

1.1.3 主体性的翻译接受研究

关于翻译活动的主体性问题有很多争论。③ 本书认为，在翻译活动中，所谓翻译的主体应该包括译者、作者和读者、甚至是翻译的发起人或赞助

---

① 于杉. 接受美学视角下《茶馆》两译本中文化负载词的比较研究 [D]. 长春：吉林大学，2015：19–35.
② 吴英. 接受理论视角下《还乡》三译本的对比研究 [D]. 武汉：华中师范大学，2015：16–37.
③ 许钧. 翻译论 [M]. 武汉：湖北教育出版社，2006：10.

者，因为这几者都会对译文的理解和构建产生影响。[①] 鉴于此，本书以这些翻译活动的主体为观察点所呈现的翻译接受状态如下。

1.1.3.1 译者主体性

无论是古典文学研究、儿童文学研究，抑或是文学文本内涵研究，接受理论视角下研究聚焦于主体研究。但除几类研究之外，仍有部分直接切入"译者主体性"，通过译本中具体翻译策略的分析、总结或是译者主体性理论研究体现译者对原文本的接受状况。

相对主体性理论研究而言，更多的学者使用案例研究法归纳总结译本中翻译策略与方法并具体探讨译者主体性的作用与发挥。廖卡娜[②]、蒋蕊鞠[③]和王琰[④]等学者都基于《少年维特之烦恼》和《聊斋志异》等名著，以读者期待视野和文本不确定性为核心，探讨译者为与读者视阈融合而发挥的主观能动性。正如姚婕所述，译者既是源文和源文作者的读者、研究者和阐释者，也是译文的协同创作者和第一读者，更是译文潜在读者的修辞者。这样的多重身份要求译者在翻译过程中必须既要深入理解原文，又要关注潜在读者的审美需求，灵活运用各种翻译手段为译文服务，才能保证译文在陌生的译入语环境中维持其后世生命。[⑤]

译者主体性理论研究仍旧集中于主体性发挥，李百温[⑥]、熊英[⑦]、余荣琦[⑧]和徐永乐[⑨]等学者紧密联系阐释学，分析主体性内涵及发挥。其中，

---

① 王庆奖. 异质文化翻译研究中的理论与策略 [M]. 昆明：云南大学出版社, 2016：22.

② 廖卡娜. 接受美学视阈中的译者角色——以郭沫若《少年维特之烦恼》为例 [D]. 四川外语学院, 2010：29–48.

③ 蒋蕊鞠. 论译者的主体性——接受理论视野下《水浒传》赛珍珠英译本中108将人物绰号翻译分析 [D]. 成都：西南交通大学, 2015：26–36.

④ 王琰. 从接受理论看译者主体性——以《聊斋志异》的两个英译本为例 [D]. 北京：中国石油大学, 2013：27–42.

⑤ 姚婕. 文学翻译中译者主体性和潜在读者美学接受之研究 [D]. 上海：上海外国语大学, 2006：36–42.

⑥ 李百温. 文学翻译中译者主体性研究：哲学阐释学和接受美学模式 [D]. 北京：中国石油大学, 2007：54–85.

⑦ 熊英. 从阐释学和接受美学的角度论译者的主体性 [D]. 重庆：重庆大学 2007：29–37.

⑧ 余荣琦. 接受美学视阈下的译者主体性研究——兼论文学作品自译中的译者主体性体现 [J]. 西南科技大学学报（哲学社会科学版）, 2013（02）：82–87.

⑨ 徐永乐. 从接受理论的角度看译者主体性的发挥 [D]. 沈阳：东北大学, 2009：33–39.

前三位学者论证作为第一读者的译者为中心的主体主观能动性的重要作用及其作用拓展，后一位学者提出译者通过具体化过程对文本进行阐释从而体现其主体性，但是认为译者的主体地位不应被过于强调；相反，受文本的限制，译者的主体性和创造性应该有其限度。刘月明选取一系列具有代表性的中诗英译本，分析了译者主体介入程度给虚实关系带来的审美信息与审美特质上的不同程度的变化，力图在传统译学所勾勒出的"原文本-译文本"的二维图景之上建立起新的"原文本-译者（读者）-译文本"的三维翻译景观，① 直接把译者或读者置于文本解读过程的重要位置。

译者主体性研究扩展了以往传统的翻译研究内涵，为译本翻译策略研究及译本解读提供了更深更广的理论依据。

1.1.3.2 读者反应

接受美学把读者在文本解读过程中的地位提到与以往传统的以文本为中心的解读理论不同的高度，认为读者的具体化是作品意义的源泉，而未定性的文本只不过是承载意义的载体而已。

柴孙乐子提出在翻译过程中文本意义实现依赖于译者，即原文本第一读者，译者在翻译过程中的创作自由度是有限的，须以原文本为依据。译者要想想译文读者的接受能力，充分发挥译文读者的主体性。② 肖雨源以从《金融时报》收集的具体语料为研究文本，从译者视角提出归化策略的选择是为了迎合读者期待视野，而异化则是为了扩大读者期待视野并召唤读者想象，以及译者可以通过具体翻译方法实现读者的期待视野。③

读者反应研究进一步明确译文读者在阅读过程中的主体作用，并以此为出发点深究基于读者视野和读者反应基础上的译者主体性发挥。

---

① 刘月明. 接受美学视野下的译者与译文本——以古诗英译过程中的虚实关系嬗变为例[J]. 中国文学研究，2015（04）：126–130.

② 柴孙乐子. 读者主体性地位及其对译者翻译策略的影响[D]. 合肥：合肥工业大学，2007：29–42.

③ 肖雨源. 新闻模糊语汉译过程中的读者接受[D]. 长沙：中南大学，2012：56–85.

1.1.3.3　作家或作品接受

此类研究虽然仍以名家名作为主导，但不再以作品中某一侧面为主要研究内容，而是采用更宏观的历时方式，纵览作家形象或作品在不同时期、异质文化中的构建、变异和接受。

译本研究主要集中于名家译作。邵炜、郝稷、张秀燕和张婷婷等学者分别探讨傅雷《翻译的艺术》[1]、林语堂《京华烟云》[2]以及鲁迅、周作人兄弟《域外小说集》[3]的译本接受情况，发现《翻译的艺术》《京华烟云》译本的接受成功以及《域外小说集》译本的接受失败。此类研究结合译介学方法追踪译本传播、接受的痕迹，并剖析译作于不同历史时期异质文化中的翻译、介绍、传播、接受等过程及深层原因。

另一类接受则是作家与作品的接受过程研究，例如杜甫与杜诗，寒山与寒山诗。杜甫与杜诗被从19世纪至20世纪20年代、从20年代至70年代、从80年代至今的阶段性划分方法追踪其发轫、提升到深化发展的接受历史和历时性过程。[4]寒山和寒山诗则被置于20世纪五六十年代美国这一特殊的社会、历史背景下，考察诗人和诗歌被译者斯奈德翻译过程中有意"创造"，被"垮掉的一代"接受并奉为"群众英雄"的过程及原因。[5]

作家和作品的接受离不开独特的社会历史背景，宏观的社会历史背景为作家作品接受提供接受的支撑依据，译介学的引入为作家作品的翻译接受提供可行的研究方法。

1.1.4　翻译接受的其他研究

接受美学和翻译理论研究除了上述以文本为主的文学翻译接受研究

---

[1] 邵炜. 从傅雷《艺术哲学》的翻译看翻译的接受美学 [J]. 四川外语学院学报. 2008（06）：88–92.

[2] 郝稷. 英语世界中杜甫及其诗歌的接受与传播——兼论杜诗学的世界性 [J]. 中国文学研究. 2011（01）：119–123.

[3] 张婷婷. 从诗学角度看《域外小说集》之接受失败 [D]. 重庆：四川外语学院，2011：36–42.

[4] 张秀燕. 林语堂英文小说 Moment in Peking 在中国的译介与接受 [J]. 北京第二外国语学院学报. 2014（04）：56–60.

[5] 杨锋兵. 寒山诗在美国的被接受与被误读 [D]. 西安：陕西师范大学，2007：15–48.

和主体性接受研究外，还有一些其他如理论、影视以及非文学翻译的研究等。

1.1.4.1 理论研究

以"接受美学与翻译"为主题的理论研究大致向两个方向发展，一为以接受美学为理论支撑，拓宽翻译理论与实践内涵研究；二为接受美学与其他相关理论结合研究，为翻译研究提供更有力的解释力。

学者周红民以社会视角为基点，探讨接受美学中"读者接受"与翻译手段的关系，认为"异化"手段能刷新读者的认知世界，具有积极进步意义，但须以读者的认知水平为依归。而"归化"手段不太具备改变读者认知之力，非翻译之正法，但在一定的阅读背景下是合理的、可取的。此研究也赋予传统的翻译"异化""归化"策略新内涵及新的解释力。[1] 朱建平基于翻译研究与诠释学和接受美学的本质联系，围绕"翻译即解释"的基本内涵，提出翻译研究可为诠释学和接受美学提供有力例证，反之，诠释学和接受美学也可为包括翻译本质、翻译标准及目的语文本和源语文本之间关系等在内的翻译研究提供丰富的理论依据。[2]

1.1.4.2 影视翻译

纵览影视翻译研究论文，主要以影视片名和字幕翻译为两大主流。电影片名翻译即电影片名的信息价值传播，指的是"译入语片名能够在一定程度上概括影片的内容，使国内观众能够通过片名简要感受到影片的主旨"[3]。因此，要实现影片内容的概括，翻译方法技巧的探究为首要研究对象。

学者李树根据电影片名形式简洁和内涵丰富的特征，以丰富的电影译名为佐证，比较分析音译、直译、意译、创译等翻译技巧和策略，并在此基础上提出包括在风格、用字、文化、美感和商业等五方面的得体性原

---

[1] 周红民. 论读者接受与翻译手段之关系 [J]. 西安外国语大学学报，2008（03）：58–62.
[2] 朱建平. 翻译研究·诠释学和接受美学：翻译研究的诠释学派 [J]. 外语教学理论与实践．2008（02）：78–84.
[3] 李林菊，胡鸿志. 接受美学理论和电影片名的翻译 [J]. 电影评介，2006（24）：69–70.

则。① 随着影视作品日益国际化，影视字幕翻译也日益受到重视。与电影片名翻译研究有着相同的落脚点，字幕翻译也是以翻译技巧方法与策略归纳为主。学者王玮选取了在中国最受欢迎的情景剧之一《生活大爆炸》作为研究案例，具体指出在情景喜剧字幕翻译中，归化是基本策略，并一一分析汉语中常用的四字格、谚语、方言及网络用语等在此情景剧字幕翻译中的使用。②

影视片名和字幕翻译的重要性毋庸置疑，作为异质文化普及和交流的桥梁，影视片名和字幕翻译多以翻译策略与方法的分析为重心。

1.1.4.3 非文学翻译的接受研究

除了文学作品译本分析，学者们也对其他包括广告、公示语、公司名称、商标、菜名等非文学文本英译做出不同角度的分析，其中，广告翻译占据主流。

广告英译研究又以两个视角为主，即结合其他翻译理论拓展翻译实践研究和译者主体性研究。周海英在接受美学基础上结合功能法，提出直译、意译、删减、补译和调整等广告翻译的可行性方法。③ 李忱以许渊冲"三美"理论为接受美学的补充，反向指出广告翻译中不可译和错译等现存问题。④ 郑翔聚焦广告中的修辞视角，分析译者在原文本"召唤结构"和"语义空白"中发挥的主动性，并通过意译等方法在译文中实现源语广告修辞所承载的审美情趣，美感和语义效果。⑤ 陈东成关注的是广告翻译，结合接受美学和广告复译的必要性提出归纳纠错性复译、改进性复译、构建性复译和指向性复译四大策略。⑥

---

① 李树. 接受美学和目的论视角下的英汉电影片名翻译研究 [D]. 杭州：浙江大学，2009：47-68.
② 王玮. 接受美学理论视角下情景喜剧的字幕翻译研究——以《生活大爆炸》字幕翻译为例 [D]. 上海：上海外国语大学，2013：15-31.
③ 周海英. 从接受美学角度分析功能法在英汉广告翻译中的应用 [D]. 上海：上海外国语大学，2007：33-38.
④ 李忱. 从接受美学的视角论述广告翻译 [D]. 北京：北京第二外国语学院，2010：58-61.
⑤ 郑翔. 接受美学视域下广告修辞的翻译 [D]. 合肥：合肥工业大学，2010：34-38.
⑥ 陈东成. 从接受美学看广告复译 [J]. 湖南大学学报（社会科学版），2007（02）：114-118.

以广告翻译为主的非文学文本翻译仍旧以翻译实践为主要研究层面。

1.1.5　研究评价与发展趋势

回望 707 篇以"接受美学和翻译（英汉与汉英）"为主题的研究论文，在研究方法上，学者们在分析探讨过程中较多使用的有个案研究法、描述性研究法、经验总结法及问卷调查法等。其中，个案研究法是大部分学者使用的常见方法之一。个案研究法更全面而深入地描述、解释和评价译作中某一视角的变化和发展，并从中总结出变化发展的一般规律。除个案研究法，描述性研究法也是常用法。描述性研究法被用于解读同一原文本的不同译本从语音、词汇、句子至语境与文化等不同层面，进而比较归纳出差异及原因。翻译是实践性较强的语言信息转换行为，因此经验总结法也是结合个案和描述性研究共同使用的普遍性方法之一。基于个案研究和文本对比描述，经验总结法常被用于翻译策略和方法的分析归纳，并使之系统化、理论化。翻译策略与方法的系统化和理论化也有助于翻译实践活动的有效进行和翻译实践规律的总结。问卷调查法也是有效研究方法，研究者根据研究翻译现象针对读者进行问卷调查，并统计、分析调查数据，得出相应结论。从研究概况上看，接受美学与翻译的研究近年来一直有着较为稳定的态势。从研究内容上来看，接受美学与翻译主要着眼于文本翻译接受研究和主体性翻译接受研究两大模块。从学科视角而言，翻译研究整体呈现的是跨学科、多维度的态势，是在接受美学的理论支撑下结合文化或中国古代文论等不同学科的交叉研究。近观之，研究的主要层面仍集中于翻译的微观操作实践。译者和学者都在从各自角度探讨如何使译本在最大程度上接近原文，或是使译文读者尽可能获得与原文读者相同或相似的阅读享受，这既是译者的使命，也是译本研究者的使命。

上述研究揭示出我国接受美学与翻译理论研究结合的发展趋势。第一，基于接受美学强调读者接受的基础，大量翻译实践重心进一步向读者倾斜，在翻译过程中读者接受行为随之被进一步强化；第二，由于接受理论使目标语读者地位中心化，越来越多的译者会在翻译过程中为了更好地迎合读者期待视野而在翻译方法和技巧的选择上更倾向于意译，甚至于改写；第三，翻译在接受美学指导下进一步以读者为导向展开更多理论与实践研究，大量的翻译理论与实践研究也会补充、完善接受美学理论体系。

1.2 古诗词英译的接受研究

在接受美学与翻译理论的总体研究框架之下，汉语古诗词英译的接受研究状况应得到更细致的梳理。①

在中国借鉴西方文化经验的几次大潮中，20世纪80年代的翻译活动有着一个鲜明特征：译入西方名家经典占据着主要地位。经过三十年的励精图治，中国无论是在经济国力还是在文化影响力方面都对世界产生了深远的影响。伴随这种影响力出现的翻译活动也与改革开放初期有明显不同，即在理念上由以吸收西方文化经验为主转向以介绍自身文化为主，在翻译行为上，由以译入为主转向译出为主。这是近十年来中国翻译界最引人瞩目的重大事件之一，尤其是莫言获得诺贝尔文学奖之后，人们对其作品和译者的讨论是这个事件的高潮和象征。虽然以译出为主的翻译活动，尤其是将母语译成外语的翻译活动，体现的是文化自信，但是作品译出的接受程度如何却不仅仅靠自信体现。在经过一段时间的译出喧嚣之后，具有责任感的翻译研究者们开始考虑和讨论我国文化经典译出的接受状况。正是在这种形势下，本部分就近十年来中国文学作品中的古诗英译接受状况研究展开调查研究。

以"汉语古诗词英译接受"为主题检索相关的论文和专著，发现2007年至2016年十年间的专著为3部，CNKI中国博士论文全文数据库、中国优秀硕士学位论文全文数据库和中国期刊全文数据库（以核心期刊和学报为主）的相关研究论文为104篇。通过检索与分析，清晰呈现出汉语古诗词英译接受的研究概况。

---

① 本部分内容已作为阶段性研究成果发表于《云南教育·高等教育研究》2019年1期25—31页。

表 1-5　古诗英译接受状况相关研究数量

时间	2007年	2008年	2009年	2010年	2011年	2012年	2013年	2014年	2015年	2016年
专著	0	0	1	0	1	0	0	0	1	0
硕博士论文篇数	7	4	2	3	5	6	4	5	5	2
期刊论文篇数	6	2	5	5	8	11	9	6	4	6

电子检索统计结果表明，在 2007 至 2016 年 10 年间，汉语古诗词英译接受一直有不间断的研究。

传统的翻译研究主要聚焦于译本，而接受理论强调的则是包括译者在内的读者主体性。从接受理论视角而言，翻译研究更加强调读者主体性发挥。因此，汉语古诗词英译接受研究主要针对以下几方面进行，即文本英译接受研究、主体性接受研究以及其他相关翻译接受研究。

1.2.1　文本与文本内涵英译接受研究

翻译研究离不开文本分析，以译本和译本内涵为对象的研究论文多达 79 篇，占论文总数的 78%。综合看来，这些研究主要集中于围绕接受美学核心概念的文本研究和文本内涵接受研究两大视角。

1.2.1.1　文本英译接受研究

近半数的论文围绕接受理论的"读者中心""文本空白"以及"文本召唤结构"三大概念探讨古诗词英译，研究者们从不同侧面研究译本接受，如某一专业领域内的古诗词英译接受研究。学者梁颖和李振分别选取谶诗和涉医诗词为研究对象，前者从接受理论核心概念出发，分析许渊冲《唐诗三百首》中的谶诗英译，并归纳总结补充、解释、替代、删减、注释及音译等取悦读者并使读者接受效果最佳化的翻译策略使用。[①] 后者以古典文学例如《诗经》中涉及的与医相关的诗词英译为研究对象，将接受理论中的读者中心作为翻译指导原则，总结出"等化"和"浅化"等翻译方法，以"为'现实的读者'和'观念的读者'带来别致的艺术召唤"。[②] 不同领域古诗词英译策略和方法归纳体现的是译者针对译文读者反应而对原文的主体性发挥。

第二类研究是针对某位诗人诗歌的英译接受研究。此类研究主要集中于著名诗人诗词。学者王再玉基于接受理论核心概念研究李白诗歌的英译情况，并总结出直译、注释、删减以及补充等几种翻译方法。总结翻译方法为的是译文读者能更好地接受译文，从而实现译文的审美。[③] 周锡梅从接受理论视角对比吴钧陶与陶友白的杜甫诗歌英译及其接受情况。该学者主要探讨不同译本出现的原因，并得出结论：不同译者，当其身份为原诗读者时，对诗歌有不同理解，当其身份又为译者时，其自身已有的译诗理论和其为与译文读者视阈融合而做出的努力等，都会促使不同译本出现。[④] 薛慧使用对比研究法，详细比对杨宪益，汪榕培和戴维·亨顿三位译者英译本中体现的译者翻译思想、翻译方法和翻译版本，并建议译者在翻译过程中适当重视读者作用，发挥创造性，以达到读者接受的最佳效果。[⑤] 针对某位诗人诗歌的英译接受研究强调作为第一读者的译者的主体创造性，也强调读者对于翻译起到的重要作用。

第三类研究聚焦于某一首诗词的英译接受。此类研究仍以名诗英译为主。学者姚娜结合接受理论和诗词翻译特殊性，从音、形和意等不同层次对比许渊冲和杨宪益、戴乃迭夫妇《长恨歌》英译本中文化移植，得出许译本于音美、形美和意美等几方面都更适合英语读者，更能给予译文读者

---

① 梁颖. 接受美学视角下《唐诗三百首》中谶诗的翻译研究 [D]. 南京：南京财经大, 2016：51–56.

② 李振. 文医艺术相为一：中国古典涉医诗曲英译的接受美学观 [J]. 南京医科大学学报（社会科学版），2014（05）：427–430.

③ 王再玉. 从接受理论看李白诗歌的翻译 [D]. 衡阳：南华大学，2008：13–21.

④ 周锡梅. 从接受美学视角看吴钧陶与 Witter Bynner 的杜诗英译 [D]. 上海：上海外国语大学，2010：38–39.

⑤ 薛慧. 从接受美学角度看陶渊明田园诗歌的不同英译本 [D]. 济南：山东师范大学，2012：19–40.

阅读享受的结论。① 宋延辉从接受理论角度指出《江南》许渊冲英译本中译者忽略了原诗中重要题眼"江南"。另外，译者对关键信息"戏"的理解有偏差。译诗无法激发译文读者对江南隐含意蕴的想象和鱼儿对青年男女相互追逐嬉戏的隐喻含义，该学者在基于许译本的基础上提出自译本。② 较之姚娜和宋延辉，学者徐宜修对李商隐《锦瑟》英译有更为宏观的研究视角。该学者比对译者约翰·特纳对原诗中"自伤"理解，许渊冲的"悼亡"以及基思·伯斯利的"咏瑟"三个译本后指出，正是原诗文本结构的开放性和召唤性赋予文本具体化解释的可能性，从而呈现出译者别具个人理解特色的译本。③ 在微观层次上针对具体诗歌英译接受研究显现出一些共性。首先，研究对象广泛但均以名诗名作为主。其次，许渊冲译本是学者们公认的重要研究文本。再次，多译本对比研究中，译本选择主要为汉语为母语译者与英语为母语译者译本对比研究。还有，无论是使用描述性研究法从不同视角分析一个译本还是对比研究法探讨不同译本接受状况，研究均落脚于同作为第一读者的译者主体性发挥。

　　文本接受视角下的第四类研究为诗集英译接受研究，如《诗经》《宋词》和《楚辞》的英译接受状况研究。学者李巧珍逐一分析理雅各、埃兹拉·庞德、许渊冲和汪榕培与任秀桦四个译本翻译过程中译者期待视野的体现，并横向比较四位译者对《诗经》原文本中未定点与空白的处理。研究指出，译者都已成为《诗经》另外的创作主体，这是因为译者在翻译过程中充分发挥其主体性和创造性，对原诗中未定点和空白进行具体化处理，具体化处理重构了原诗意义；正是不同读者基于各自不同赋予原作品的理解不断地挖掘对原文的阐释，进而不断揭示原文丰富的语义潜能。④ 孟雪以许渊冲《楚辞》英译本为案例，分析译者在译文中从动植物名称、神话典故和修辞手法三方面以及在语音、词汇和句法层面与译文

---

① 姚娜. 接受美学视角下《长恨歌》两个英译本比较研究 [D]. 镇江：江苏科技大学，2014：27–48.

② 宋延辉. 接受理论下探析许渊冲对《江南》的英译 [J]. 吉林广播电视大学学报，2012（02）：110–111.

③ 徐宜修. 接受美学理论视域下的诗歌翻译——以李商隐诗《锦瑟》英译为例 [J]. 绍兴文理学院学报（哲学社会科学），2014（05）：86–91.

④ 李巧珍. 从接受美学视角看《诗经》的英译 [D]. 武汉：华中师范大学，2008：16–46.

读者的期待视阈融合的实现。①此类研究使用多译本对比研究法或个案研究法，分析译者在翻译过程中围绕接受理论的三个核心概念，基于各自对原诗中未定点与空白的不同理解探讨对其具体化处理，并在具体化处理过程中赋予了译者主体性和创造性，进而反证译者主体性和创造性对原诗语义的挖掘、阐释与丰富。译者主体性发挥也是多译本不断出现的前提保证。

1.2.1.2 文本内涵英译接受研究

汉语古诗词英译接受研究中的文本内涵涵盖原作品中意象、空白和模糊语等几大视角。

作为诗人抒情的事物载体，意象在汉语古诗词中的重要性不言而喻，意象翻译研究占汉语古诗词英译接受总研究的近四分之一。学者韦黎丽对比"孔雀"意象在中西方文化中的差异后分析原文本诗歌标题和第一行中"孔雀"在四个译本中的不同呈现，指出该意象在不同译本中的差异源于几位译者对"孔雀"数量和含义等的不同理解。几位译者在将该模糊意象具体化的过程中为其注入不同内涵以迎合译文目标读者视野期待。②另一位学者张洁以陶渊明诗歌中意象英译为研究对象，围绕"读者期待""文本的不确定性"和"读者的角色和地位"探讨直译、直译加注、改写以及省略等不同译本翻译方法，以体现译者主体性和读者接受。③纵览汉语古诗词中意象英译接受研究，学者们的主要研究思路为以同一原文本中不同意象为研究对象，或以多个译本中从语音到意象至意境等；从具体到宏观的不同层级为研究对象；对比同一研究对象在不同译本中的不同呈现方式；强调接受理论与传统理论的不同之处，即以读者为中心，并强调作为第一读者的译者的中心主体作用；通过归纳法总结译本中的翻译策略和方法，以强调译者主体性。

"空白"是接受理论强调的核心概念之一，译者为迎合译文读者期待

---

① 孟雪. 接受美学视角下《楚辞》许译本研究 [D]. 郑州：郑州大学，2015：30–63.

② 韦黎丽.《孔雀东南飞》不同英译本的接受美学角度分析 [D]. 南宁：广西大学，2015：26–59.

③ 张洁. 从接受美学视角看陶渊明诗歌中的意象翻译 [D]. 苏州：苏州大学，2013：19-33.

视野而对原文本中"空白"的填补也是研究范畴之一。闵莉以唐代著名诗人李商隐代表作《锦瑟》为文本，对古诗词中空白翻译接受做出较为全面的研究。该学者在将空白分为句法、语义和意象等三类，从词性活用、句子成分省略以及节奏和韵律视角分析句法空白，从词语意义、典故意义、象征意义视角分析语义空白，从物境、情境以及意境方面探讨意象空白。译者对空白的填补直接关乎译文读者的译本接受。[①] 刘琪也同样使用对比研究法分析《天沙净·秋思》五个译本中句法空白、语义空白和韵律空白三个层面诗歌意境的审美再现，并提出汉语古诗词翻译的指导原则：神似观照下的形似，具体为针对三个不同层面的翻译实践方法探讨。该学者也指出该领域的一些研究局限，例如句法空白中功能词省略翻译及语义空白中隐喻和典故翻译等。[②] 总之，"空白"英译接受研究的主要对象为原文本中句法、语义和韵律等，学者们着重分析从音到意的空白处理方式，总结空白意境再现的方法与策略并指出该领域研究中的一些微观局限。

文本内涵英译接受第三类较多的是"模糊"翻译研究。学者郑洁在举例分析古诗词中模糊美的再现后指出，作为汉语古诗词中的重要元素，汉语古诗词中的模糊美来自原诗词的多重意义，诗词中的模糊美来自意象，即意象使其物化、具体化。基于此，该研究得出结论：其一，译者在翻译过程中需要遵循审美对等原则。其二，模糊美可以通过意象传递。其三，汉语古诗词中模糊美传递需要通过文本分析，经历审美和再现两个过程。接受美学理论和汉语古诗词模糊美都强调空白和未定点以及读者的主体作用。[③] 李瑞凌从词汇模糊角度举例分析汉语古诗词中数字和叠字的英译，并提出由译出与隐含两种译法得出的不同审美效果。根据"显"与"隐"带来的不同的翻译审美效果，该学者进一步指出，在有跨文化障碍的前提下，对汉语古诗词中数字的"显"译法是为与读者期待视野融合做出的努力，可以为读者弥补原文中空白，激发读者想象力，从而

[①] 闵莉. 接受理论下诗歌文本空白之英译——《锦瑟》及其七个英译本的对比研究 [D]. 南昌：江西财经大学，2014：13–42.

[②] 刘琪. 接受理论下的文本空白对比分析——以《天净沙·秋思》五个英译本为例 [D]. 南昌：江西财经大学，2012：15–45.

[③] 郑洁. 中国古典诗词中模糊美英译的研究——从接受美学的角度出发 [D]. 重庆：重庆大学，2007：42–52.

使译文读者获得与原文读者同样的审美感受;反之,对数字的"隐"译法则会限制译文读者的想象空间,读者无法获得等同的审美感受。针对叠字,无论"显"或"隐"均会损害原诗中模糊美异质文化再现。[①] 接受理论视角下汉语古诗词模糊美英译研究主体思路仍旧是以翻译实践层面的分析体现译者主体性发挥。

文本英译接受研究与文本内涵接受研究均以接受理论为支撑,围绕该理论中几大核心观点,以个案分析和多译本对比分析法为主,大部分研究均基于翻译的微观操作层面,即翻译原则的探讨或翻译策略与方法的归纳总结,并通过微观操作层面的探讨凸显读者主体地位。

1.2.2 主体性接受研究

与遵循"作品与作家"为中心的传统文学翻译与批评研究模式不同,接受理论认定作品的意义由读者赋予,强调读者的主体性。关于翻译活动的主体性有很多争论,[②] 在翻译活动中,所谓翻译的主体应该包括译者、作者和读者、甚至是翻译的发起人或赞助者,因为这几者都会对译文的理解和构建产生影响。[③] 因此,本书第三部分以翻译活动主体为视角呈现汉语古诗词英译接受状况。

1.2.2.1 译者主体性研究

虽然文本英译接受与文本内涵接受研究主要指向译者主体性创造与发挥,仍有学者直接就"译者主体性"进行研究。学者刘月明基于"原文本-译文本"的二维翻译研究模式,以实例分析比较同一原文本的不同译者审美介入程度,即主体性意识强弱给译文带来的质和量的不同变化,进而说明译者积极的审美介入是影响译作质量一个不可忽视的核心要素,原本的二维翻译模式也升级为"原文本-译者(读者)-译文本"的三维翻译研究模式。汉语古诗词的凝练与虚实相生的特点为译者介入提供广阔空间的

---

① 李瑞凌. 接受美学视阈下诗歌模糊词翻译的"显"与"隐"[J]. 长春理工大学学报, 2011(12): 84–85.
② 许钧. 翻译论[M]. 武汉:湖北教育出版社, 2006: 10.
③ 王庆奖. 异质文化翻译研究中的理论与策略[M]. 昆明:云南大学出版社 2016: 22.

同时，译者的审美介入也必然造成虚实双方的嬗变，即"译者对自身主体作用的界定不同，无论是在翻译观还是翻译实践方面都会带来一系列的差异"。①陈宋洪从读者期待视野、文本召唤结构以及文学历史性分析译者主体选择、主体创造和主体演进等几方面，并指出主体视角选择与期待视野的差异、召唤结构给予译者的遐思、在变化演进的历史视角中是译者对译本的不断传承与创造、对诗性之美的追求与探索。②

译者主体性研究强调接受理论对翻译的影响，结合接受理论核心概念拓宽翻译的理论研究范畴，从译者主体性体现多译本差异性与可行性。

1.2.2.2 译文读者主体性研究

文学批评家格里尔逊认为，读者无法完全欣赏外语诗歌的全部好处，在母语读者和外语读者之间，其阅读反应注定存在差异。"在译品问世之后，读者的感受如何是一个社会上的客观存在，因此按理说是可以用调查方法加以测定的。"③因此，与文本接受和译者主体性研究方法不同，译文读者接受研究的主要方法为实证研究，即译文读者对译本及译本内涵的可接受性测试研究。自金隄先生1998年首次就《静夜思》八个来自不同译者英译本向西方读者展开问卷调查，和2006年马红军教授专门就许渊冲汉诗英译译文及翻译策略对西方普通读者进行问卷调查之后，陆续有学者测定译文读者对译作的接受度，以证实英语读者对译作的认可度。这样的实证研究主要针对形式与内容、译者译作认可以及汉语古诗词外译究竟应该由谁来译等几个方面。

学者张钦以陶渊明《饮酒二十首》中第五首的五个来自不同译者的译本为研究对象，从问卷调查数据得出形式和内容均在诗歌翻译中占据重要地位，但如二者间出现矛盾，则应优先意义，而意义的实现可以依靠直译加注等有利于读者接受的灵活的归化策略实现。④赵旭卉向不同年龄的英

---

① 刘月明. 接受美学视野下的译者与译文本——以古诗英译过程中的虚实关系嬗变为例[J]. 中国文学研究, 2015 (04): 124–128.

② 陈宋洪. 走向译者的诗性之美——诗歌翻译中译者主体性的接受美学视角[J]. 南京航空航天大学学报（社会科学版）, 2013 (04): 71–74.

③ 金隄. 等效翻译探索[M]. 北京: 中国对外翻译出版公司, 1998: 49.

④ 张钦. 从读者反应角度谈中诗英译[D]. 西安: 西安电子科技大学, 2007: 45–62.

语母语读者发出问卷，测试《诗经·采薇》两个译本读者接受度，该调查也显示，在诗歌翻译过程中内容应重于形式，"诗歌翻译最重要的不是外在的对应，而应追求一首诗歌作为一个整体在目标读者中产生的效果。过于追求形式上的所谓'忠实'，反而适得其反"。[1] 尽管两位学者问卷中的古诗词英译本都分别来自中国译者和国外汉学家，但测试结论并不在于谁的译本更容易为读者接受，而是通过译本比较体现汉语古诗词这种特殊形式的文学体裁中形式与内容的重要关系。

对译作读者接受度调查研究主要围绕著名国内翻译家，例如许渊冲和汪榕培。继马红军教授六首古诗词许渊冲英译调查之后，陈赓钒继续开展《琵琶行》许渊冲英译本读者接受个案研究。该研究通过问卷以对比其他国外译者译本的方式测试英语读者对许译本用词、诗意与音韵节奏等几方面的接受度。调查结果显示，整体而言，尽管许译本中使用了一些例如汉语拼音和英语古体单词等对读者接受造成困难的词，读者基本认可许译本，并认为较其他两个译本而言，许译本更具诗意，读者因此更倾向于诗体译诗，但同时也不能为追求诗意而因韵害义。[2] 许渊冲先生是韵体译诗的代表，汪榕培先生也是。孟娆调查汪榕培五首汉语古诗英译本英语读者接受度，每首译诗和其他两个分别来自国内中文译者或国外译者译本对比，调查数据显示，除"孔雀东南飞"安妮·比勒尔译本风格和"敕勒歌"许渊冲译本音韵节奏和译文风格略胜汪译本外，其他方面均为汪译本更受英语读者认可。该研究也进一步总结出译者汪榕培在保留音韵节奏的同时使译作传神达意的翻译策略，即避免韵体译诗的因韵害意、对原诗有着正确有效的理解、创造性地再现原作的风格、关注读者的感受、正确地再现原诗的意象等。[3]

自从接受美学的理论家们把焦点置于长期以来处于边缘位置的读者身上，研究汉语古诗词翻译的学者们也逐渐开始关注汉语古诗词对西方普通读者的传播工作究竟应该由谁来完成。熟知中国文化并懂英语的国内译

---

[1] 赵旭卉. 接受美学视角下中诗英译的两难选择 [J]. 长沙大学学报，2013（06）：110–112.

[2] 陈赓钒. 目的论看许渊冲诗歌翻译的读者接受——个案研究《琵琶行》英语读者 [D]. 广州：广东外语外贸大学，2008：19–47.

[3] 孟娆. 汪榕培古诗英译技巧探究 [D]. 大连：大连海事大学，2010：18–43.

者，还是了解中国文化并以英语为母语的外国译者？来伟婷就三首汉语古诗词英译本向英语读者发出调查问卷，每首古诗附有五个出自国内译者、国外译者或国内外译者合译的译本。此调查结论为："国内和国外译者的合译作品被认为是最成功的译作，其次是中国译者，最后是国外译者。"依此结论，该研究也归纳出译作成败的关键策略，例如将读者置于首要位置，有效缩短目标读者和中国读者"预期视野"，填补文化差距、用意译法更好地传递原诗意象和意境等。[①]

译文读者主体性接受研究显示：就汉语古诗词海外传播接受度而言，英语为母语读者无疑更具有发言权，而要对读者对译品的认可度和接受度测量，问卷调查是行之有效并较为客观的研究法。学者陈赓钒的调查问卷第一部分问及受访者阅读英译汉语古诗词的频率时，67%受访者坦承他们"极少"或"从不"阅读英译本汉语古诗词，这与马红军教授于2006年研究许渊冲翻译专题时所作问卷调查得到的数据一致。[②] 这些数据说明汉语古诗词在英语国家的接受度仍旧不高，中国文化的"走出去"的路仍漫长而艰辛。结合不同译者、不同译本对比的问卷调查是得出结论的常用法，尽管许渊冲先生的英译一直颇受争议，但几乎所有的问卷中都引用许译本进行对比研究，这足以证明许老先生在汉语古诗词英译领域不可或缺的位置。许渊冲和汪榕培是韵体译诗代表，汉语古诗词究竟以韵体翻译还是自由体翻译也是争议已久，读者认可许译和汪译韵体诗的同时也欣赏自由体对诗词原文本的传神达意。但无论韵体或否，不能因韵害义是普遍观点。无论是中国译者还是外国译者，或是国内外译者合译，调查研究得出的结论各不相同，但无论由谁来译，唯有传神达意才能得到读者认可和接受。

1.2.2.3 作家和作品接受研究

作家和作品接受研究立足于更为宏观的位置，这些研究纵览作家及其作品历时形象的变异和接受。作家和作品接受虽以名家名作为主流，但仍

---

① 来伟婷. 接受美学视角下中国古典诗词英译的案例调查研究［D］. 杭州：浙江师范大学，2012：19—42.

② 马红军教授问卷调查数据显示，87.96%的英语读者"极少"或"从不"阅读汉语古诗词英译.（马红军. 从文学翻译到翻译文学——许渊冲的译学理论与实践［M］. 上海：上海译文出版社，2006：167.）

旧可大致划分为三类,即作家和作品接受、作家和作品误译接受与作家和作品创造性叛逆接受研究。

1.2.2.3.1 作家及其作品接受研究

作家和作品英译接受研究以杜甫等著名诗人及其诗词为主。学者郝稷将杜甫及其诗词进入英语世界分为10世纪至20世纪20年代的发轫期、20世纪20年代至70年代的提升期及20世纪80年代至今的深化发展期。郝稷在归纳各阶段特点后指出,杜甫及其作品研究从英国转移至美国;杜甫作品翻译与学术研究是杜甫为英语读者接受的两个重要途径;杜甫形象经历了由早期误译较多到中期较为真实呈现及后期重新构建历程。杜甫域外传播和接受研究对于完善杜诗学理论体系构建及面对世界文学命题都具有重要意义。[①] 常呈霞在收集整理国内涉及杜甫翻译及其在英美世界的传播与接受期刊论文后总结出杜诗英译、杜诗译者和译本以及杜诗在英美传播与接受状况等几个杜诗在英美世界接受的主要研究维度。[②]

以杜诗学为代表的中国传统文化,在英语世界的传播和接受对中国传统文化的"走出去"起到关键作用。

1.2.2.3.2 误译接受研究

作家及其作品误译接受研究以译者庞德及其译诗为主。学者黄曼婷从现代西方文艺理论中的接受美学出发,以译诗文本解读的方式分析译诗中的文字误译、构造误译、文化误译和韵律误译等几个方面,并分析译者自身、译语接受主体以及译本接受环境等使译诗获得接受的因素。该学者指出,庞德对汉语古诗词的英译实际上是对其再创造和再发明的过程。[③] 四川大学朱徽教授在其专著《中国诗歌在英语世界——英美译家汉诗翻译研究》的第七章"为西土移植神州种子"中,专门介绍了埃兹拉·庞德对汉语古诗词等中国典籍和儒家哲学的英译,及其在英语世界产生的影响。对于庞德为代表人物开创的"意象派",朱徽教授指出"'意象派'在创建和

[①] 郝稷. 英语世界中杜甫及其诗歌的接受与传播——兼论杜诗学的世界性 [J]. 中国文学研究,2011(01):119–123.

[②] 常呈霞. 杜甫诗歌在英美世界之翻译、传播与接受 [J]. 河南理工大学学报(社会科学版)2012(2):227–231.

[③] 黄曼婷. 从接受美学角度探析庞德的误译 [D]. 北京:北京外国语大学,2014:15–26.

发展过程中深受中国古诗影响，其诗学理念和艺术手法中有不少受惠于汉诗英译。"[1] 无论庞德的译诗是应该被称为"无奈"误译还是有意改写，均对英语世界产生过极大影响，学者们也常以"误译"为视角分析阐述这一现象和其产生的原因。

1.2.2.3.3 创造性叛逆英译接受研究

寒山诗英译及其接受是创造性英译的典型例子，多位学者从不同的侧面审视中国非主流诗人寒山及其禅诗在英语世界的创造性英译、接受和影响。郭小春以寒山诗斯奈德译本为研究对象，结合美国20世纪50至70年代社会背景，详细分析斯奈德选择寒山诗为翻译对象的原因、翻译过程中的策略选择、译诗在美国的接受状况与译诗在英译过程中发生变异的根本原因。[2] 曹颖分析的是斯奈德与中国文化之间构成的接受与影响的互动关系。该学者梳理了在特殊的历史语境下，基于当时美国本土文化特点和需求，以及译者斯奈德本人的生活经历和个人理解，充分发挥译者主体性，加强主体性身份，对中国文化进行文化过滤，有选择地、创造性地将汉语古诗词进行本土化改造，并接受其成为美国文学和文化一部分的过程。[3] 由于诗人寒山及其诗歌在中国国内本土地位与被创造性英译接受后在他国地位的巨大差异，不断有学者此现象颇感兴趣。学者们主要从不同视角对比探究寒山本人形象和其诗与斯奈德创造性英译后呈现出的诗人形象与译诗差异，以及译诗被异化和接受原因等。

1.2.3 其他接受研究

汉语古诗词英译接受研究除去文本及文本内涵英译接受研究、主体性接受研究及作家和作品接受研究等几大板块，还有理论和译者接受等其他几方面研究。

---

[1] 朱徽. 中国诗歌在英语世界——英美译家汉诗翻译研究[M]. 上海：上海外语教育出版社，2009：96.
[2] 郭小春. 寒山诗在美国的接受和变异研究——以斯奈德寒山诗译本为例[D]. 成都：西南交通大学，2015：13-38.
[3] 曹颖. 加里·斯奈德英译中国古诗的文学他国化历程[D]. 成都：西南民族大学，2014：12-64.

1.2.3.1 理论研究

与其他传统诗歌翻译标准不同,有学者从接受理论视角,以读者为中心解读汉语古诗词英译标准。谢晓禅基于吕俊教授的翻译标准,结合接受理论核心概念与汉语古诗词的共性,多元化阐释接受理论视角下汉语古诗词英译标准,即符合知识的客观性、理解的合理性与解释的普遍有效性、符合原文的定向性、为读者审美需要有效保留诗中空白、鼓励译者的创造性和灵活处理文化因素等。[①]汉语古诗词英译多元标准对诗词翻译理论与实践发展大有裨益,它促进译者与原诗作者对话、从审美感受上尊重读者期待视野、为同一诗词不同译本的出现提供理论依据,推动中国文化的对外交流与传播。学者王佳妮着手于汉语古诗词英译的动态过程,指出由于涉及民族文化差异、审美习惯以及读者个体性不同等原因,源语审美环境相对缺失,汉语古诗词即使被完整而理性化地传递,也无法使译入语读者产生与源语读者相同的反应,这样的"失衡"就会导致原诗与译诗间原本应有的美学价值对等成为"假象对等"。为实现译入语读者产生与源语读者相似反应,该学者从微观和宏观角度提出具体的翻译实践技巧。[②]

汉语古诗词英译接受理论研究辅助汉语古诗词的有效英译并提高其译本接受度,理论结合实践促进汉语古诗词为西方英语读者接受。

1.2.3.2 译者研究

作为第一读者和翻译活动的主体,译者研究也是汉语古诗词英译接受研究的重要组成部分,译者研究包括国外汉学家及国内译者研究,国外汉学家以加里·斯奈德、埃兹拉·庞德和阿瑟·韦利为代表,国内译者当属许渊冲为首。

加里·斯奈德研究聚焦于寒山诗翻译,一方面,主要结合当时美国社会背景和译者个人经历,深入探析译者斯奈德的主体性发挥,即其创造性

---

① 谢晓禅. 从接受理论的角度看古诗翻译标准的多元性 [D]. 上海:上海海事大学, 2007: 59–105.

② 王佳妮. 中国古典诗歌英译"假象等值"现象——审美传递与接受过程分析 [D]. 广州:广东外语外贸大学, 2006: 42–60.

叛逆在寒山诗英译过程中的具体体现；另一方面，阐释寒山诗在经过斯奈德的有意"误读"和创造性"误译"后在美国呈现出与国内完全不同的接受状况。学者周蒙对斯奈德译诗选择原因做出研究，并从读者期待视野、文本不确定性与读者地位三个核心视角审视斯纳德的寒山诗英译，指出正是斯奈德对译文目标语读者的充分考虑使得其译本在美国得到广泛传播和接受。[①]

埃兹拉·庞德与其英译和加里·斯奈德与其英译的接受过程有些相似，都是汉语古诗词经过两位译者创造性英译甚至"误译"后进入英语世界并得到广泛传播和接受。学者黄曼婷从微观操作层面入手，将庞德英译中误译细分为文字误译、结构误译、文化误译以及韵律误译，总结出是译者自身、译语接受主体和译本接受环境等各方因素的共同作用推动庞德英译汉语古诗词在西方得到接受。[②] 另一为译者主体性研究，即庞德作为译者自身对原文本的选择与其误译原因，译文读者与环境对庞德译本的认可与接受原因分析。学者翟萍指出译者本身对译本选择是译本接受的重要原因之一，因为"正是为了宣扬他（庞德）的意象派诗歌，他才热衷于翻译中国古诗，因为中国诗注重'音乐''意象'与'神韵'，这些均可与庞德政治探索的新诗方向不谋而合"，"他（庞德）面临的读者早已厌倦了维多利亚时代伤感诗风，时代呼唤着新的诗学风格"并且"这些（他所选的）诗恰好地表达了战争中的欧美读者欲说还休的情感"[③]。内部与外部因素的结合成就了庞德译诗在英语世界的接受。

阿瑟·韦利是早于加里·斯奈德并与埃兹拉·庞德同时代的翻译家，是英国20世纪上半叶最杰出的汉学家之一，他使中国古诗进入了西方普通读者的视野，他的《汉诗一百七十首》在于1918年初次出版之后的三十年内在英国再版12次、美国9次，他在1962年再版的《汉诗一百七十首》中重写前言说："该书出版四十年以来，销售一直很平稳，我觉得其中的一个原因就是这本书受到了那些通常不看诗的人的喜

[①] 周蒙. 接受美学视角下寒山诗英译研究——以斯奈德英译为例 [D]. 杭州：杭州师范大学，2016：17-43.

[②] 黄曼婷. 从接受美学角度探析庞德的误译 [D]. 北京：北京外国语大学，2014：15-26.

[③] 翟萍. 从接受美学视角探析庞德误译 [J]. 学海，2008（03）：185-188.

欢。"①学者陈橙主要考察阿瑟·韦利以"弹性节奏"为基础的半自由诗体翻译创新、直译策略以及归化与异化平衡等几方面与主体文学需求间的关系，梳理译者主体能动性在文本选择与翻译目的间的平衡与发挥。②李冰梅研究了韦利译诗让中国文学走进英语文学的另一条道路，即通过美国当代女诗人、1985年普利策奖得主卡洛琳·凯瑟创作的诗歌。这些诗歌以韦利译诗为题材，诗歌的副标题即为"向韦利致敬"。③其中，《河畔夏日》（*Summer Near the River*）就是仿照韦利的《子夜歌五首》而作。据此，李冰梅指出：韦利的创意性翻译让中国诗有了异域的韵味，凯瑟又让这首带有异域韵味的中国诗彻底变成了英诗，表达现代西方女性的情感世界，而不再是南朝女子唱出的质朴民歌。④这些都显示出英语世界普通读者和诗人对韦利译诗的接受，也体现着韦利译诗对英语世界读者及诗人诗坛的巨大影响。

谈及汉语古诗词国内译者，许渊冲仍居首位。只是"由于他的主要成就是在实践领域，加之他的理论话语方式与论证过程大都从具体译例出发，并最终归于实践，更由于我国学术传统及评价模式往往强调'理论联系实践'，因此绝大多数文章都将其理论与译例结合在一起加以评判，甚至将两者混为一谈。"李昕在探讨许渊冲翻译思想及理论后，详述许译思想、理论及策略在具体翻译作品中的应用，再以译例分析译者翻译思想的体现。⑤此外，部分学者在分析许渊冲翻译理论、思想贡献基础上，进一步指出其理论中不足之处。例如，对于实践未能完全实现使译文读者获得与原文读者相同审美感受的争议，学者谢晓指出，完成三美的进程中，许渊冲的翻译未能完整遵守接收美学的尺度，有些译文和原文有误差，正是这些误差导致他的译文读者得不到和原文读者一样的审美体验。⑥总之，

---

① 转引自：陈惠. 阿瑟·韦利诗歌翻译思想探究[J]. 湘潭大学学报（哲学社会科学版），2011（3）：153–156.
② 陈橙. 阿瑟·韦利中国古诗英译研究[D]. 成都：四川大学，2007：42–100.
③ Carolyn Kizer. *Cool, Calm & Collected; Poems* 1960-2000[Z]. Port Townsend, Wash: Coppercayon Press, 2001: 84.
④ 李冰梅. 韦力创意英译如何进入英语文学——以阿瑟·韦利翻译的《中国诗歌170首》为例[J]. 中国比较文学，2009（03）：106–115.
⑤ 李昕. 许渊冲诗歌翻译思想及其实践研究[D]. 齐齐哈尔：齐齐哈尔大学，2016：28–57.
⑥ 谢晓. 接受美学观照下的许渊冲诗歌翻译研究[D]. 合肥：安徽大学，2012：22–54.

无论其理论或实践是否有瑕疵，许译本成为汉语古诗词英译研究样本数量之广，已证明了许译本在国内的巨大影响力。

1.2.4 小结

纵览2007年至2016年十年间汉语古诗词英译接受研究，在研究内容上大致分为古诗词英译本和内涵英译在内的译本接受研究，包括译者和译本读者在内的主体性接受研究，作家作品英译接受研究，以及包括理论与译者在内的其他接受研究等几大方面。从研究层面上，为从翻译的微观实践到译作接受历程及理论等多维度、跨学科的发展态势，但大部分研究仍主要集中于具体译本的微观翻译实践，即翻译策略与方法的探讨，以及与主体性发挥间关联的分析。研究方法主要涵盖个案研究、描述性研究、经验总结以及问卷调查等，其中，个案研究、描述性研究与经验总结法为主要使用方法。从学科视角而言，十年间的汉语古诗词英译接受研究在接受美学的理论支撑下与中国古代文论或阐释学等其他理论结合，折射出多维度与跨学科的交叉研究倾向。汉语古诗词英译接受研究大多以个案研究为主要方法，从译本与内涵的实践方面分析译本对原诗词意境等各层次的再现，这样的再现反射出译者主体性的发挥。译者主体性发挥主要是以描述性研究方法比对分析多位译者主体性的不同发挥，而译者主体性差异是同一首古诗词呈现不同英译的主要根源。作家作品宏观接受主要脉络是以历时的视角在以专著为主的研究中得到厘清。问卷调查法以实证和量化的方式力证读者对同一古诗词不同英译本的接受程度，也是客观检测读者对译文接受度的好方法。

在接受理论观照下，汉语古诗词英译研究总体面貌呈现为对译本微观操作研究多于对译本宏观接受研究；对译者主体性分析多过对译文读者接受研究的分析，以学者个人感受代替英语读者感受，对译文主观评价分析多于译文客观接受调查。

鉴于此，本研究有以下几个主要特点。首先，由于汉语古诗词英译是一个常议常新的话题，所以本研究对十年来的古诗英译研究进行了文献梳理，并发现古诗英译的研究有了新的进展，但在其接受方面依然有待更多的挖掘。其次，本研究进一步采取了与量化研究结合并辅之与的路径，试图去了解古诗英译的中外译者在读者接受方面的表现及其译品在域外文化背景下的生存状况。最后，本研究关注全球化背景下中国文化的对外译介，试图寻求在该背景下讲好"中国故事"的方法和路径，并挖掘其中的文化价值。

第二节 研究方法

2.1 接受理论的历史发展基础

早在一千多年前，我国著名诗人苏轼就用诗歌《题西林壁》来赞美庐山的千姿百态。究竟庐山是什么样子，不同观察者有不同的描述，指出了观察者在具体观察过程中因各自视角不同而呈现出的相对性与多元性，更体现出的是观察者的主观能动性。如果把它联系到西方的文艺批评理论，则可指向以读者为中心的接受理论。

英国批评家特雷·伊格尔顿在《二十世纪西方文学理论》一书中把现代文学理论分为三个阶段："全神贯注于作者阶段（浪漫主义和十九世纪）；绝对关心作品阶段（新批评）；以及近年来注意力显著转向读者的阶段"[①]。伊格尔顿说到的这第三个阶段，即当代西方文论研究重点的第二次转移，以读者为中心的转向，而这次以读者为中心的转向主要指的就是接受美学理论的创立。有学者指出："接受美学是德国给予世界的最著名的文学研究创新之一，也是 20 世纪中期以来文学方法论研究中被讨论最多、影响最大的理论之一。有学者视之为'学术共同体生产的销路最好的产品'"[②]；也有学者认为："正是接受美学的创立，才导致文学研究中心的转移，即由过去的以文本为中心转移到以读者为中心，从而使文学研究的趋向发生了

---

① T.伊格尔顿.二十世纪西方文学理论[M].伍晓明，译.西安：陕西师范大学出版社.1983：91.

② 方维规.文学解释力是一门复杂的艺术——接受美学原理及其来龙去脉[J].社会科学研究，2012（02）：109-134.

根本的变化"。[①]

这种取代了"经典范式""历史主义"的各种范式和文学"内部研究"的"文学研究中的范式转换"[②]就是接受美学。"'接受美学'这一概念是20世纪60年代末德国康茨坦斯大学文艺学教授姚斯提出来的，后经姚斯和伊塞尔的共同发展，成为20世纪七八十年代影响深远的一个美学流派。它的核心是从读者接受出发研究文学作品，认为读者不是被动的接受者，而是主动的创造者，文学作品的价值最终是由读者完成的，读者成为文学发展史的最终仲裁人。接受美学把文学研究的视域从以作者、作品为中心转到以读者为中心，提高了读者的地位，丰富了文学作品的内涵，开拓了文学理论研究的新领域。这一学派在20世纪70年代到80年代前半期达到鼎盛，此后就逐渐衰落，但并没有完全消失，而是逐渐融入了各种哲学社会思潮，继续发挥着各种各样的影响。"[③]

接受理论之所以成为20世纪影响力较大的理论之一并非一蹴而就，而是在众多相关理论、思潮的铺垫基础之上产生的，这些理论、思潮就包括诠释学、现象学和结构主义，接受理论同时还与读者反应论有着千丝万缕的联系。

2.1.1 诠释学与接受美学

"诠释学"也被称为"阐释学"，因为"诠"即意为"详细解释；阐明事理"[④]，"诠释学在一般意义上的概念，是指研究关于文本意义理解和解释的理论或哲学"[⑤]。以历时的视角纵览诠释学，西方的诠释学出现于古希腊时期，最早是关于如何理解卜卦、神话和寓言等的意义问题，实际上就是研究如何将隐藏在隐晦语言之后的旨意转换为易于理解的语言的

[①] 姚斯，霍拉勃. 接受美学与接受理论（出版者前言）[M]. 周宁、金元浦，译. 沈阳：辽宁人民出版社，1987：3.

[②] 霍拉勃. 接受理论 [A]. 姚斯，霍拉勃. 接受美学与接受理论 [C]. 周宁，金元浦，译. 沈阳：辽宁人民出版社，1987：281.

[③] 周来祥 戴孝军. 走向读者——接受美学的理论渊源及其独特贡献 [J]. 贵州社会科学，2011（08）：4–16.

[④] 《辞海》（第七版）. 上海：上海辞书出版社，1979：377.

[⑤] 陆娟. 诠释学不同流派对翻译学发展的影响 [J]. 宁夏大学学报（人文社会科学版），2012（05）：175–179.

问题。相较而言，真正意义上的诠释学诞生于对《荷马史诗》和《圣经》的解读，前者着重于诗歌中寓意的诠释，而后者则是对经典语法字面意义上的诠释。这也就是 19 世纪以前古典诠释学形态，这个阶段的诠释学实际上是《圣经》注释学，或者说是对以《圣经》为典范的历史文本和宗教文本的诠释。诠释的主体是文本，即古典诠释学的研究重心在于文本的解释说明。之后到了 19 世纪，诠释学发展到另一个阶段，"19 世纪到 20 世纪这一阶段，德国哲学家施莱尔马赫和狄尔泰等人在古典诠释学的基础上开创了诠释学理论的新纪元"[①]。此时的"新纪元"指的是创新人物施莱尔马赫和狄尔泰使《圣经》的释义不只局限于经典文本本身，而是将研究的重心转移到了理解本身。这大大拓展了诠释学的研究方向与领域，实现了从特殊（局部）诠释学走向普遍（一般）诠释学的转型[②]。这样的转型结果就是施莱尔马赫的方法论诠释学，诠释学内涵被从特殊诠释学上升到普遍诠释学，而后的狄尔泰进一步完成了方法论诠释学，实现了诠释学一次质的飞跃。

20 世纪初，德国哲学家海德格尔和他的著名弟子伽达默尔一起再次实现了诠释学又一次质的飞跃。根据海德格尔对此在诠释学的理解方式，理解并非此在的行为方式，而是存在方式。如此而言，理解也并非追寻文本中隐含的作者原意，而是读者自身的状态。这就是诠释过程中关注重心的转移，从对作者原意转向了读者理解，读者理解被从原本对作者原意的把握推进到了读者因为已有的"前理解"而在阅读过程中不断生成自我新的理解的过程，这个过程也是文本意义得以不断创生的过程。"海德格尔是诠释学发展史上第一个真正意义上的'读者中心论者'。在海德格尔之前的诠释学基本上属于方法论的领域，而海德格尔通过建立此在诠释学，实现了对以往的诠释学和本体论的双重变革。"[③]

在老师海德格尔的影响下，伽达默尔不仅继承了其衣钵，而且结合

[①] 陆娟. 诠释学不同流派对翻译学发展的影响 [J]. 宁夏大学学报（人文社会科学版），2012（05）：175–179.

[②] 方以启. 关于诠释学理论中若干基本问题的探究 [J]. 阿坝师范高等专科学校学报，2007（03）：26.

[③] 彭启福. 西方诠释学诠释重心的转换及其合理走向 [J]. 安徽师范大学学报（人文社会科学版），2003（02）：125–130.

黑格尔的历史精神本质进一步推进了诠释学的系统化发展，构建起了自己的哲学诠释学。伽达默尔说："黑格尔在这里（即关于精神以更高的方式在自身中把握艺术真理思想时）说出了一个具有决定性意义的真理，因为历史精神的本质并不在于对过去事物的修复，而是在于与现时生命的思维性沟通。"① 据伽达默尔的理解，读者对文本解读的关键并非对原作者意图的理解与把握，而是过去事物与文本中现时生命的思维性沟通，即借助文本而对此在的存在方式的实现。因此，对文本的理解就是从读者自己的历史性出发，在与文本的思维性沟通中重新生产文本意义的过程。进言之，从历史发展的视角来看，由于读者本身的历时性和开放性，文本意义也就被不断创生，理解并非固定不变，而是随历时的变化而变化。这也就是伽达默尔强调的："本文的意义超越它的作者，这并不只是暂时的，而是永远如此的。因此，理解就不只是一种复制的行为，而始终是一种创造性的行为。"② 伽达默尔进一步完善了海德格尔的诠释学，也正式完成了诠释学由方法论向本体论的转变。诠释学真正成了独立且重要的哲学诠释学。在伽达默尔这里，读者及其历史性成了决定文本意义的关键所在。

在伽达默尔的"理解不只是复制行为而是创生行为"观念的影响下，接受美学代表人物之一的姚斯更加强调文本的开放性和读者在文本解释过程中的积极参与作用。"接受理论主张文本的具体意义的生成取决于文本定向性与译者阐释意志张力之间的相互作用。"③ 这就是接受美学的逻辑起点——读者的解读和接受。1967 年，姚斯在其题为《文学史作为向文学理论的挑战》的演说中，全面提出了接受美学的基本思路和理论框架，并确立该理论以读者为中心。姚斯借用阐释学"视野"的概念，以"期待视野"为中介，以"视野融合"为途径，将文学史转化为一种阅读者的积淀，在文学与社会、美学与历史之间架起了一座桥梁，接通了文学与现实、过去与未来。"期待视野"是解读者面对本文时，调动自己经验而产生的思维定向，以及其他所希望的满足。"视野融合"则是指接受者

---

① 伽达默尔. 真理与方法 [M]. 洪汉鼎，译. 上海：上海译文出版社，1999：221.
② 伽达默尔. 真理与方法 [M]. 洪汉鼎，译. 上海：上海译文出版社，1999：380.
③ 胡开宝，胡世荣. 论接受理论对于翻译研究的解释力 [J]. 中国翻译，2006（05）：6-14.

45

的期待视野与本文或生活实践视野的交融和相互影响。[1] 视野融合的过程实际上即是读者对文本理解的过程，对文本的理解和解释涉及文本和解释者，因此，理解和接受的过程也就是意义生成的过程。文本是读者理解和解释的对象，解释者是理解和解释的具体执行者。读者带着自己的"期待视野"解读、理解文本，此时的理解于伽达默尔而言即为"效应史"。伽达默尔尤为关注的"效应史意识"，不是探究一部作品产生效应的历史，而是指作品本身产生效应，理解被证明为效应。[2] 读者所有的历史理解都受到效应史意识的规定，它是理解和解释时的主导意识，读者时刻都可能从源自过去并传承给他们的东西中理解自己。[3] 姚斯吸取了伽达默尔的有关"效果历史"观点，把读者对文学作品的阐释纳入一个动态的辩证发展过程中，并认为文学史就是"第一个读者的理解将在一代又一代的接受之链上被充实和丰富，一部作品的历史意义就是在这过程中得以确定，它的审美价值也是在这一过程中得以证实。在这一接受的过程中，对过去作品的再欣赏是通过去艺术与现在艺术之间、传统评价与当前的文学尝试之间进行的不间断的调节同时发生的。"[4] 或者说"文学史是一个审美接受和审美生产的过程。审美生产是文学本身在接受者、反思性批评家和连续生产性作者各部分中的实现。"[5] 如此而来，姚斯在伽达默尔提出观点的基础上，以"期待视野"为媒介，"视野融合"为途径，用代代读者"前理解"的积淀构建成了文学作品过去、现在与未来的历史通道。读者在文本解读时，不仅将文本置于历时的阅读经验中，也在共时的层面上将同一时段中的新文本纳入其期待视野，从而共同创生出读者对文本多元的新意义。

接受美学理论对读者地位的提升拓展了翻译研究的内涵，为原来传统

---

[1] 方建中. 论姚斯的接受美学思想 [J]. 求索，2004（05）: 156–158.
[2] 伽达默尔. 诠释学 I: 真理与方法 [M]. 洪汉鼎，译. 北京: 商务印书馆，2007: 463.
[3] 伽达默尔. "历史的连续性和存在的瞬间"（1965），诠释学 II: 真理与方法 [M]. 洪汉鼎，译. 北京: 商务印书馆，2007: 170.
[4] 姚斯，R.C. 霍拉勃. 接受美学与接受理论 [M]. 周宁，金元浦，译. 沈阳: 辽宁人民出版社，1987: 25.
[5] 姚斯，R.C. 霍拉勃. 接受美学与接受理论 [M]. 周宁，金元浦，译. 沈阳: 辽宁人民出版社，1987: 27.

译论中忽视的、作为原文读者的译者在文本解读过程中的主观能动作用提供了新的研究视角。从接受美学视角来看，翻译从本质上即为一种阅读活动，译者就是源语文本的第一读者，译者在对源语文本的阅读中带着自己的"前理解"去理解文本并对文本意义进行加工和意义的创生。当文本进入到译者的阅读过程，文本也进入译者的"期待视野"之中，在与原作者和文本达到"视野融合"之后形成新的文本与意义。

接受美学重视读者的理解和接受活动，而翻译研究的重心也由原来传统的源文本作者意图、源语文化以及源语文本意义转移到了现在的以译者、目的语文本和目的语文本读者为中心，翻译研究重心的转移也强调的是翻译过程中由于作为读者的译者的理解和接受活动。理解和意义即是联结诠释、接受美学和翻译的纽带。

2.1.2 现象学与接受美学

德国是多种形而上学哲学理论的孕育之地，接受美学理论就是诞生于这样的哲学摇篮之中。一般认为，接受美学直接受惠于三方：现象学、历史学和结构主义。[1] 姚斯的目标在于把文学史的问题重新引入文学研究，这就与历史学紧密相关，而伊瑟尔的研究著述主要承接的是现象学。现象学于19世纪末兴起于欧洲大陆，早期代表人物为胡塞尔，后经不断发展，渗透到社会学、美学及人类学等其他各种不同领域。伊瑟尔的研究在多种哲学理论中均有重要影响，但最重要的、也是其赖以成名的是接受美学理论。因此，接受美学理论也就承载了现象学的重要观点和概念。

接受美学理论所受的现象学影响，主要指的是伊瑟尔所受的来自罗曼·英迦登的重要概念的影响。从创始人胡塞尔的现象学哲学开始，现象学美学家英迦登批判性地继承了其师胡塞尔的重要思想，用现象学的方法分析和研究文学作品。英迦登在其重点研究"文学艺术作品的基本结构和存在方式"[2]的著述《文学的艺术作品》中，首先确定了文学艺术作品的存在方式，他认为文学艺术作品就是"纯意向性客体"，而这也是文学艺术

---

[1] 王宁. 沃尔夫冈·伊瑟尔的接受美学批评理论[J]. 南方文坛，2001(05)：19-21.
[2] 罗曼·英伽登. 文学的艺术作品·序[M]. 陈燕谷，晓未，译. 北京：中国文联出版公司，1988.

作品的基本存在方式。其次，英迦登描述了文学作品的四个结构层次说，他认为一部文学作品分别由语音和更高层次的语音组合层、不同等级的意义单位层次、再现客体和图式化观相层次等四个异质层次整体构建而成。其中，语音是最基本层级，意义是决定性层级，而在论及再现客体层级时英迦登提出了现象学中的重要概念"不定点"或称"未定点"。英迦登说："我把再现客体没有被本文特别确定的方面或成分叫作'不定点'"[①]。这些"未定点"具有再现客体的重要特性，同时也因意义永远无法穷尽而具有不确定性。但同时，"未定点"又是必需的，一则因为语言本身对事物描绘的有限性，而有时客体也不需要被详细描绘；二则这些"未定点"即具有潜在的和可能的状态。如此而来，"未定点"就需要读者在阅读过程中去填充并具体化。这就是英迦登的另一个重要思想——强调主体在审美活动中的再创造活动。英迦登把文学艺术作品称为"纯意向性客体"不仅为了使之区别于一般的意向性物体，而且更要突出其对读者阅读的依赖性，文艺作品只有通过阅读方能转化为现实的存在[②]。

和姚斯一起高举接受美学理论旗帜的另一著名代表人物伊瑟尔，对接受美学的贡献与姚斯不同。姚斯从更为宏观的历史视角分析读者对文本的接受，而伊瑟尔则从微观层面讨论文本与读者的相互关系。也正因为伊瑟尔始终从读者与文本的关系来研究阅读现象，他的接受美学又被称为"阅读现象学"，即他主要受英迦登的现象学影响，把阅读过程作为文本与读者的一种相互关系来掌握和描述，认为文学作品作为审美对象，只是在这个阅读过程中动态地呈现。[③] 对于阅读中的主要因素，伊瑟尔都做出了现象学阐释，这是他对文本和阅读现象进行现象学观照之后提出的文学现象学模型，即读者-文本-阅读的三位一体性，以进一步说明文本的现象学特征。[④] 在此之上，伊瑟尔提出了他在接受美学中的重要思想和概念，例如

---

① 罗曼·英迦登. 对文学的艺术作品的认识[M]. 陈燕谷, 晓未, 译. 北京：中国文联出版公司, 1988：19–20.

② Ingarden, R. W. *The Literary Work of Art* [M]. trans. G. Grabowiez. Evanston: Northwestern University Press, 1973: 11–13.

③ 周来祥, 戴孝军. 走向读者——接受美学的理论渊源及其独特贡献[J]. 贵州社会科学, 2011（08）：4–16.

④ 朱刚. 从文本到文学作品——评伊瑟尔的现象学文本观[J]. 国外文学, 1999（02）：26–29.

文本和文学作品，召唤结构以及隐含的读者等。伊瑟尔首先区分了文本和文学作品这两个重要概念。接受美学将读者置于阅读活动的中心，读者的阅读参与也正是区别文本和文学作品的重要标志。根据伊瑟尔的观点，"文学作品"代表文本意义产生的过程："文本内包含各种视角，读者介入后把种种观点与形式相互连接，因此激活了作品，同时也激活了读者本人。"①因此，文本是作者已经完成但还处于没有被读者阅读欣赏的阶段，而作品是处在已经被读者阅读欣赏的阶段，并且作品中的意义也由读者参与实现。突出读者的中心位置并且强调作品的意义由读者的阅读而生，这是接受美学理论的重点，也正是当代西方文论研究重点转移之后与原来的明显区别之处。英迦登提出了文学作品的四个结构层次说，伊瑟尔进一步在其构建的现象学文本结构中发现了文本的"召唤结构"。伊瑟尔的现象学文本结构中既包含了文本结构，又包含了读者的存在，因此"召唤结构"吸引了读者对文本的阅读，同时读者也参与到文本的意义构成过程中。伊瑟尔指出"召唤结构"内含"空白""空缺"和"否定"。②"空白"是文本中的未定点，需要读者将其具体化，"空缺"是读者在阅读过程中对"空白"的动态显现，而"否定"则是为打破读者期待视野从而形成新视野，推进文本发展的重要参与。为了说明文本意义与读者之间的关系，"隐含的读者"或"隐在读者"也是因瑟尔引入的重要概念，"隐在读者"包括了两方面的含义：一是潜在的本文条件，二是使这些条件得以实现的阅读过程③。

根据接受美学理论，在翻译过程中，译者作为对原文本的读者需要发挥主观能动性对原文本结构中的未定点和空白进行具体化填补，但又由于翻译种种因素的制约，也不能过于强调空白的填补和未定点的具体化而将自己的理解强加于译本读者的阅读理解之中，而是应"尽可能保留可能产生的各种反应范围，也就是说，译者尽可能不降低读者的能动作用"④。接受美学理论与翻译研究的结合突出了译者在翻译活动中的主体性作用，但

---

① Iser, W. *The Act of Reading, A Theory of Aesthetic Response*[M]. Baltimore and London: The Johns Hopkins UP, 1987: 21.

② 周来祥 戴孝军. 走向读者——接受美学的理论渊源及其独特贡献[J]. 贵州社会科学, 2011（08）：4–16.

③ 金惠敏，易晓明. 意义的诞生[J]. 外国文学评论, 1988（04）：35–40.

④ Beaugrande, R. de. *Factors in a Theory of Poetic Translating* [M]. Assen: van Gorcum, 1978: 71.

于翻译活动而言，译本读者也在译本的接受及接受史中有着决定性作用。由此而来，接受美学理论拓展了翻译研究的内涵，翻译研究为接受美学理论增补了实践性支撑。

2.1.3　读者反应与接受美学

伊瑟尔是读者反应批评理论的代表人物，强调读者在作品阅读过程中的参与作用，其读者反应研究是接受美学理论的重要组成部分。有学者认为："其实，早在接受美学之前，英美批评界就有人对文学作品的接受－读者及其阅读过程发生浓厚的兴趣。随后是法语批评界、德语批评界乃至整个西方批评界，形成一股国际性研究思潮。接受美学不过是在这一潮流中的一个支流。"[①] 从批评视角来看，兴起于20世纪60年代末，以德国"康斯坦茨学派"为核心的接受美学不过是这一大思潮中的一个支流。这样以读者为中心的思潮包含了从以德国哲学家埃德蒙·胡塞尔为代表的现象学、阐释学批评、结构主义、解构主义以及接受美学等文学理论和批评中汲取的理论养分。具体而言，读者反应批评也常被学者用于专指受德国接受美学影响较大的，以美国批评家斯坦利·费史为主要代表的英美读者反应批评。读者反应批评理论"是一种以读者为中心的批评理论，它的核心在于：文本自身决不会构建出任何意义，文本只有通过读者对于文本的反应而产生意义。"[②] 费史的《文学在读者：感情文体学》和《阐释"集注本"》既是其本人主要观点的体现，也是读者反应批评在20世纪70年代发展高潮期的理论高度代表。伊格尔顿在其著述《文学原理引论》中说过："读者现在推翻了老板，自己掌权"[③]，费史的观点正是对这句话的注解。费史对研究中心专注于作品的新批评进行了严厉的批判。他认为，过去的文学批评关注的是一个伪客体，即那个具有印刷、铅字、书籍等外部形式的文学制成品，而不是人们真正追寻的那个具有意涵的"对象"，虽然在英文中

[①] 刘峰. 读者反应批评—当代西方文艺批评的走向 [J]. 外国文艺研究，1988（02）：129–138.

[②] 丛郁. 读者"提取"意义，读者"创造意义"—伊瑟与费希读者反应批评理论评析 [J]. 外国文学研究，1995（04）：102–106.

[③] Terry Eagleton. *Literary Theory: an Introduction* [M]. University of Miniensota Press, 1987: 85.

客体与对象是一个词（object）。① 在此基础上，他提出了其经典的"集中于读者而非集中于文学制成品的分析方法"② 主张。

费史将读者和阅读过程合二为一，强调读者解读文本意义过程中的决定性作用。对费史而言，文学作品的意义即为一种动态过程，为读者所建构，是读者在动态的阅读过程中所获得，文学作品的意义由读者和文本的双向交流过程中获得。但与此同时要注意的是，读者对文本意义的生成并非随意和任意的，而是被其他群体的"阐释读者"所约束。

接受美学和读者批评都将读者置于整个阅读过程的首要位置，但二者之间也存在明显区别。对接受美学而言，读者在阅读过程中确实要对未定点和空白等进行弥补和意义构建，但读者也仅是参与文学作品意义产生的一部分，接受美学主义者在意义和读者之间取了一个中间值。可是在读者反应批评这里，读者的角色已经不再仅是参与者，而其本身就是文学作品意义的来源。费史强调没有读者就没有文学作品，正是读者反应批评将读者的位置推到了相当的高度，西方文论的研究重心由文本完全转移到了读者。

2.1.4 结构主义与接受美学

最早将接受美学和接受理论译介入国内的金元浦教授在论及接受美学产生的历史渊源时曾明确指出："在接受美学产生的理论渊源中，最先受到姚斯青睐的是俄国形式主义和布拉格结构主义。"③

传统的文学理论认为艺术作品的价值是作者在作品中给出，是既定的，读者的任务就是去尽量靠近、理解和发现作品中的价值。但俄国形式主义则反传统而行之。诞生于俄国十月革命前后的俄国文化理论流派——俄国形式主义认为"文学的本质不在内容中，而只在形式中，他们将'形式'的概念扩大到审美感知的领域，把艺术作品解释为作品'设计'的总和，把注意力转向了作品的解释过程本身"④。如此一来，就开启了当代西

---

① 金元浦. 感受文体学：客体的消失 [J]. 海南学刊，2017（02）：52–59.
② Stanley. E. Fish. "Literature in the Reader: Affective Stylistics", in Jane. P. Tompkins ed, *Reader—Response Criticism* [C]. Baltimore and London: The Johns Hopkins University Press, 1980: 82.
③ 金元浦. 论接受美学产生的历史渊源（下）[J]. 青海师范大学学报（社会科学版），1991（01）：39–45.
④ 戴茂堂. 接受理论的三重背景 [J]. 扬州师范学院学报，1991（02）：74–79.

方文论研究重点的第二次转移,即研究重点由原先的对作家和作品的关系解读转移到了对作品和读者的关系之上。

俄国形式主义诞生后,一部分形式主义论者移居布拉格后逐渐形成了后续的雅克布逊和穆卡洛夫斯基为代表的布拉格结构主义。穆卡洛夫斯基从历史接受的角度发展了俄国形式主义并在基于形式主义自身的内涵及局限性基础上提出了与形式主义相对立的结构主义。接受美学从布拉格结构主义理论中汲取了重要的理论养分。

穆卡洛夫斯基在对结构主义理论的不断深入研究中,使用了符号学理论。他在1934年首次提出把艺术作品视为一种特殊结构,把艺术作品视为一个符号系统,换句话说,穆卡洛夫斯基认为艺术作品就是符号。[①] 基于此基本概念,穆卡洛夫斯基指出:"审美符号系统是物质的艺术客体和审美对象的统一;而语言艺术作品作为审美对象,是物质的艺术客体在观察者意识中的存在物和对应物。"结构主义的另一位代表人物沃季奇卡也认为:"一部作品只有被阅读,才能得到审美的现实化,只有这样,它才会在读者意识中成为审美对象"。[②] 除此之外,布拉格结构主义者还强调文学的社会历史性,他们认为艺术作品本身及其标准均非一成不变,而是随着时间和空间的变化而变。由此,欣赏者的审美感受自然也会变化。

姚斯的文学作品接受史强调读者对文学作品的理解和解读都具有相对历史性,认为文学史就是文学作品的消费史和读者的接受史,反观布拉格结构主义观点,这些都和接受美学理论有着重大关联,也给接受美学理论带来莫大启发。

2.1.5 接受美学和翻译

兴起于德国的接受理论是20世纪德国社会和历史发展的产物,更是德国新时代文学研究经验对传统文论的批评与挑战,是文学批评与文学研究方法发展的结果。现象学经由胡塞尔创立,英迦登发展,构建了作者-作品-读者的三维空间研究方式,"接受美学的理论家们特别是伊瑟尔

[①] 李航. 布拉格学派与结构主义符号学 [J]. 外国文学评论, 1989 (02): 38–44.
[②] 转引自: 戴茂堂. 接受理论的三重背景 [J]. 扬州师范学院学报, 1991 (02): 74–79.

几乎是原封不动地接受了现象学哲学美学思想"[1]。诠释学也是对接受美学影响极深,如伊瑟尔继承了现象学思想观念一样,姚斯也对诠释学大师伽达默尔感激不尽,他甚至说:"伽达默尔的阐释学经验理论以及在人本主义中心概念历史上的历史说明,他的在效果史中去认识所有历史理解的入门口的这一原则,他的'视域融合'的控制性过程所作的阐述,无疑都是我方法上的前提,没有这一前提,我的研究便不可设想了。"[2] 布拉格结构主义注重在建构审美对象过程中读者的主观能动作用,进而主张文学作品理解的历史相对性,文学作品的理解、解读就是读者的接受史。布拉格结构主义对接受美学产生和发展的重要性不言而喻。诠释学和现象学是哲学基础,结构主义是文学批评依据,接受美学的产生和发展集合汲取了众多重要理论的营养,也反之对其他领域研究产生重要关联。

因此,无论是哲学、文艺理论还是翻译,关注的核心始终是意义。无论是作者、作品或是读者为中心,离不开的一直都是意义的产生和解读。接受美学理论将读者置于首要位置,鉴于不同的读者对作品意义的解读不同,文学作品的意义也就具有多元性。接受美学认为翻译就是一种阅读过程,因此从译者视角而言,译者首先是原文本的读者和接受者。在原文本的阅读过程中,译者难免会带上自己的"前理解"对原文本中的未定点和空白进行具体化和填补,实现自己与原文本作者的视域融合,这个过程就是译者对原文本的再创造过程。在此过程中,译者一方面竭力再现原文本内容,另一方面会不自觉地融入自身的"前理解"和审美倾向,也有可能造成翻译内容和原文本不同。译者主观能动性的加入会使文本产生出一定的新意义。除了译者,接受美学视域下翻译过程中的文本接受者还有译本读者。翻译本身就是为了译本读者的接受,所以必须考虑译本读者的期待视野。译文读者在译本的阅读过程中同样会带着自己的"前理解"去具体化和填补译本中的未定点和空白,译文读者的加入和接受同样也会使译本意义多元化。同时代的译本读者对同一译本有不同的理解和解读,不同时代的译本读者对同一译本会产生更多不同的理解和解读,这也是译本读者对原文本不可忽视的反作用。

---

[1] 戴茂堂. 接受理论的三重背景 [J]. 扬州师范学院学报,1991(02):74–79.
[2] 转引自:戴茂堂. 接受理论的三重背景 [J]. 扬州师范学院学报,1991(02):74–79.

理论研究在汉语古诗词英译接受研究过程中起着指导和引领作用。但量化方法也必不可少，问卷调查对了解汉语古诗词在域外异质文化中的接受情况提供了必要的支撑。

2.2 问卷调查

根据上一节的梳理，汉语古诗词英译接受研究概况呈现出三个特点：第一，以接受理论中的不同侧面，如译者主体性体现、同一原文不同译本和具体意象等，围绕古诗英译的微观操作，即翻译策略，展开大量研究。这些研究在接受理论支撑下使古诗英译这一人文性和主观性较强的学科分支更具有学科理性和全面系统性。第二，本土化翻译标准与国外引介理论的结合丰富和拓展了本土翻译原则内涵，进而更好地指导古诗词英译实践。第三，我国诗人及其古诗词在异质文化中的变异与接受开拓了汉语古诗词英译的研究领域。古诗词被引介到异质语言文化中，在英译策略的微观层面和跨文化的宏观层面上产生变异以及因变异而导致的异质语言的接受甚至迅速传播、经典升华都值得进一步研究。

2.2.1 问卷调查的目的

但总体上，汉语古诗词英译研究较少注重英语国家读者对英译诗歌的看法，即古诗英译的接受语境进行研究，主要有以下几点原因：（1）由于中国古诗英译的实践基本上只看重从源文化视角出发来开展翻译，而忽视目标文化的接受语境，因此以上研究针对受众如何接受的问题来开展的并不多。（2）中国古诗的译者大多是中国人，这些研究大多关注的是作为自身文化身份的译作，而这些译作由于译者的单一主体极大地受制于自身的文化观念，很多属于"自我为中心"的译作，与接受语境并无多大关系。（3）这些研究还忽视了对现代以来西方社会所形成的如商业社会、英语国家文化传统等对译作接受的影响展开研究。（4）部分研究有针对汉语古诗词的接受研究，但多数是在理论层面的研究，缺乏对现实层面的考察。针对汉语古诗词英译的现实层面，本项目以实证和量化的手法展开对汉语古诗词英译的接受度调查。

2.2.2 问卷调查的设计

从 20 世纪 50 年代起，美学学者就开始了以读者为研究对象，针对读者反应的实验研究。后续更多的学者使用实验方法对读者的阅读活动进行监测，例如大卫·S.迈阿尔等人就用实验方法试图论证在阅读过程中更多个人记忆会被唤醒，读者的阅读感受过程会在某种程度上受制于文本和其他形式特点。

本次调查就参照迈阿尔与奎肯（1995）提出的读者反应问卷模式（Aspects of Literary Response: A New Questionnaire），并根据此次调查的目的和内容做出了一些调整。此次问卷主要由两部分组成，分为综合内容调查部分（general questions）和专项内容调查部分（case studies）。综合内容部分又包含两方面内容，一方面考察的是英语读者对中国传统文化、中文语言规则和基本特征、中英文化异同以及常用翻译策略和基本翻译理论的认识等；另一方面，考察英语读者对汉语古诗的需求程度和理性译者等宏观问题。专项内容调查部分选取了在中国老少皆知的两首古诗及每首古诗的两个英译本。两首古诗分别为王之涣的《登鹳雀楼》和孟浩然的《春晓》。这两首五言绝句分别出现在在中国小学生一二年级的语文课本上，中国几乎每个识字儿童都会背诵，这两首诗中不包含典故，虽然内容相对简单但是诗意浓郁。可是，内容简单并非意味着容易翻译，正如傅雷曾说的："我觉得最难应付的倒是原文中最简单最明白而最短的句子。"[①]因此，这两首古诗即属于这样看似简单但也许不易翻译的典型。《登鹳雀楼》的两个译本为宇文所安和许渊冲译本，《春晓》的则为陶友白（Witter Bynner）和约翰·特纳译本。每一个译例的调查涉及英语读者对汉语古诗英译本的整体接受度和审美价值的判断，以及对具体诗句英译的音韵再现看法等。问卷上的问题以客观题和主观题相结合的方式从个人表述、解释性反应和评价下反应等各方面了解英语读者对汉语古诗词的接受程度。

问卷调查表从制作到完成经历多次修改，也为了方便读者答题尽量简化了问卷内容，但因问卷中仍涉及部分内容需要手写或电子输入，部分被调查者放弃了答卷。还有，问卷中未提供针对译诗内容的背景知识及译者

---

① 转引自：金隄．等效翻译探索（增订版）[M]．北京：中国对外翻译出版公司，1998：49.

的国籍和姓名等,读者的评价也只能基于对汉语文化和汉语古诗极为有限的了解,而有人甚至根本不了解。因此,调查主要涉及的是汉语古诗的接受倾向,而非译诗对原作的忠实与否。

2.2.3　问卷调查的对象

本次调查共发放问卷 40 份,但有一半读者由于种种原因未能及时交回问卷,因此最终收回有效问卷 20 份。此次设定的被调查者主要是来自英语国家,并对文学有一定的喜好。被调查者不限年龄、性别及职业,但在问卷中的综合内容和专项内容调查之前设置了几个问题,对被调查者的个人信息进行大致了解,其中包括被调查者的性别、是否英语为母语、受教育程度及对汉语的掌握情况。通过回收问卷可以了解到,20 位被调查者中男性和女性分别为 10 位。

20 位被调查者的学历分布情况为:博士 2 人,占总数的比例为 10%;硕士 3 人,占总数的比例为 15%;学士 14 人,占总数的比例为 70%;学历部分选择其他的为 1 人,占总数的比例为 5%。

20 位被调查者对汉语的掌握情况为:选择较好的为 9 人,占总数的比例为 45%;选择流畅的为 2 人,占总数的比例为 10%;选择一般的为 6 人,占总数的比例为 30%;选择基本不会的为 3 人,占总数的比例为 15%。

2.2.4　问卷调查的过程

该问卷调查从问卷制作开始到 20 份问卷收回,前后共历时三个多月。本次调查以事先设计好的问卷形式进行,进行的方式有两种,一为将问卷以邮件方式发送给被调查者,由被调查者在电子版问卷上填写好后仍以邮件的方式发回;另一为直接将问卷纸质版打印好送交被调查者,由被调查者填写好后再收回。

此次问卷从 2017 年 7 月开始以邮件形式发送,至 8 月底共收回 9 份有效问卷,被调查者为英国当地的高校师生。后续又将打印好的纸质版问卷送交包括昆明理工大学、昆明学院及昆明冶金高等专科学校等几所在昆高校的外籍专家、教师和留学生手写作答。直至 2017 年 11 月,纸质版问卷共收回 11 份。此次调查共收回有效问卷 20 份。

第三节 调查结果与分析

3.1 数据展示

根据问卷的设计，问卷调查所得到的数据也分为综合调查部分数据展示与专项调查部分数据展示，每个部分的数据又进一步围绕每个问题及其选项做出统计。为了更清晰地呈现数据结果，本小节分别以表格及饼图形式展示数据结果。

3.1.1 综合调查

综合调查部分共有 8 个问题，均为单选题，是对英汉语语言文化及翻译知识的调查，此处略去问卷调查表英语原文（问卷调查样表参见附录二）。

问题 1：我（被调查者）很清楚地知道汉语文化和英语文化的异同。

表 1-6　综合调查问题 1 回答情况

选项	选择人数	所占百分比
非常不同意	0	0
不同意	0	0
一般	1	5%
同意	5	25%
非常同意	14	70%

此题调查的是被调查者对英汉两种语言文化异同的了解状况。

问题2：我（被调查者）了解中国传统习俗和文化。

表1-7 综合调查问题2回答情况

选项	选择人数	所占百分比
非常不同意	1	5%
不同意	3	15%
一般	6	30%
同意	10	50%
非常同意	0	0%

此题调查的是被调查者对中国传统文化的了解程度。

问题3：我（被调查者）了解英汉语基本特征及二者的大体差异。

表1-8 综合调查问题3回答情况

选项	选择人数	所占百分比
非常不同意	1	5%
不同意	4	20%
一般	2	10%
同意	8	40%
非常同意	5	25%

此题调查的是被调查者对英汉两种语言的异同了解。

问题4：我（被调查者）了解常用的翻译策略。

表1-9 综合调查问题4回答情况

选项	选择人数	所占百分比
非常不同意	2	10%
不同意	7	35%
一般	6	30%
同意	3	15%
非常同意	2	10%

此题调查的是被调查者对翻译常用方法与技巧的了解程度。

问题5：我（被调查者）了解基本的翻译理论。

表1-10 综合调查问题5回答情况

选项	选择人数	所占百分比
非常不同意	9	45%
不同意	4	20%
一般	5	25%
同意	2	10%
非常同意	0	0%

此题调查的是被调查者对翻译基本理论的了解程度。

问题6：我（被调查者）经常阅读汉语古诗词英译本。

表 1-11 综合调查问题 6 回答情况

选项	选择人数	所占百分比
从不	13	65%
偶尔	5	25%
一般	1	5%
经常	0	0%
总是	1	5%

此题调查的是被调查者对汉语古诗词英译的了解程度。

问题 7：我（被调查者）对汉语古诗词的喜欢程度。

表 1-12 综合调查问题 7 回答情况

选项	选择人数	所占百分比
非常不喜欢	6	30%
不喜欢	7	35%
一般喜欢	7	35%
正常喜欢	0	0%
非常喜欢	0	0%

此题调查的是被调查者对汉语古诗词英译的喜爱程度。

问题 8：我（被调查者）认为汉语古诗词的理想的译者应该是？

表1-13 综合调查问题8回答情况

选项	选择人数	所占百分比
外国译者	6	30%
中国译者	3	15%
中外合译	9	45%
汉学家	8	40%

此题旨在了解在英语读者心中的理想译类型。

3.1.2 专项调查

专项调查部分是分别对王之涣《登鹳雀楼》和孟浩然《春晓》的两个英译本从诗意、难易度、接受度及审美价值几方面提出进行具体的调查。下面的7个问题均是针对王之涣《登鹳雀楼》两个译本的调查数据展示：

问题1：王之涣《登鹳雀楼》的两个译本中，哪个更能体现原诗意境？

表1-14 《登鹳雀楼》译本选择情况

译本	选择人数	所占百分比
A	9	45%
B	11	55%

在问题1对王之涣《登鹳雀楼》的两个译本的选择之后，问卷中还设置了一个请被调查者填写选择译本原因的主观题，旨在了解被调查者对其所选择译本的直观感受。

问题2：选择王之涣《登鹳雀楼》A译本的人对此译本的难易度理解为？

表1-15 《登鹳雀楼》A译本理解难易度调查

难易度	选择人数	所占百分比
1（非常容易）	4	45%
2（容易）	2	22%
3（一般）	1	11%
4（困难）	0	0
5（非常困难）	2	22%

问题3：选择王之涣《登鹳雀楼》A译本的人对此译本的接受度如何？

表1-16 《登鹳雀楼》A译本接受度调查

接受度	选择人数	所占百分比
1（非常容易）	0	0
2（容易）	2	22%
3（一般）	2	22%
4（困难）	5	56%
5（非常困难）	0	0%

问题4：选择王之涣《登鹳雀楼》A译本的人认为此译本的审美价值如何？

表 1-17 《登鹳雀楼》A 译本审美价值情况调查

审美价值	选择人数	所占百分比
1（非常有价值）	1	12%
2（有价值）	3	33%
3（一般）	3	33%
4（没有价值）	2	22%
5（非常没有价值）	0	0

问题 5：选择王之涣《登鹳雀楼》B 译本的人对此译本的难易度理解为？

表 1-18 《登鹳雀楼》B 译本理解难易度调查

难易度	选择人数	所占百分比
1（非常容易）	8	73%
2（容易）	0	0
3（一般）	1	9%
4（困难）	2	18%
5（非常困难）	0	0

问题 6：选择王之涣《登鹳雀楼》B 译本的人对此译本的接受度如何？

表 1-19 《登鹳雀楼》B 译本接受度调查

接受度	选择人数	所占百分比
1（非常容易）	1	9%
2（容易）	6	55%
3（一般）	4	36%
4（困难）	0	0
5（非常困难）	0	0

问题 7：选择王之涣《登鹳雀楼》B 译本的人认为此译本的审美价值如何？

表 1-20 《登鹳雀楼》B 译本审美价值情况调查

审美价值	选择人数	所占百分比
1（非常有价值）	1	9%
2（有价值）	6	55%
3（一般）	3	27%
4（没有价值）	1	9
5（非常没有价值）	0	0

下面的问题是针对孟浩然《春晓》两个译本的调查数据展示。

问题 1：孟浩然《春晓》的两个译本中，更有诗意的译本为：

表 1-21 《春晓》译本选择情况

译本	选择人数	所占百分比
A	12	60%
B	8	40%

问题 2：选择孟浩然《春晓》A 译本的人对此译本的难易度理解为？

表 1-22 《春晓》A 译本理解难易度调查

难易度	选择人数	所占百分比
1（非常容易）	7	58%
2（容易）	2	17%

（续表）

难易度	选择人数	所占百分比
3（一般）	2	17%
4（困难）	0	0
5（非常困难）	1	8%

问题3：选择孟浩然《春晓》A译本的人对此译本的接受度如何？

表1-23 《春晓》A译本接受度调查

接受度	选择人数	所占百分比
1（非常容易）	1	8%
2（容易）	8	67%
3（一般）	1	8%
4（困难）	2	17%
5（非常困难）	0	0

问题4：选择孟浩然《春晓》A译本的人认为此译本的审美价值如何？

表1-24 《春晓》A译本审美价值情况调查

审美价值	选择人数	所占百分比
1（非常有价值）	3	25%
2（有价值）	2	17%
3（一般）	6	50%
4（没有价值）	1	8%
5（非常没有价值）	0	0

问题5：选择孟浩然《春晓》B译本的人对此译本的难易度理解为？

表1-25 《春晓》B译本理解难易度调查

难易度	选择人数	所占百分比
1（非常容易）	5	63%
2（容易）	0	0
3（一般）	0	0
4（困难）	1	12%
5（非常困难）	2	25%

问题6：选择孟浩然《春晓》B译本的人对此译本的接受度如何？

表1-26 《春晓》B译本接受度调查

接受度	选择人数	所占百分比
1（非常容易）	4	50%
2（容易）	2	25%
3（一般）	1	13%
4（困难）	0	0
5（非常困难）	1	12%

问题7：选择孟浩然《春晓》B译本的人认为此译本的审美价值如何？

表1-27 《春晓》B译本审美价值情况调查

审美价值	选择人数	所占百分比
1（非常有价值）	2	25%
2（有价值）	3	38%
3（一般）	0	0
4（没有价值）	2	25%
5（非常没有价值）	1	12%

3.2 数据解读与讨论

此小节分别依据调查问卷中的综合调查部分和专项调查部分进一步解读和讨论数据出呈现的信息。

3.2.1 综合调查

在此部分的8个问题可以被分别按调查内容分为4组讨论,第一组(问题1—3)即表1–6、表1–7和表1–8,是关于被调查者对汉语语言与文化,以及英汉两种语言与文化异同的了解程度。第二组(问题4—5),表1–9和表1–10,为了解被调查者对常用翻译策略和基本翻译理论的认识情况。第三组(问题6—7),表1–11和表1–12,了解被调查者对汉语古诗词的阅读了解及喜爱程度。第四组(问题8),表1–13,了解被调查者认为的理想译者类型。

第一组的表1–6、表1–7和表1–8中调查数据分别在下面的图1–1、图1–2和图1–3中被更加清晰地表现出来。

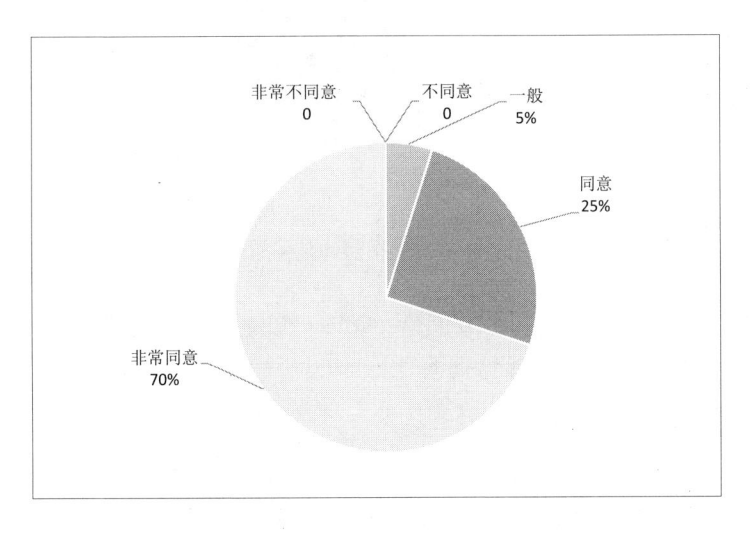

图1 清楚地知道汉语文化和英语文化的异同

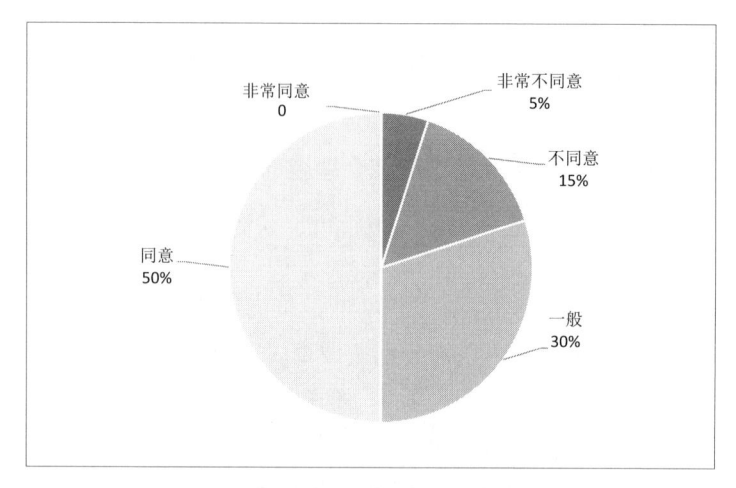

图 1-2　了解中国传统习俗和文化

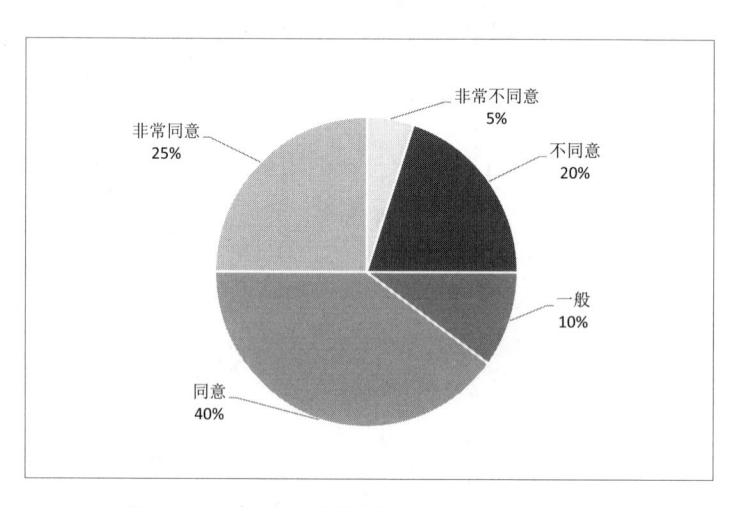

图 1-3　了解英汉语基本特征及二者的大体差异

综合三个图，被调查者大部分（70%）知道英语文化和汉语文化之间存在着巨大差异。大部分被调查者对中国传统文化有着或多或少的了解（5%—50%），但是没有被调查者认为自己对于中国传统文化有非常深入的了解。还有，接近一半的被调查者（40%）认为自己较为了解英汉两种语言的异同，但认为自己对两种语言异同非常了解的也仅为25%。这几个数据说明，语言是文化的一个部分，二者关系密不可分，被调查者对文化的认知程度直接影响着他们对语言的了解。

表 1-9 和表 1-10 中被调查者对翻译方面的认识和了解在下面图 1-4 和图 1-5 中也得以清晰显示：

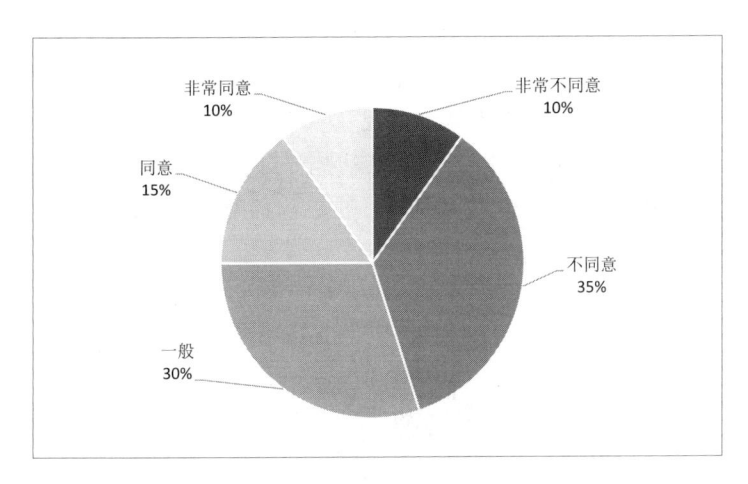

图 1-4　了解常用的翻译策略

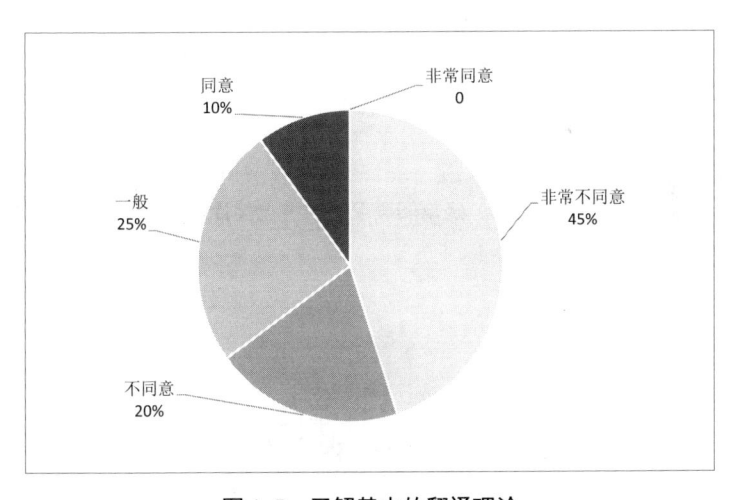

图 1-5　了解基本的翻译理论

大部分被调查者对常用翻译策略的认识处于不太了解和一般了解（共65%），非常不了解和非常了解的均为较少数，较为符合被调查者的认知分布。但被调查者对于翻译理论的认识则与对翻译策略的认识有所不同。

近半数的被调查者（45%）表示对翻译理论基本一无所知，其他一半也处于不太了解和一般了解（共45%），几乎没有被调查者对认为自己对翻译理论较为了解。两组数据显示，处于实践层面的方法和技巧在大众中有更高的普及度，而上升到理论，普及度就明显下降。被调查者中没有一人认为自己非常了解翻译理论，反之，近一半人（45%）认为自己非常不了解相关翻译理论，也有近一半人认为自己基本不了解和一般了解。也就是说，只有极少数人（10%）认为自己较为了解翻译理论。

图1-6和图1-7显示的是表1-11和表1-12中显示的被调查者的汉语古诗词阅读与喜爱情况。

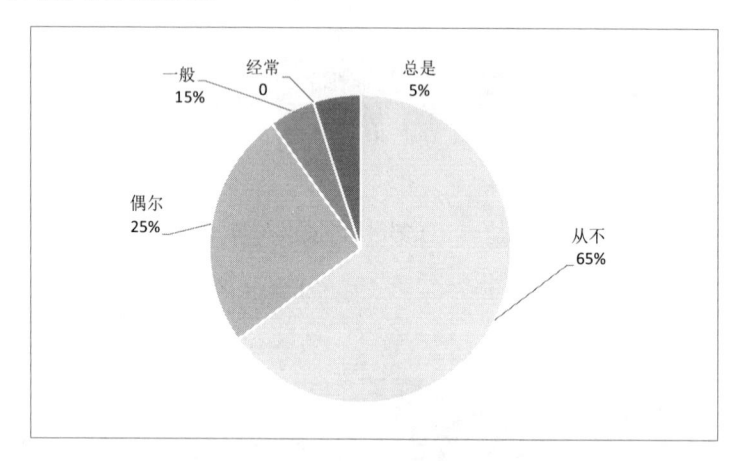

图1-6　经常阅读汉语古诗词英译本

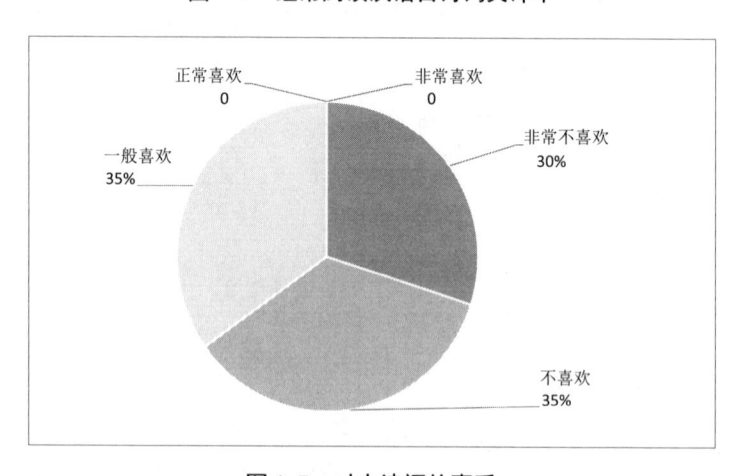

图1-7　对古诗词的喜爱

从图 1-6 和图 1-7 中的调查数据可以看出，绝大部分读者（基本不读和从不读的就已占总数 90%）几乎不读汉语古诗词译本，也不接受和喜爱汉语古诗词（非常不喜爱和不太喜爱的也已占总数 65%），这些都说明，汉语古诗词对于英语国家的大多数普通读者而言都较为陌生，汉语古诗词"走入"英语世界仍有漫长的过程。但是，也正因为这些被调查者对于汉语古诗词不熟悉，可以避免他们对问卷中提供译本的先入为主的印象，从而所做出的评价也更为客观。

表 1-13 中被调查者认为的汉语古诗词英译的理想译者在问卷调查中数据显示如图 1-8。

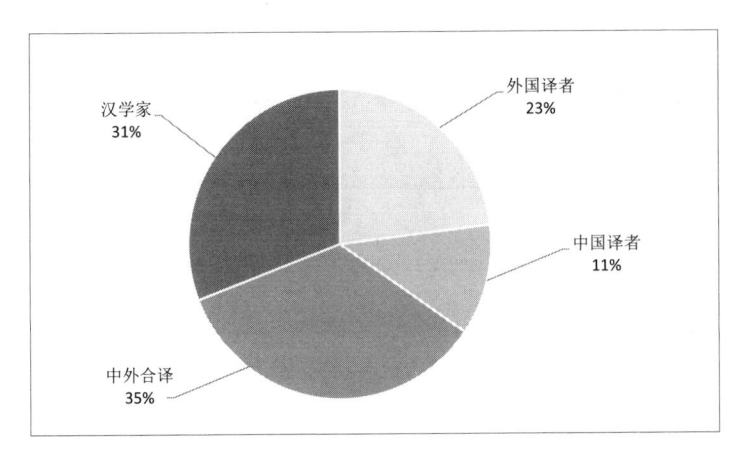

图 1-8 认为汉语古诗词的理想的译者的选择情况

在具体的诗歌译本专项调查之前，被调查者对汉语古诗词英译先入为主的理想译者类型为汉语为母语的译者和英语为母语的译者合译，或了解汉语的汉学家，而只有 11% 的被调查者认为汉语古诗词应由中国译者来翻译。这也说明，被调查者认为由于文化的巨大差异，汉语古诗词的英译工作还是应该由中国译者和英语译者共同完成，而绝非中国译者独立完成。

3.2.2 专项调查

此部分是分别对问卷中专项调查内容——王之涣《登鹳雀楼》两个英

译本和孟浩然《春晓》两个英译本——的调查数据分析。

3.2.2.1 对案例一的调查数据分析

专项调查中的第一个案例为对王之涣《登鹳雀楼》宇文所安译本和许渊冲译本的调查研究。

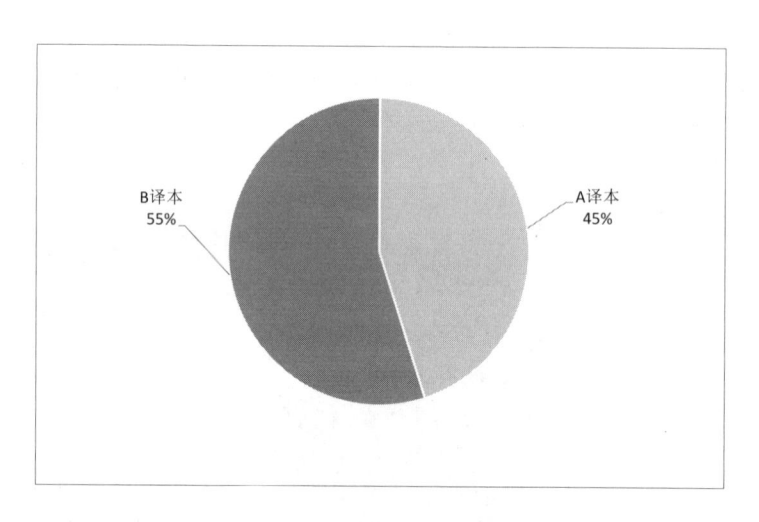

图 1-9 更能体现诗意境

除须选择两个译本哪个更能体现诗的意境外，问卷中另设置了一个填写选择原因的主观题。从对两个译本中更能体现原诗意境译本的选择情况来看（图9），认为B译本更能体现原诗意境的被调查者稍多于选择A译本的被调查者。问卷中的A译本为9人，占被调查者总数的45%，这些被调查者在主观题中填写的选择该译本原因主要关于语言风格问题，这些被调查者认为该译本语言偏向日常口语，且译诗中用词较为简单，这些均有利于被调查者对译诗的理解。还有，译本A放弃了诗句的尾韵，自由体的译诗给予语言更大的表达空间。相较A译本而言，选择B译本的被调查者多了10%，为11人。选择该译本的被调查者填写的选译原文主要为此译本作为格律体译诗给读者诗歌特有的审美感受，诗句语言流畅，能更好地再现原诗意境。但也有被调查者进一步指出该译诗虽然形式整齐、尾韵清楚，但在译诗中又过于突出诗歌的形式与押韵，类似外国人写的汉语古诗，译诗中存在"翻译腔"。

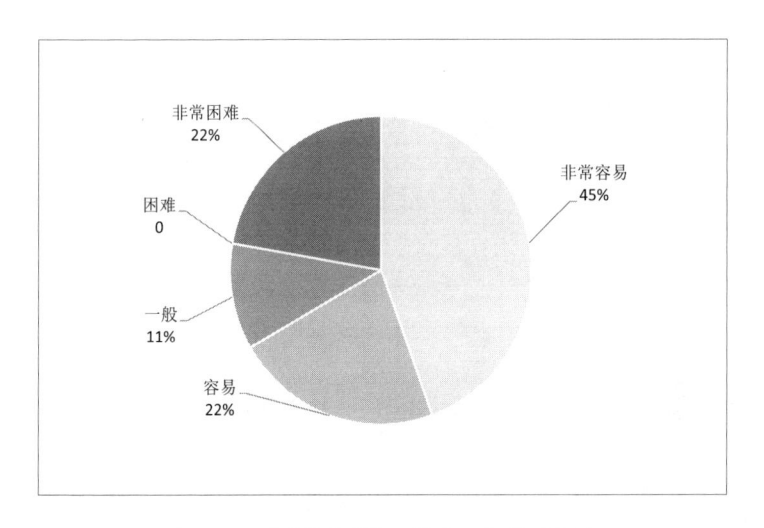

图 1-10 《登鹳雀楼》A 译本理解的难易度

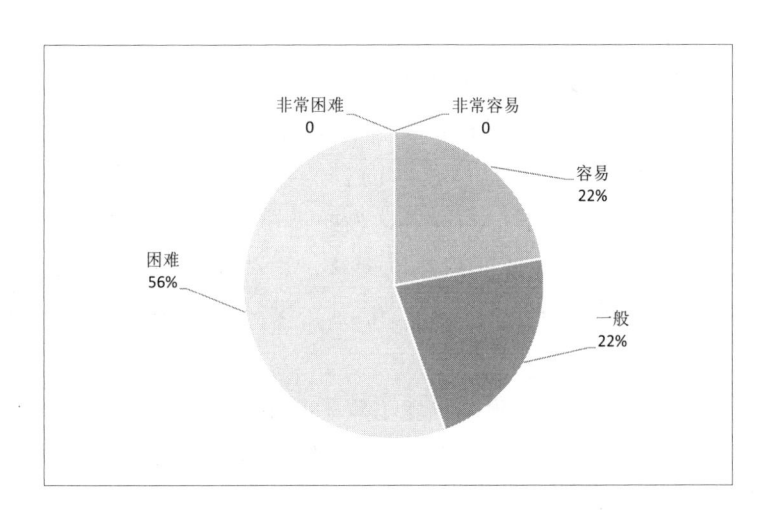

图 1-11 《登鹳雀楼》A 译本的接受度

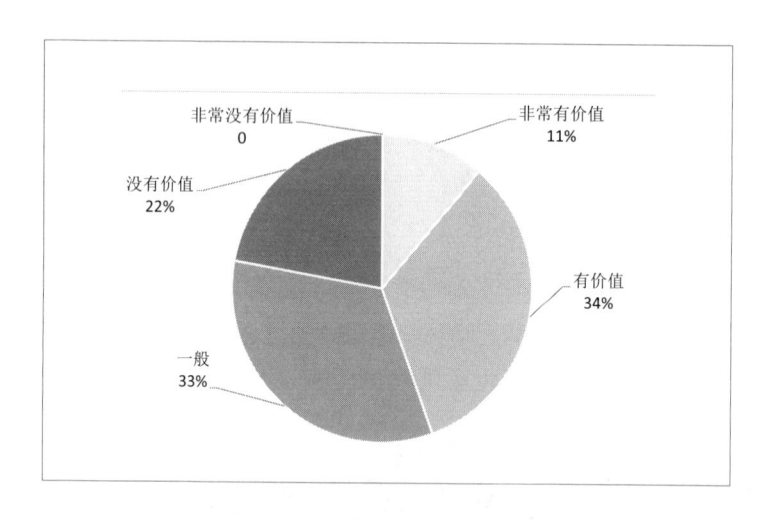

图 1-12 《登鹳雀楼》A 译本审美价值

图 1-10、图 1-11 和图 1-12 分别是被调查者对选择王之涣《登鹳雀楼》A 译本理解难度（表 1-15）、接受度（表 1-16）和审美价值（表 1-17）的直观显示。

近一半的被调查者认为 A 译本非常容易理解（44%），这也体现了译者宇文所安强调对原诗忠实和归化与异化策略相结合的翻译策略。加上认为此译本较为容易理解的 2 位被调查者（22%），超过半数读者认为此译本容易理解，于这些读者而言，意义表达的重要性超过了诗歌的韵律。当然，极少部分的读者认为此译诗的理解难度一般（11%），还有 22% 的读者认为译诗非常难以理解，这些都表明了汉语古诗词外译的难度、域外读者接受的难度。中国文化对外传播仍有艰难而漫长的道路。

对 A 译本的接受度选择则呈现了较为集中的特征，没有被调查者认为此译本非常容易接受，也没有被调查者认为此译本非常难以接受，超过一半的被调查者（56%）认为此译本接受起来较为困难，而认为一般困难的有 22%，只有 22% 的被调查者认为该译本较为容易接受。

与对 A 译本的接受度选择相似的是，对 A 译本审美价值的选择也呈现出较为集中的趋势。没有被调查者认为此译诗非常没有价值，除了 22%

第一章·接受语境的研究概况

的被调查者认为较为没有价值之外，78%的被调查者认为此译诗有价值或是非常有价值。绝大部分被调查者对该译诗价值认同也就意味着英语读者对汉语古诗词价值的认可和对汉语文化重要性的认同。

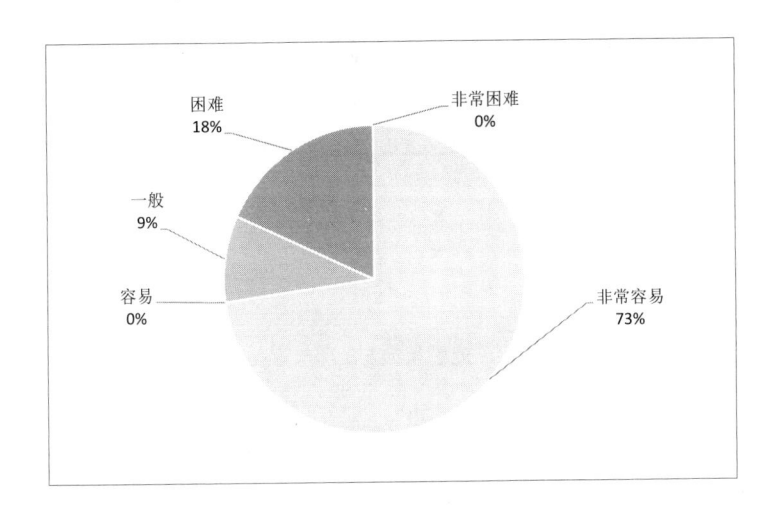

图 1-13 《登鹳雀楼》B 译本理解的难易度

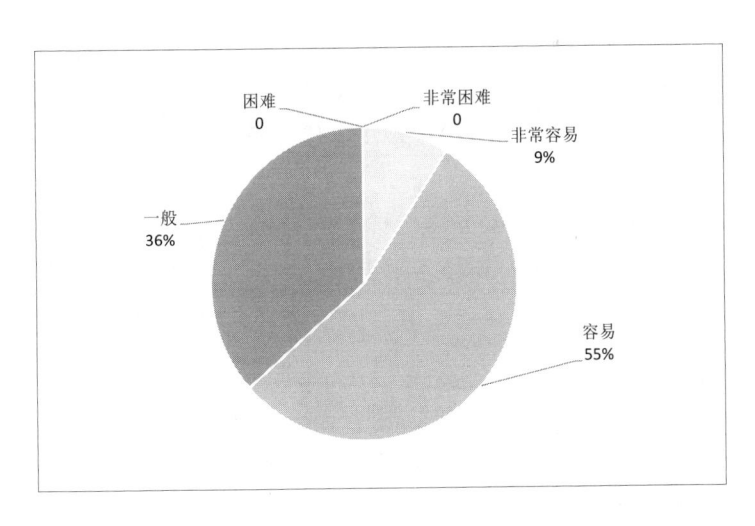

图 1-14 《登鹳雀楼》B 译本的接受度

75

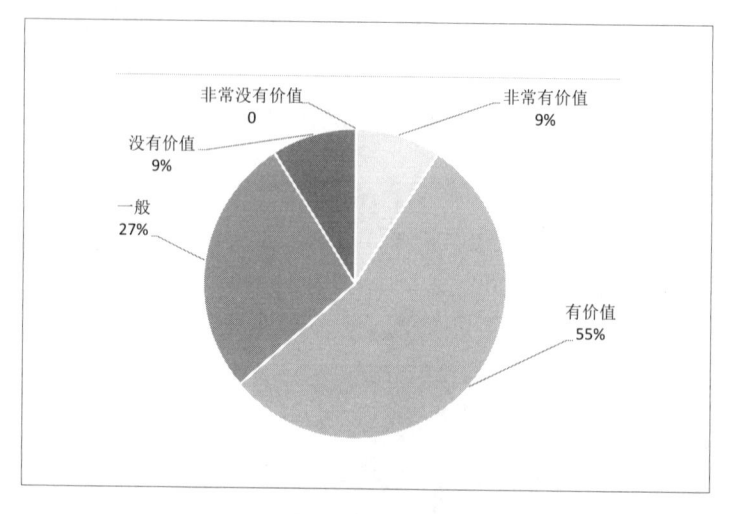

图 1–15 《登鹳雀楼》B 译本审美价值

图 1–13、图 1–14 和图 1–15 是对选择关于王之涣《登鹳雀楼》B 译本理解难易度（表 1–18）、接受度（表 1–19）和审美价值（表 1–20）的数据图示及分析。

被调查者对此译本的理解难易度持较为统一的意见，认为此译本非常容易理解的占到了大多数（73%），加上认为一般（9%）的被调查者，绝大部分被调查者（82%）认为该译本可以理解。只有少数（18%）认为理解有困难。B 译本为典型的格律体译诗，韵律或多或少地影响了诗歌语言的流畅度。

被调查者对 B 译本的接受度选择和对难易度选择相对一致，超过半数的被调查者（55%）认为 B 译本易于接受。没有人认为此译本难以接受或是非常难以接受，也就是说，所有的被调查者均认为该译本是可以接受的。

对于 B 译本的审美价值，同样是有超过一半的被调查者（55%）认为此译本有价值，9% 认为非常有价值。连同认为此译本价值一般的（27%），绝大多数被调查者（91%）均认为此译本有审美价值。

由此也可以证实，"以诗译诗"理念对于英语读者具有广泛的接受性。王之涣《登鹳雀楼》A 和 B 译本准确说来均属于诗体英译，显著差异在于宇文所安的 A 译本为自由体英译，不讲究韵律，而许渊冲的 B 译本则是格律体英译的代表，因此，被调查者对两个译本的选择人数差距不大，但总体说来被调查者还是更倾向于有韵律的 B 译本，也认为此译本在审美方面更具有吸引力。

3.2.2.2 对案例二的调查数据分析

专项调查中的第二个案例是对孟浩然《春晓》的陶友白的 A 译本和约翰·特纳的 B 译本的译本对比，对比译本理解难易程度、接受度以及审美价值。

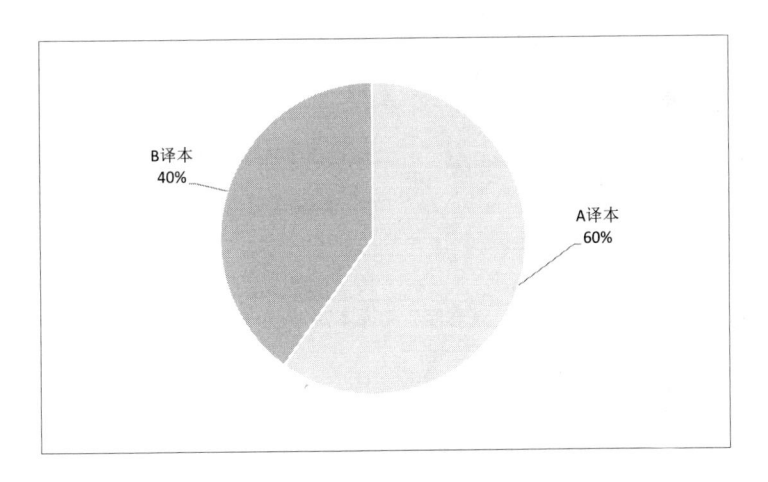

图 1-16　更能体现诗意境

根据图 1-16（表 1-21），在《春晓》的两个译本选择中，选择 A 译本的被调查者为 12 人，占被调查者总人数的 60%，选择 B 译本的为 8 人，为总人数的 40%。选择 A 译本的被调查者主要从韵律和人称两个视角表达了选择此译本的原因，这些被调查者认为 A 译本没有韵律的束缚，可以更加充分地表达原诗意蕴，语言表达有了更加广阔的空间，语言表述也就更加清晰、流畅。基于汉语古诗词省略人称的特征，A 译本中译者补译了主语，读起来如同诗人正与读者面对面交流，陈述其所思所感，拉近了与读者的距离，给读者更为真实的感受。自由体的译诗方式给予了诗歌内涵最大的再现空间。选择 B 译本的 8 人，占总人数的 40%。这些人认为与 A 译本相比，该译本因为韵律而更具有诗歌韵味。韵体译法译诗仍旧是很多英语读者心中坚持的诗歌翻译理念，格律仍旧是诗歌不可或缺的重要成分。

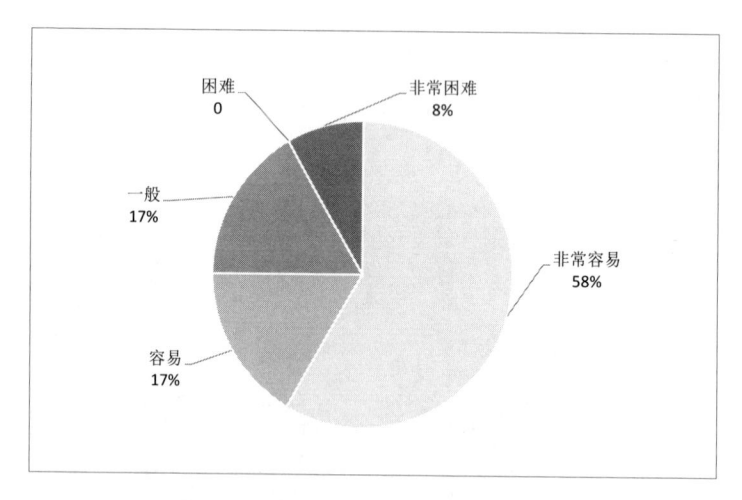

图 1-17 《春晓》A 译本理解的难易度

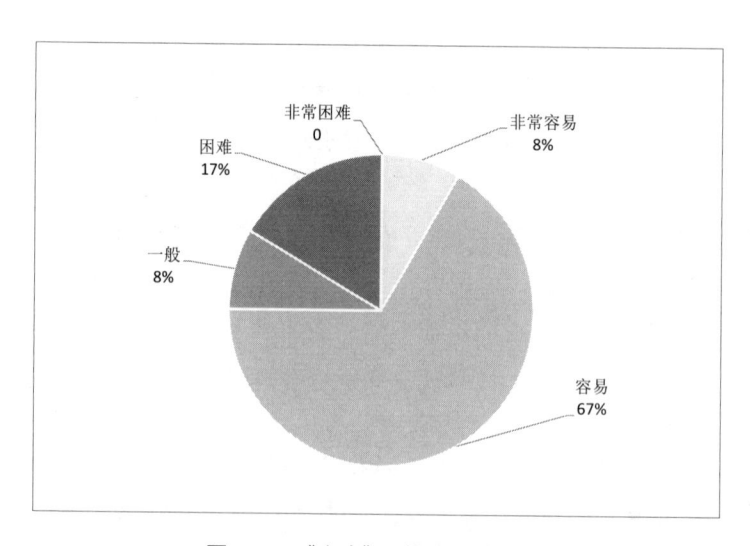

图 1-18 《春晓》A 译本的接受度

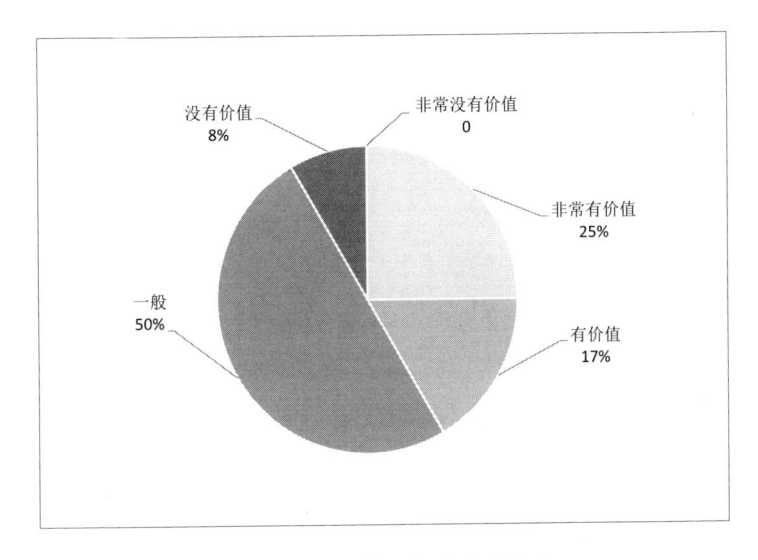

图 1-19 《春晓》A 译本审美价值

据对表1-22孟浩然《春晓》A译本的理解难易度调查数据（如图1-17），首先，超过一半的被调查者认为该译本非常易于理解，其次，认为该译本易于理解和一般的均占17%。总体看来，绝大部分被调查者（92%）认为A译本可以理解，仅有1人（8%）认为非常难以理解。

表1-23中孟浩然《春晓》A译本的接受度（图1-18）和理解度有相似性，被调查者中没有认为该译本非常难以接受的，除去2位（17%）认为接受度有困难，其他被调查者（83%）从非常易于接受、易于接受和一般几个不同程度均认为该译本可以被接受，其中认为易于接受的就已占58%。

综合此译本的理解度和接受度，大部分被调查者认为此译本可以理解、可以接受。反观此译本译者，陶友白译本获得成功的原因之一即为与中国学者江亢虎的合作。由中国译者先译出诗歌内容，再由英语译者为其润色，这样的译本在语言表达方式上即保持了原诗内涵又遵循了英语读者行文习惯，英语读者也更能理解此译本，并且更易于接受。这样的理解度和接受度也同样与诗歌的审美价值相对保持一致。根据表1-24（如图1-19所显示），12位选择A译本的被调查者中有1人认为该译本没有太大审美价值，42%的被调查者认为非常或较为具有审美价值，但有一半（50%）的被调查者认为此诗审美价值一般。这些都显示了汉语古诗的美在语言转换中受到了巨大阻力，也说明了汉语文化元素在异质文化中的再现之不易。

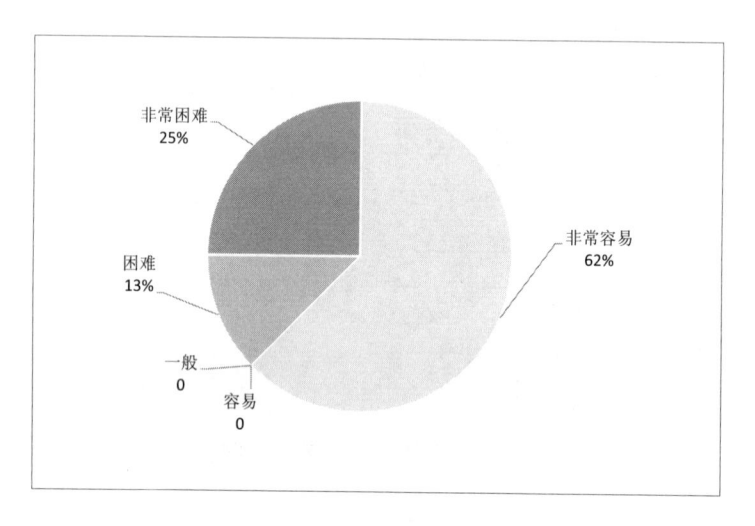

图 1-20 《春晓》B 译本理解的难易度

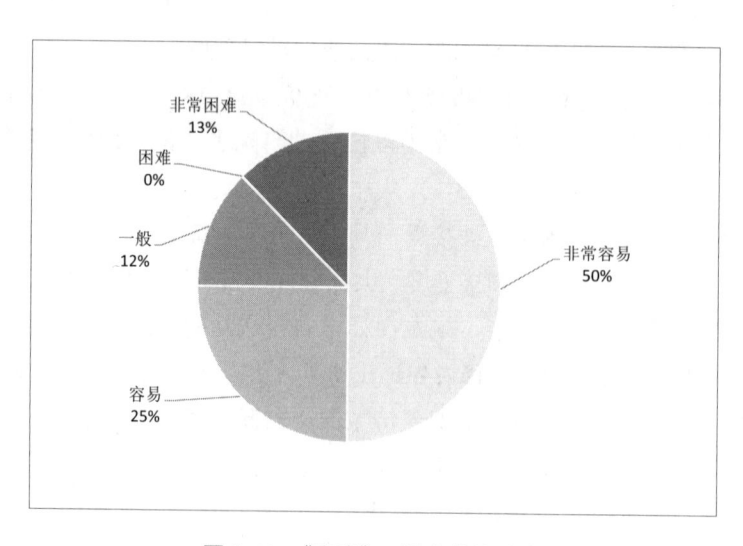

图 1-21 《春晓》B 译本的接受度

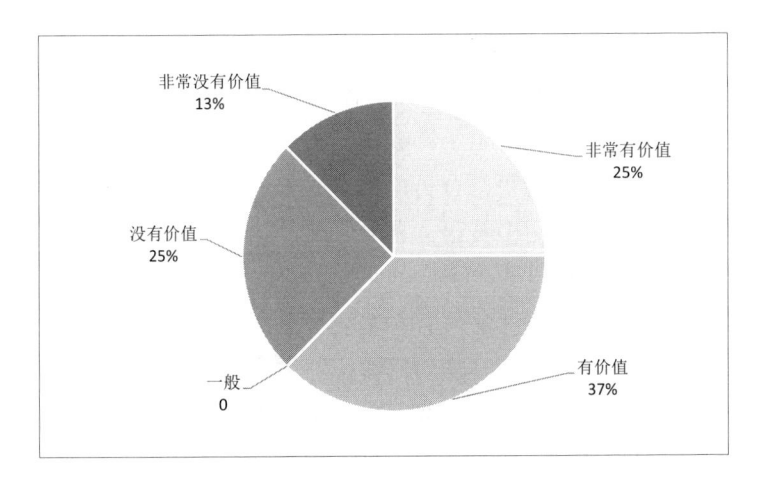

图 1-22 《春晓》B 译本审美价值

在上一节表 1-25、1-26 和 1-27 中，选择孟浩然《春晓》B 译本的 8 位被调查者对于该译本的理解难易度（图 1-20）意见存在较大分歧，其中有超过一半的人（63%）认为此译本非常易于理解，但仍有 37% 的被调查者认为此译诗理解起来较为困难或是非常困难。B 译本之所以产生理解方面的困难，有被调查者认为是因为译诗读起来累赘，尽管在韵律上，此译本更有诗歌的韵味。

虽然有超过三分之一的被调查者认为此译本难以理解，但对接受度（图 1-21）而言，只有 12% 的被调查者认为该译本难以接受，其他人均认为可以接受，其中 50% 的被调查者认为此译本非常易于接受。

对于所有被调查者而言，无论此译本的理解难易度如何，超过一半的人（63%）认为此译本非常或较为具有审美价值（图 1-22），约三分之一的被调查者认为该译诗没有或基本没有审美价值。被调查者对审美价值的选择也呈现出两级的趋势，这样的数据一方面显示了诗歌作为美的载体之一，大多数读者认为诗歌与美密不可分；但从另一方面来看，汉语古诗词之美要呈现在异质文化、异质语言中是困难的，要英语读者体会到汉语古诗词中的美也是需要译者不懈的努力。

从被调查者对案例二孟浩然《春晓》两个英译的选择数据分析可以得

出,"以诗译诗"应该是普遍英语读者共同持有的诗歌翻译理念,诗体译法（不一定意味着句尾必须押韵）可以获得读者的广泛认可。A译本虽为散体或自由体翻译,但也保留了诗歌的基本形式,只是在语言表达方面通过增补主语等方法使译诗更符合英语语言的表达习惯,加之用词也更偏向日常口语化,因而获得更多英语读者的青睐,此译本也显示出了中外合译的巨大优势。B译本出自约翰·特纳之笔,保留了更多的诗歌的特征,例如押韵。但是综合看来,并非所有在案例一中选择格律体译本的被调查者在案例二中都会倾向约翰·特纳的格律体译本,做出如此选择的被调查者认为,虽然韵律是诗歌的必备成分,但案例二中陶友白译本的第一人称表达使得译诗读起来意思更清楚,更容易理解和接受。相反,在案例一中选择A译本而在案例二中选择B译本的被调查者认为此译本并没有受到韵律的束缚,韵律也没有阻碍译者对原诗内涵和情感的传递与表达。

  基于两个案例的调查数据,本研究进而分析了被调查者的性别和学历对译本选择有可能产生的影响。

表1-28 性别与译本选择

译本案例 性别	案例1 译本A	案例1 译本B	案例2 译本A	案例2 译本B
男	2	7	6	4
女	7	4	6	4

  综合选择两个案例中四个译本的被调查者,王之涣《登鹳雀楼》两个译本的被调查者人数统计显示位女性读者更倾向于自由体译本,而男性更偏向格律体译本。孟浩然《春晓》的两个译本被调查者人数则显示男性和女性都更愿意读没有韵律束缚但符合英文表达规范的中外合译本。基于所有被调查者对四个译本的选择人数分析,可以得出,不同性别的读者对于诗歌翻译策略并无明显的喜好偏向,是韵体译诗与否对于不同性别读者没有太大影响。

表 1-29　学历与译本选择

学历＼译本	案例 1 译本 A	案例 1 译本 B	案例 2 译本 A	案例 2 译本 B
博士学位	1	1	1	1
硕士学位	2	1	2	1
学士学位	6	8	8	6
其他	0	1	1	0

综合被调查者的学历情况分析译本选择。首先，学历选择为学士学历和"其他"的被调查者在案例一中显示出对韵体译本的倾向，但在案例二中又显示的是无韵体译本。这些被调查者并没有显示出对某个译本的一致性，也无明显的翻译策略喜好倾向。其次，硕士学历的 3 位被调查者在选择时表现出的是对自由体译本的偏向。但是，作为"专门受众"的 2 位博士则在两个案例中都是一位选择韵体译诗而另一位选择自由体译诗。因此，被调查者的受教育情况对其诗歌译本的喜好没有明显的影响。

3.3　基于调查数据的诗歌接受研究及讨论

基于数据（如问卷及语料库等）的接受研究近年来方兴未艾，这种方法具有较强的实证性与精确性等特征，因而对事物起到了很好的评价作用，但采用这种方法也存在着一些不足与亟待解决的问题。本部分从基于数据接受研究过程中的优势与劣势展开讨论，以便较为完整地认识汉语古诗词英译的接受研究。

作为量化研究的手段之一，问卷调查所具有的优势是显而易见的，首先体现出的就是较强的实证性和针对性。问卷根据调查对象设置具有针对性的问题，得出的数据及结论也直接指向调查对象。

结合上一小节中第二部分对译文读者主体性研究的文献梳理，纵览从 1998 年金隄先生的研究以来，基于汉语古诗词英译接受问卷调查的研究主题有从译者视角出发的，例如许渊冲的译学理论与实践及汪榕培的古诗英译技巧，有从诗人视角展开的，如王维诗歌英译，还有对汉语古诗中某一特定方面进行研究的，如翻译等效、意象英译及空白填补等，以及通过个案的译本比较体现读者接受度等。但无论视角如何，这些研究都以测量译本接受度为目的，问卷调查的研究方法对这些研究提供的就是较强的实证作用，而实证性又以量化数据为支撑。

以金隄先生《等效翻译探索》（1998）、马红军《从文学翻译到翻译文学——许渊冲的译学理论与实践》（2006）、李洪乾"接受理论指导下的古典汉诗应中的意象再现"（2006）、张钦"从读者反应角度谈中诗英译"（2007）、陈赓钒"目的论看许渊冲诗歌翻译的读者接受——个案研究《琵琶行》英语读者"（2008）、来伟婷"接受美学视角下中国古典诗词英译的案例调查研究"（2009）、孟娆"汪榕培古诗英译技巧探究"（2010）、吴琼军"《天净沙·秋思》三英译的接受效果分析——来自德州大学孔子学院师生的问卷调查"（2016）及本项目为例，问卷调查方法为各项研究提供了有力的量化依据。

问卷调查法使研究得到精确的量化数据，上述10项研究中的问卷调查所有涉及的汉语古诗数量总计为30首。其中5项研究中的问卷只涉及了1首汉语古诗，1项研究中的问卷部分涉及古诗最多，为9首（但这9首古诗均选用的是每首诗中的部分诗句）。其次，上述10项研究中问卷调查部分也为调查对象——译本——提供了准确数据。10项研究共包含译本70个（此处统计的是每项研究问卷调查中涉及的译本，不同研究问卷调查中若使用了相同译本，也做重复计算），译本使用最少的为1个，最多的则达15个。参与调查的人数也同样准确可计。10项研究中共参与问卷调查的被调查者为388人。

问卷调查方法精确的量化分析为各项研究提供了相对客观的结论。研究许渊冲汉语古诗词英译接受度的马红军和陈赓钒根据调查数据得出，许渊冲古诗英译在英语读者中的接受度在"一般"之上，译文中确有词语使用不当。马红军教授的调查研究显示，许氏的韵体译诗得到的更多是专家学者的负面评价，而根据学者陈赓钒的调查研究，许译虽然确实存在"因韵害义"之嫌，还有部分的语言表达不当，但与陶友白和翟理斯的译本相比，许氏的韵体英译更受读者欢迎。10项研究中除了3项专门研究许渊冲英译和意象再现的专著和论文之外，其余的7项研究均以国外译者译本和国内本土译者译本比对的方式调查译本接受度。在金隄先生的八个译本调查中，虽然所有译本的接受度都不尽如人意，但汉学家陶友白和阿瑟·库珀译本相较更高。学者张钦的调查显示，汪榕培译本整体接受度更高。学者来伟婷的结论为中外合译为最佳，其次是中国本土译者，最后才是国外译者，但受众总体比较倾向于韵体译本。学者孟嬈通过调查得出汪榕培译本接受度最高的结论。赵旭卉的结论为华兹生译本接受度远远高于许渊冲译本接受度。学者吴琼军认为丁祖馨和伯顿·拉斐尔合译的译本接受度更高，但此译本为无韵散体翻译。本项目调查也显示第一案例接受度高的为许渊冲译本，第二案例则为陶友白和江亢虎合译的散体译本。综合起来，除许渊冲译本研究之外，中外译者译本相比较而言，国内译者和国外译者译本，或是韵体译诗和散体译诗的方式在问卷调查中的接受度并没有出现明显的倾向。

　　量化是问卷调查研究法的显著特点，量化得出的数据为研究提供了精确性，也更便于研究过程和结果的统计与分析，但问卷调查法也有其弊端。弊端之一即为样本数量较少或是数据不够充分。10项研究中有7项都在研究不足之处首先提及的是调查的样本数量较少或是数据不够充分，数量较少从汉语古诗词原文本、译本和问卷发放及回收数量均有体现。

　　首先，古诗及译本数量少。如前所述，10项研究中调查对象涉及汉语古诗词原文本数量共为30首、译本数量70首。中国大约有三万五千种典籍，迄今译成外文的只有千分之二左右。[①] 如此而来，30首古诗和70个译本确实难以代表汉语古诗词英译全貌。其次，问卷发放和回收数量也有样本较少的问题，有6项研究具体说明了问卷发放和回收情况及数量，例如《从文学翻译到翻译文学——许渊冲的译学理论与实践》中发出问卷203份，收到有效答卷108份（低于实际期望值150份）；"从读者反应角度谈中诗英译"中发出问卷45份，收回42份；"目的论看许渊冲诗歌反应的读者接受——个案研究《琵琶行》英语读者"中发出问卷30份，有效回收10份；"汪榕培古诗英译技巧探析"中发出问卷70份，收回56份；本项目调查发出问卷40份，回收20份；只有"接受美学视角下中国古典诗词

[①] 《中国翻译》编辑部（主编）．文化思路织思——献给许渊冲学术思想与成就研讨会[M]．北京：国际文化出版公司，2001：483．

英译的案例调查研究"中发出32份也有效收回32份,这也是因为问卷的完成是有老师在课堂内带领学生完成。就以上6项研究总体的问卷回收率来看,问卷共发出420份,但有效回收仅268份,有效回收率为67%。尽管问卷调查法能为实证研究提供具有准确性等特征,但对整体评价的作用仍是有限的。

其次,问卷调查内容难以深入。尤其是当调查表内容较多时,被调查者经常会对问卷中的开放性问题作答较为随意,有时甚至放弃。在《从文学翻译到翻译文学——许渊冲的译学理论与实践》中马红军教授就提到,"正是调查结果表明,由于调查表篇幅过长(16开8页),而且要求尽量手写,一部分读者因此放弃了答卷,使得实际交回答卷人数低于预期目标(150份),另有个别读者的笔记很难辨认"[①]。在本项研究的调查问卷主观题部分也有答题较为随意的现象。

最后,例证单一。如"接受理论指导下的古典汉诗英译中的意象再现"一文中作者就汉语古诗中的意象再现进行问卷调查,但所选意象为作者有意选择,并且含有意象的9句古诗词仅各提供了一个译本,虽然得出了除文化意象外,大部分汉语古诗词意象在英译再现中可为英语读者所理解的结论,但这并不能说明汉语古诗词意象在其他译本或翻译策略中也能为英语读者所理解。

通过对上述各项研究中问卷调查部分的优势与不足的探讨可以看出,问卷调查法对于汉语古诗词的英译接受确实提供了较强的实证性和精确性,尤其是针对古诗词英译的个案研究,具体的量化数据使案例研究具有很强的客观性和说服力。但由于汉语古诗词英译的问卷调查法也有着古诗及其译本,被调查者人数有限等样本数量少、数据不充分,以及调查内容无法具有较强的深度等不足,因而使用此种方法对汉语古诗词英译的接受度研究并不能得出较为具有说服力的结论。因此,汉语古诗词英译的"文化内部人"与"文化外部人"译作及其社会评价的资料梳理对古诗英译在英语世界的接受度分析就必不可少,只是在分析"文化内部人"与"文化外部人"译作之前有必要先梳理汉英诗歌的鉴赏标准。

---

① 马红军. 从文学翻译到翻译文学——许渊冲的译学理论与实践[M]. 上海:上海译文出版社, 2006:166.

第二章　汉英诗歌鉴赏标准分析

纽马克曾说，翻译就是（尽管情况并不总是如此）将原作者赋予原文本的意义用另一种语言表达出来。陈宏薇直言，翻译是跨语言（cross-linguistic）、跨文化（cross-cultural）的交际活动。当翻译的定义被置于跨语言的背景下考察时，翻译的本质就是一种跨越文化界限的语言转换行为，也是一种跨文化的信息转换方式。"跨文化（性）"的英文单词transculturality 中"trans"即为"穿越""超过"或"跨""跨文化"则为跨越不同国族的界线，行走、穿越于不同文化[①]。从这个角度来看，"跨文化"即为涉及至少两种文化，包括至少两种文化的比较。英、汉诗歌分属于两种不同的文化体系，诗歌及诗歌鉴赏标准是各自文化体系的代表及呈现。通过诗歌标准历时性的比较，一方面可有效说明其动态性，另一方面则可进一步揭示诗歌鉴赏标准对翻译有效性可能产生的影响。

不同的学者均从各自不同的视角对诗歌鉴赏提出标准，但基于诗歌较为独特的语言形式，本章以比较法分析、探讨汉英诗歌的形式与格式、语言与风格和意义与意境等几个维度。

---

① 方维规. 关于"跨文化"的思考 [A]. 读书，2015（07）：67–73.

第一节　汉语古诗词鉴赏标准

先自西周和春秋，后至汉、唐、宋，再到近年，汉语诗歌主张和诗歌标准蕴含于诗人、学者们的诗歌及诗歌理论之中。多年从事中国文学研究的武汉大学尚永亮教授将中国诗史嬗变轨迹大致描述为上古《诗经》、战国《楚辞》；两汉、魏晋、南朝、唐代以及宋代诗歌为主的发展。[①] 本节以尚永亮教授观点为依据，再加上清代直至近现代，以各个时期代表人物观点为历时的线索，串联起汉语古诗词鉴赏标准。

1　《诗经》和《楚辞》

《诗经》以其独特的四言句式开启了汉语古诗词的滥觞，也开启了汉语古诗词的品评与鉴赏。

以《诗经》为主体评价对象的先秦两汉诗歌的语言美被王占威教授评价为"语言整齐、朴素自然、形象生动、含蓄蕴藉、音韵和谐以及声情并茂"[②]。孔子的"兴观群怨"观点强调了诗歌在语言美的基础上给予受众的教育目的。《诗经》也在语言美的基础上被赋予了"言志"的社会功能。《毛诗序》中说："诗者，志之所之也。在心为志，发言为诗。情动于中而形于言。言之不足，故嗟叹之；嗟叹之不足，故咏歌之；咏歌之不足，不知手之舞之、足之蹈之也。"《文心雕龙·明诗》中所说，"大舜云：'诗言志，歌咏言。'圣谟所析，义已明矣。是以'在心为志，发言为诗。'舒文载实，其在兹乎？"唐代骆宾王《夏日游德州赠高四》序中言："夫在心为志，发言为诗。书有不得尽言，言有不得尽意。"清代翁方纲《志言集序》曰："文辞之于言，又其精者。诗之于文辞，又其谐之声律者。然则'在心为志，发言为诗'，一衷诸理而已。"对于诗歌的内在情志和外化语言，詹瑛阐释为"藏

[①] 尚永亮. 唐诗艺术讲演录 [M]. 上海：广西师范大学出版社（上海）有限公司，2014：6.
[②] 王占威. 浅谈《诗经》语言美 [J]. 语文学刊，1995（02）：8-10.

在内心的思想感情就是志,而表现为语言就是诗。志藏在内心不可见,诗歌就是把它表现于外的一种工具"①,比如第一首《关雎》。

　　关关雎鸠,在河之洲。
　　窈窕淑女,君子好逑。
　　参差荇菜,左右流之。
　　窈窕淑女,寤寐求之。
　　求之不得,寤寐思服。
　　悠哉悠哉,辗转反侧。
　　参差荇菜,左右采之。
　　窈窕淑女,琴瑟友之。
　　参差荇菜,左右芼之。
　　窈窕淑女,钟鼓乐之。

　　四言,言"内心的思想情感",朱自清先生在《诗言志辨》中说"诗言志"是中国古代诗学的"开山纲领"②,先秦两汉的诗歌以《诗经》为主要鉴赏对象,诗歌鉴赏以"言志"为标准。
　　如果说《诗经》居北,淳朴厚重,那么《楚辞》则居南,哀婉典丽,是与《诗经》对峙的另一座高峰。《楚辞》打破了《诗经》以四言为主的句式并有了体式上的扩大,多数句子是七言,去掉句子中表示语气的"兮"字则是六言,以《山鬼》中前四句为例。

　　若有人兮山之阿,被薜荔兮带女萝;
　　既含睇兮又宜笑,子慕予兮善窈窕;

　　诗歌体式上的扩大相应地扩大了诗歌的内涵。《楚辞》带有鲜明的南楚特点,其特点可以概括为"其思甚幻",带有深切的"忧患"感、强烈

---

① 詹锳. 文心雕龙义正(上)[M]. 上海:上海古籍出版社,1989:172.
② 朱自清. 诗言志辨[M]. 桂林:广西师范大学出版社,2004:序.

的不平和愤感，以及狂放、激烈和悲亢感。[①]《诗经》和《楚辞》是早期中国文学发展的高峰，其不同的审美特征对诗歌后续发展有重大影响。

2　魏晋南北朝诗歌

随着时代与文学的发展，魏晋和南北朝时期常被学者合二为一整体概述。这一时期的诗歌在形式和内容方面都得到了更为多元化的发展。这一时期以曹操父子和"建安七子"为代表的诗人及诗歌创作在汉末魏初"世积乱离，风衰俗怨"的社会背景下进入了"五言腾踊"的发展时期。五言诗的成熟与发展为诗歌内涵的扩大提供了形式上的便利，诗歌创作开始讲究平仄和四声。曹植的《七步诗》就是此时期的典型。

煮豆燃豆萁，
豆在釜中泣。
本是同根生，
相煎何太急？

从此例诗可以看到，此时期的诗歌除了语言形式上的进一步扩大，诗歌体裁也进一步丰富，现实主义诗歌、田园诗以及山水诗等各种体裁的诗歌不断扩大诗歌内涵。在这样的社会现实巨变影响下，原先占主导地位的儒学被疏离，与之相对立的老庄道学思想为文人接受，如闻一多所说："一到魏晋之间，庄子的声势忽然浩大起来，崔譔首先给他作注，跟着向秀、郭秀、司马彪、李颐都注《庄子》。像魔术似的，庄子忽然占据了那个时代的身心，他们的生活，思想，文艺——整个文明的核心是庄子。他们说三日不读《老》《庄》，则舌本间强，尤其是《庄子》，竟是清谈家灵感的泉源。"[②] 如此的影响使诗歌从春秋、战国时期的教化功利性型鉴赏转向了对诗歌本身内在特征的审美。陶渊明的诗歌《归园田居》中就体现出了明显的老庄思想，且诗歌语言清新淡雅、自然优美。

[①] 潘啸龙．"楚辞"的特征和对屈原精神的评价 [J]．安徽师大学报，1996（02）：172–175.
[②] 转引自：叶朗．中国美学史大纲 [M]．上海：上海人民出版社，1985：185.

> 种豆南山下，草盛豆苗稀。
> 晨兴理荒秽，戴月荷锄归。
> 道狭草木长，夕露沾我衣。
> 衣沾不足惜，但使愿无违。

陆机《文赋》中的"诗缘情而绮靡"概括了这个时期诗歌鉴赏由上一时期的言志到这一时期言情的质的转变，诗歌鉴赏已经建构于语言审美的基础上，"诗歌具有抒发感情、文辞华美、语言动听富有音乐性的文体特征，已成为这个时期广泛的诗歌鉴赏原则"[①]。魏晋南北朝诗歌形与情的发展是诗歌在唐宋时期完善与繁荣的必要准备。

3　唐诗和宋诗

经过南朝绮丽柔靡的诗风，至初唐时，陈子昂在《与东方左使虬〈修竹篇〉序》中提出"比兴说"和"风骨说"，他用"骨气端翔，音情顿挫，光英朗练，有金石声"赞扬东方虬的《咏孤桐篇》，也用于表达其诗歌创作理论和标准，即要求"诗歌思想内容骨力坚挺，气势飞动，精神丰沛，感情浓烈昂扬；声情并茂，音韵抑扬，节奏分明，感情波荡起伏；文辞光彩明朗，辞藻精练；作品铿锵有力，掷地有声，有强大的艺术感染力。"[②] 陈子昂的诗歌《登幽州台歌》就是其诗学思想的引证。

> 前不见古人，后不见来者。
> 念天地之悠悠，独怆然而涕下。

陈子昂在初唐的文坛上占有举足轻重的地位，其文学主张及诗歌创作对唐代诗风产生极大影响。

---

① 余荩. 中国诗歌鉴赏理论的建构与走向 [J]. 浙江社会科学, 1999 (06): 140–147.
② 高宏涛. 论陈子昂的诗歌理论及其诗歌创作 [J]. 现代语文（学术综合版）, 2016 (10): 21–23.

唐代文学家、诗选家殷璠在编选《河岳英灵集》时该诗集选入24位诗人的二百多首诗歌，其于《叙》与《论》中谈及"既闲新声，复晓古体，文质半取，风骚两挟"，他认为盛唐诗歌"既多兴象，复备风骨"并"声律风骨始备"，这些既是殷璠个人对唐诗的鉴赏标准，也是盛唐诗成就的概括。

中唐白居易在《新乐府序》中明确了作诗的标准："其辞质而径、欲见之者谕也；其言直而切，欲闻之者深诫也；其事核而实，使采之者传信也；其体顺而肆，可以播于乐章歌曲也。总而言之，为君、为臣、为民、为物、为事而作，不为文而作也。"也就是说，既要追求诗歌思想内容的深刻，又要追求诗歌语言的质朴易懂、便于入乐歌唱，比如《大林寺桃花》。

　　人间四月芳菲尽，山寺桃花始盛开。
　　长恨春归无觅处，不知转入此中来。

《大林寺桃花》用把春光描写得生动活泼，诗歌语言平淡自然却又不失意境幽深。这样的诗歌符合新乐府运动的主张，也是白诗在当时及后世被广泛接受并流传的重要动因。

唐诗作为近体诗或格律诗发展的巅峰，也引起后人对其诸多鉴赏评论。蒋孔阳先生从五个方面描述了唐诗的审美特征，即精神美、音乐美、建筑美、个性美和意境美。唐诗中精神美主要指的是"诗人精神状态良好、不同凡响。因此，他们的诗具有一股巨大的撼人的美学力量"。"唐诗一方面继承了南朝讲究诗律的传统，另一方面又受了西域音乐的影响，因此，音乐性成了唐诗的又一个美学特征。""诗歌的语言，不仅重视义，更重视音。汉字是单音，每一个字又包括声、韵、调三个部分。这样，讲究声韵和格律，就成了中国诗歌的一个重要特点。唐诗就非常讲究声韵与格律，因而唐诗具有音乐的美，读起来朗朗上口、泠泠入耳。"所谓建筑美，是说"唐诗像建筑一样，善于通过具体意象的描写与组合，把本来是按照时间顺序流逝的时间艺术，转化为具有空间的立体感。""它（唐诗）描写的多是实实在在的具体的意象，但它所表现的却是无穷无尽是诗思和感情。""唐代的诗人，李白、杜甫、王维、孟浩然、高适、岑参等，都是具有高度个性的人，因而他们善于发现世界的美。反映到诗中，就成为唐诗的个性美。"再者，"唐人在前人的基础上，进一步克服了物与我，客观与主观的矛盾，进一步达到了情景相生、情景交融的地步，因而他们取得了诗歌艺术上的更高成就，创造了中国诗歌最高的意境美。"①

诗歌到宋代继续发展，有了与唐诗不同的特点并可与之争艳。南宋严羽的《沧浪诗话》以禅喻诗，认为"禅道惟在妙悟，诗道亦在妙悟"，进而倡导"妙悟"说和"兴趣"说。严羽借禅语"悟"言领悟、体味诗歌的审美特性，创造诗歌的艺术，用"兴趣"指诗歌审美特征，即所谓"诗者，吟咏情性也，盛唐诗人，惟在兴趣，羚羊挂角，无迹可求。故其妙处透彻玲珑，不可淡泊，如空中之音，相中之色，水中之月，镜中之象，言有尽而意无穷。"严羽进而认为诗歌的审美标准是"入神"，他"将'妙悟'与'入神'连在一起，要求诗歌不仅要写出事物之形，而且要'悟'出事物之'神'。""因为诗歌所创造的艺术形象不是神色索然的叙述，它必须具有'象外之象'的'神'，写出形不离神的境界。也就是要求捕捉、表现和创造出那种可意会不可言传，难以形容却有动人心弦的情感、意趣、心绪和韵味。只有这样，才能给人以艺术美的享受。"②宋诗《小池》中，诗人就捕捉到了灵动的意趣。

> 泉眼无声惜细流，树阴照水爱晴柔。
> 小荷才露尖尖角，早有蜻蜓立上头。

诗歌《小池》语言清新，句句是诗，也句句是画，诗中的精巧与柔和打动人心。唐诗与宋诗，有着相同的形式却有各自独特之处，后来的学者常用对比研究法以更清晰地呈现二者的审美特质。著名历史学家、文学家缪钺先生在《论宋诗》里说："唐诗以韵胜，故浑雅，而贵蕴藉空灵；宋诗以意胜，故精能，而贵深折透辟。唐诗之美在情辞，故丰腴，宋诗之美在气骨，故瘦劲。"稍晚于缪钺先生几年的钱锺书在《谈艺录》中又更进一步对比了唐诗和宋诗："唐诗、宋诗，亦非仅朝代之别，乃体格性分之殊。

---

① 蒋孔阳. 唐诗的审美特征 [J]. 文史知识，1985（10）：93–102.
② 陈捷. 严羽《沧浪诗话》美学思想初探 [J]. 重庆邮电学院学报，2005（02）：268–271.

天下有两种人，斯分两种诗。唐诗多以丰神情韵见长，宋诗多以筋骨思理见胜"，"且又一集之内，一生之中，少年才气发扬，遂为唐体，晚节思虑深沉，乃染宋调。"古典文献学家、诗人启功先生在《启功韵语》中说："唐以前诗是长出来的，唐人诗是嚷出来的，宋人诗是想出来的，宋以后诗是仿出来的。嚷者，理直气壮，出以无心。想者，熟虑深思，行以有意耳。"一厚一精、一丰一瘦、一情一理、一抒一沉，唐诗和宋诗成为中国诗歌史上的两大巅峰。

4　唐词和宋词

唐宋时期，除了诗歌，词是与诗分庭抗礼的相对独立的文献形式。在五言和七言成为固定的诗体之后，形式上进一步的解放即为具有长短句的词，如胡适1919年在《谈新诗》中所说："五七言诗成为正宗的诗体以后，最大的解放莫如从诗变为词。"如此形式上的变化也为内涵的变化提供了外在条件。苏州大学教授杨海明在其著述《唐宋词美学》将唐宋词为读者带来的"审美新感受"概括和描绘为"以富为美""以艳为美"，"以柔为美""以悲为美"，唐宋词的本质特征总结为抒情美，主体艺术美则归纳为"声情并茂的音乐美""'优化组合'的声律美""雅俗共赏的语言美""情景交炼的意境美""柔媚婉丽的风格美"。[①] 词自唐发展到宋渐臻佳境，又被学者以"婉约""豪放""醇雅"概括其发展三阶段各自特征[②]。其中，婉约派创立的是柔美，豪放派造就的是壮美，醇雅派完成的是优美。同时，词以宋词为典型，宋词以情取胜，在美学追求上也是以悲情美为主。李清照的词《声声慢·寻寻觅觅》中即充满了悲情美，甚至把悲情美的表达推到了极致。

　　寻寻觅觅，冷冷清清，凄凄惨惨戚戚。
　　乍暖还寒时候，最难将息。

---

① 刘尊明，王兆鹏. 唐宋词美学研究的新突破 [J]. 文学遗产，1999（04）：118–119.
② 许德楠. 宋词三阶段：婉约、豪放、醇雅——典型的"一分为三"的文学发展形态 [J]. 中国韵文学刊，2003（02）：77–82.

三杯两盏淡酒，怎敌他、晚来风急？
雁过也，正伤心，却是旧时相识。
满地黄花堆积。憔悴损，如今有谁堪摘？
守着窗儿，独自怎生得黑？
梧桐更兼细雨，到黄昏、点点滴滴。
这次第，怎一个愁字了得！

词中一开始的七组叠词不仅富有音乐美，还将女主人翁孤独凄凉的心境抖落无遗。虽然是愁苦的意境，但整首词语言清丽、典雅。李清照被称为"千古第一才女"，她的词也是宋词的典范。

5 清代诗学

我国古典诗学发展至清代更是流派纷呈，王仕禛"神韵说"、沈德潜"格调说"、袁枚"灵性说"和翁方纲"肌理说"四大诗说构成独自的诗派，均从各种视角提出对诗歌的鉴赏标准。王仕禛的神韵说实质上是对诗歌的内容与形式、诗歌的创作与欣赏的一种完整的要求或主张。具体地说，是要求诗歌艺术应以简练的笔触、含蓄的意境，采取平淡、清远的风格，抒发主观内心的性情（咏物诗则还要刻画出十万的风神），从而使读者从中体会到"言有尽而意无穷"的深意和美感；而这种诗歌的创作又宜以诗人性情的"兴会神到"、天然入妙以及一定的学问根底为前提。[①] 此"神韵说"突出的是诗歌创作笔墨的精炼与意境的含蓄，意境的含蓄要以清远、平淡的语言艺术风格构成。沈德潜"格调说"中"格"指不同体裁的诗有特有的格法、章法、句法之类的形式因素，"调"为声调韵律。不难看出，倾向于形式主义的"格调说"是"神韵说"的重要补充。袁枚"灵性说"的理论核心强调的是创作主体——诗人——需具有的三方面要素：真情、个性和诗才，基于此三方面又进而生发出：创作构思需要灵感，艺术表现应具独创性并自然天成；作品内容以书法真情实感、表现个性为主，感情等

---

① 王英志. 清代四大诗说评说（上）[J]. 文史知识, 1991（09）：9–14.

所寄寓的艺术形象要灵活、新鲜、生动；诗歌作品宜以感发人心，使人产生美感为其主要艺术功能等主张。与袁氏针对创作主体相对，翁方纲的"肌理说"包含诗歌内容方面的"义理之理"和形式方面的"文理之理"。内容与形式相辅相成，构成"肌理说"的内涵。清代四大诗说有精华也有不足，但它们对诗歌欣赏标准多元化起到重要的推动作用。

6　近现代诗学

回望汉语古诗词发展，"我国自唐代以来，意境成了评论诗词优劣的重要标准"[①]，至近代，大量的西方科学文化向中国输入，诗歌标准更在诗学理论中得到跨越式发展。在梳理归纳了前人如唐王昌龄《诗式》中评论诗歌的"物境""情境""意境"三境论、司空图"思与境偕"主张、刘禹锡"境生象外"等诗论，并结合西方哲学与美学的基础上，王国维的"境界"说显示了他对中国古代诗歌理论的大总结。王国维《人间词话》中的相关论述，"特别是'境界说'，不但是诗歌评价的重要标准，也在很大程度上揭示了语言使用和表达的某些本质特征"[②]，王国维认为："词必以境界为最上。有境界者自成高格，自有名句。五代、北宋之词所以独绝者在此。"此"境界说""全面概括总结了前人对诗歌审美特质的认识，并系统地阐述了'境界'这种诗的深层次的审美特质"[③]，也为诗词创作和欣赏提供了新的理论指导。

王国维的"境界"诗歌欣赏理论后续直接影响到朱光潜的诗学讨论，后者也提出了类似概括。"无论是欣赏或是创造，都必须见到一种诗的境界。'见'字最紧要。凡所见皆成境界，但不全是诗的境界。一种境界是否能成为诗的境界，全靠'见'的作用如何。"诗歌中境界"见"的产生需要直觉和意象与情趣的组合。因此，"诗的境界概括地说就是意象和情

[①] 潘颂德. 朱湘的诗论[J]. 河南师范大学学报（哲学社会科学版），1989（04）：53–57.

[②] 束定芳."境界"与"概念化"——王国维的诗歌理论与认知语言学中的"概念化"理论[J]. 外语教学，2016（04）：1–6.

[③] 段海蓉. 简析中国古代诗歌理论史上对诗歌审美特质的认识[J]. 新疆大学学报（哲学社会科学版），1992（01）：91–44.

趣契合，是情景的契合。由于景象、情趣总在变动发展中，因此情景相生的诗境便永远处在生生不息的创造中。就都须见到情景契合的境界而言，创造和欣赏并无分别，但因有'心灵的综合作用'，欣赏者和创造者的所见就不全然相同，读者之间所见也不绝对相同，甚至每个读者在不同时间的阅读所见也不能完全等同。"[1] 该论著中的有关论述，特别是境界说，被著名学者束定芳称为"诗歌评价的重要标准"[2]。

同时期的闻一多也是受英美诗歌和诗论的影响，致力于新格律诗的研究与创作，认为新诗不仅要有"音乐的美（音节），绘画的美（辞藻），并且还有建筑的美（节的匀称和句的匀齐）"[3]，"音乐的美"即"根据内容的需要创造合适的节奏"，"绘画的美"指的是"辞藻华丽，色彩浓烈"，"诗要使读者感官上引起强烈的刺激，获得感觉的美"，"'建筑的美'要求的是诗歌外部形式做到'节的匀称和句的匀齐'，通过词句排列成空间图形，在视觉是上获得美感。"[4] 闻一多先生的"三美"理论从音、意与形三个维度明确了包括新诗在内的诗歌创作规律和鉴赏标准。

诗人和诗歌理论家朱湘有着和和闻一多先生十分相似的见解，"是闻一多'三美'诗歌理论的实践者"[5]，他也认为："诗，应当内容、外形、音节三种并重"，"音节"主要就是诗歌的"音乐性"，他认为需要重视音节，严格用韵但忌落俗套，韵与诗的情调相谐和、协调；"外形"就是形体美，需要讲究每行诗字数整齐、诗行独立、匀配、节奏、紧凑；对于内容，他也继承了传统的意境理论，认为"无论是自由诗，还是有韵诗，目标都应该是'意境的创造'"。[6]

深受王国维评词"境界说"影响的不止朱光潜，叶嘉莹也总结了诗歌在本质方面经久不变的品质，即"诗歌中兴发感动之作用"。缪钺在《〈迦陵论诗丛稿〉题记》中评价叶氏"兴发感动"时这样阐释："叶君以为，

---

[1] 张旭曙. 朱光潜"诗境"说述评 [J]. 古籍研究, 2001（03）：111–115.
[2] 束定芳. "境界"与"概念化"——王国维的诗歌理论与认知语言学中的"概念化"理论 [J]. 外语教学, 2016（04）：1–6.
[3] 闻一多. 诗的格律 [N]. 晨报·诗镌, 1926-5-13（07）.
[4] 徐晓红. 简论闻一多的新诗"三美"原则 [J]. 无锡教育学院学报, 1999（04）：6–8.
[5] 彭彩云. 论朱湘的古典美及外来融合 [J]. 求索, 2003（01）：177–179.
[6] 潘颂德. 朱湘的诗论 [J]. 河南师范大学学报（哲学社会科学版）, 1989（04）：53–57.

人生天地之间，心物相接，感受频繁，真情激荡于中，而言词表达于外，又借助辞采、意象以兴发读者，使其能得相同之感受，如饮醇醪，不觉自醉，是之谓诗。"也就是说，"兴发感动"是一个作者能感之–作者能写之–读者能赏之的审美过程。在此过程中，"赋""比""兴"是引起诗人生命感发的三种重要方式。它不仅是诗人"情动于中"的决定因素，也是"形于言"的基本手段，还是"观文者披文以入情"的必由之路。[①] 在整个"兴发感动"的过程中，叶嘉莹专程将第三个层次聚焦于读者的欣赏和评价。"读者应该从诗歌的感发品质中获得一种也可以使自己有所激励、感发的力量"，[②] 因此，不仅作者、作品是历史的"流传物"，读者也是时间性的在者，读者在其阅读中是从"前见"出发、在"视域融合"中进行理解的。[③]

汉语古诗词专家林从龙先生则用"情真""味厚"和"格高"[④] 六个字概括汉语古诗词的鉴赏标准。林老先生认为"诗主情"，没有情感就没有诗词；"味"则指的是情趣、趣味，或曰诗趣，此为诗词的可读性；"格"即是诗词的境界，好的诗词应有好的境界和审美特质。近年来在英汉翻译领域独树一帜的辜正坤在其2010年出版的专著《中西诗比较鉴赏与翻译理论（第二版）》中提出翻译多元互补理论的同时也提出"诗歌鉴赏五象美"理论。此五象美理论包含了诗歌视象美（语意视象美和语形视象美）、音象美（韵式、节奏等在审美主体中所唤起的音美快感）、义象美（诗歌字、词、句、整首诗的意蕴、义理作用于审美主体的大脑而产生的美感）、事象美（诗歌中的典故、情节和篇章结构等在审美主体头脑中产生的美感）和味象美（诗歌的音象、视象、事象、义象等诸象在审美主体头脑中产生的综合性审美快感，或者特指诗歌在审美主体头脑中唤起的一种整体风格、氛围和境界的感觉）。由于诗歌的风格、境界、气势、气韵气骨之类与诗歌的味象颇多相近或相通之处，因此辜正坤教授将它们统而论之为诗歌的味象，同时将诗歌的味象概括为画味、韵味、意味、气味以及由这四

[①] 张晓梅. 叶嘉莹诗词批评及诗学研究评述[J]. 文学评论，2007（06）：178-186.
[②] 叶嘉莹. 我的诗词道路[M]. 石家庄：河北教育出版社，1997：58.
[③] 徐晓红. 简论闻一多的新诗"三美"原则[J]. 无锡教育学院学报，1999（04）：6-8.
[④] 林从龙. 诗词的鉴赏标准[J]. 东坡赤壁诗词，2012（03）：60-61.

种所产生的综合结果——情味。① 辜教授的"五象美"从诗歌形、音、意及味等不同维度综合透视诗歌之美。

汉语古诗词历史源远流长，无数的诗人及评论家在诗歌史上留下有关诗词创作和品鉴的思想印迹，从《毛诗序》中诗的言志开始，到王国维成为立足传统、放眼中西的"意境"集大成者，再到辜正坤的综合五象美，汉语古诗词创作与评价视角从"言志"的功能型发展到情景互生、虚实相生的主客观融合，并音、形、意的综合审美型。总之，王国维及王国维以前传统诗论中以"意境"为重心的诗歌鉴赏主要侧重于主体对作品的主观感受，而其后的理论则以多视角、多维度，从作品本身到读者感受出发，使诗歌创作和欣赏标准内涵不断得到完善。

第二节　英语诗歌鉴赏标准

美国作家兰塞姆说，诗是"用文字表现的人生经验"，我国学者朱光潜也说诗是"人生世相的返照"。作为最古老的文学形式之一，诗歌以最精炼的形式浓缩了一个民族语言文化的精华，英语诗歌亦是如此。

古罗马古典主义创始人、奠基者贺拉斯于其《诗艺》中建立了较为完整的诗学体系，并明确指出："诗人写诗的目的是给人以益处和乐趣，使读者觉得愉快，并且教人如何生活。"② 贺拉斯这样"寓教于乐"的诗歌鉴赏观点把诗歌这种艺术形式对受众的教化作用和审美娱乐功能融二为一，对后世的诗歌创作与鉴赏起到了借鉴与启蒙作用。

德国哲学家黑格尔认为在美学体系中，诗是浪漫型艺术的最高阶段，也是全部艺术门类中的最高形式。黑格尔在把诗分为史诗、抒情诗和戏剧诗的基础上指出"诗是浪漫型艺术的最高阶段，同时是全部艺术门类中最高的形式。作为语言的艺术，诗的精神性最强，物质性最弱，它是'最富

---

① 吴祥云. "诗歌鉴赏五象美"在中国古诗英译中的应用 [J]. 昭通学院学报，2014（02）：86–92.

② 张中载. 西方古典文论选读 [M]. 北京：外语教学与研究出版社，1999：66.

于心灵性的表现'。同时，诗是造形艺术和音乐的辩证统一，它'把造形艺术和音乐这两个极端，在一个更高的阶段上，在精神内在领域本身里，结合于它本身所形成的统一整体'，因而既能像音乐那样表现主体的内心生活，又能表现客观世界的具体事物，成为艺术发展的最高峰。"[1] 黑格尔非常重视诗歌内容与形式的结合，他强调诗歌艺术内容的精神性，认为诗歌要注重根据内容而展现的形式美，他还指出了诗歌音律的重要性，音韵是表现诗歌内容的重要途径。

作为一门古老的语言，英语有着源远流长的诗歌传统。结合语言史学家李赋宁先生对英语史的断代划分和王佐良先生《英国诗史》中对诗歌的阶段性总结，本节也从历时视角分别对古英语时期、中古英语时期、17世纪、18世纪、19世纪以及20世纪的英语诗歌鉴赏标准做出概览式梳理。

1 古英语时期

古英语诗歌大概可以追溯到盎格鲁-撒克逊时期，此时期的诗歌 *Beowulf*（《贝奥武甫》）是英国文学的瑰宝，也是这个时期最有价值的作品之一，主题与风格均有特色。其主题特征为"以伟大严肃为主题的长篇叙事诗，诗体崇高庄严、叙一部落民族或种族之命运系于一英雄或半神半人之一身"[2]，写作风格则为"庄严、华丽、隐晦、迷离，多比喻、多省略，既简练又复杂、既含蓄又强烈"[3]，以散文翻译 *Beowulf*（Chapter XI）中片段为例。

> Then from the moor under the mist-hills Grendel came walking, wearing God's anger. The foul ravager thought to catch some one of mankind there in the high hall. Under the clouds he moved until he could see most clearly the wine-hall, treasure-house of men, shining with gold. That was not the first time that he had sought Hrothgar's home. Never before or

---

[1] 转引自：余蕾. 黑格尔诗论中的艺术辩证思想[J]. 求索, 1999（02）：78–80.
[2] M. H. 艾布拉姆斯. 文学术语词典[M]. 北京：北京大学出版社, 2009：152–153.
[3] 李赋宁. 古英语史诗《贝奥武甫》[J]. 外国文学, 1998（06）：66–70.

since in his life-days did he fnd harder luck, hardier hall-thanes. The creature deprived of joy came walking to the hall. Quickly the door gave way, fastened with fire-forged bands, when he touched it with his hands. Driven by evil desire, swollen with rage, he tore it open, the hall's mouth. After that the foe at once stepped onto the shine floor, advanced angrily. From his eyes came a light not fair, most like a flame.[①]

  片段中描写的是怪兽格伦德尔向洛斯格国王家走来的场景。虽为散文翻译，但仍可见诗歌语言的庄严华丽，并极具细节描写。其中多隐喻，例如"shining with gold"以及"the hall's mouth"，既含蓄又强烈，例如格伦德尔眼神的描写"From his eyes came a light not fair, most like a flame"。

  如此而来，以史诗为框架、以童话为母题，宗教色彩并陈，并辅以大量比喻等修辞手法进行哀歌体抒情是早期英语史诗的主体特征，更是读者品评古英语时期英语诗歌的标准。

2 中古时期英语时期

  古英语头韵体诗歌流行过后，取而代之的是中古英语时期生活在14世纪以乔叟为代表的诗人创造的尾韵诗歌，影响了后世的许多杰出的诗人，乔叟也因此确立了其在英国文学史上的地位，被17世纪著名诗人和文学评论家德莱顿誉为"英语诗歌之父"[②]。针对诗行，他"创造出英诗诗行的基本形式：五步抑扬格（iambic pentameter）"，并且"在他随后的作品中，五步抑扬格一直是基本的诗行形式。这种诗行最优美地体现了英语的节奏，几百年来一直是英诗诗行的主要形式"。此外，他还"把古英诗单调的形式改造得活泼多变。其中特别是七行诗节，韵式为ababbcc，最为乔叟喜爱。""这种诗节被称为"乔叟诗节"，是15、16世纪英语叙事诗中最通常的诗节形式。莎士比亚、密尔顿以及其他许多后来者都用

[①] 吴伟仁, 编. 英国文学史及选读（第一册）[M]. 北京：外语教学与研究出版社, 1997: 14.
[②] 潘蕾. 古英语诗歌的发展与中国新诗散文化之比较 [J]. 山西大学学报, 2010（05）：37–38.

过。"七行诗节以外，五步抑扬格的双行同韵对偶句"英雄对句""读起来节奏感很强，而且平稳和谐，所以后来在17、18世纪深为理性时代的新古典主义诗人们所喜爱，成为当时最常用的诗体"[1]，以及乔叟诗歌中高度发展的叙事框架、乔叟创新的"戏剧独白"式体裁、十四行诗的引入等特征。14世纪下半叶被称为"乔叟时代"，《坎特伯雷故事集》也就成为此时期诗歌的有力代表，乔叟所创的诗行、诗节以及韵式等都对后世诗人产生了极大影响，例如莎士比亚。莎翁十四行诗中的第十八首是其代表作。

> Shall I compare thee to a summer's day?
> Thou art more lovely and more temperate:
> Rough winds do shake the darling buds of May,
> And summer's lease hath all too short a date:
> Sometime too hot the eye of heaven shines,
> And often is his gold complexion dimmed;
> And every fair from fair sometime declines,
> By chance or nature's changing course untrimmed;
> But thy eternal summer shall not fade,
> Nor lose possession of that fair thou ow'st;
> Nor shall Death brag thou wander'st in his shade,
> When in eternal lines to time thou grow'st:
> So long as men can breathe or eyes can see,
> So long lives this, and this gives life to thee.[2]

这首著名的十四行诗的主题通常被认为是"由赞美心上人之永恒转向赞美诗歌、艺术之永恒"[3]，诗歌中采用典型的五步抑扬格"英雄双韵

---

[1] 肖明翰. 乔叟对英国文学的贡献[J]. 外国文学评论, 2001（04）: 85–94.
[2] 吴伟仁, 编. 英国文学史及选读（第一册）[M]. 北京: 外语教学与研究出版社, 1997: 129.
[3] 黄耀华. 莎士比亚第十八首十四行诗修辞方法研究[J]. 现代语文（学术综合版）, 2017（06）: 35–36.

体",以 ababcdcdefefgg 押韵。诗歌莎士比亚一直被认作是文艺复兴时期的代表诗人。"莎士比亚虽然不是理论家,但是在他的剧本中,他借用角色的嘴巴道出了他本人对诗歌的一些观点。即以贺拉斯的诗论学说为基础,提倡合乎情理的虚构,强调感染力,用韵要自然,不要流于形式,无韵也行;不赞成贺拉斯的模仿、重视想象;提倡欣赏和理解,重视修改,强调诗歌要有永恒的生命力。"[①]"据统计:1592—1597 年间,英国印行了将近 2500 首十四行诗,在当时莎士比亚所作的已享盛名",其盛名体现了当时读者对其所处时代诗歌的审美观。"莎士比亚十四行诗内容极其丰富,从当代现实生活到个人心灵深处,都有生动反映,这就使他大大超出当时或后代单纯描写个人爱情感受的十四行诗,如斯宾塞的《爱情小诗》《勃朗宁夫人的情诗》等,而成为十四行诗中最杰出的作品。""莎士比亚使用的是每行都用抑扬格五音步,十缀音写法,押韵法为 abab,cdcd,efef,gg,由三段四行,一段两行组成,末两行作出内容的结论,它既不同于意大利古典十四行诗,也不同于当时英国一般写法,所以称为十四行体莎士比亚式,也是莎士比亚在十四行诗格律上的创造革新,其特点就是用韵比较自由,"但有时也会使用"abab,bebe,dddd,cc,用韵前后呼应,造成一种回环往复的声韵效果。"[②]莎士比亚十四行诗以丰富的内容、灵活的形式、自由的格律成为文艺复兴诗歌创作与鉴赏的标杆。

3 17 世纪

继伊丽莎白时期传统的爱情诗歌之后,17 世纪以约翰·多恩为代表的玄学派诗歌以奇特的比喻、口语化诗体和富于变化的格律等为主要特征从传统诗歌中叛逆而出并自成一派。约翰·多恩为代表的诗歌"特点在于感情的真挚与热烈,思想的自由与开放。更重要的是,他在诗中喜欢使用惊人的意象,奇特的类比,将理智与感情融合为一,使得他的诗巧智与激

[①] 罗志野. 莎士比亚的诗论 [J]. 吉安师专学报,1997(02):42–48.

[②] 周启付. 谈莎士比亚的十四行诗 [J]. 外国文学研究,1982(02):18–22.

情交融，奇想与悖论争辉，给人一种耳目一新、富有生气之感。"[①] 其诗歌的显著特色之一就是他的奇思妙喻，即这些奇喻所用的意象总是出人意料而又在细细体味深究之后合情合理、恰到好处。正是"他们所用的比喻既具有物体的、也具有理性的含义，因此能够巧妙地把思想、感情和感觉三个因素都结合成一体"，因此也体现了"理性与感性的统一"。[②] 诗歌 *Song*（《歌》）一直被视为约翰·多恩的代表作。

> Go and catch a falling star,
> Get with child a mandrake root,
> Tell me where all past years are,
> Or who cleft the devil's foot,
> Teach me to hear mermaids singing,
> Or to keep off envy's stinging,
> And find
> What wind
> Serves to advance an honest mind.
>
> If thou be'st born to strange sights,
> Things invisible to see,
> Ride ten thousand days and nights,
> Till age snow white hairs on thee,
> Thou, when thou return'st, wilt tell me,
> All strange wonders that befell thee,
> And swear,
> No where
> Lives a woman true, and fair.

[①] 司德花，洪爱云. 约翰·多恩诗歌赏析 [J]. 齐齐哈尔大学学报（哲学社会科学版），2010（01）：74—76.

[②] 托·斯·艾略特. 艾略特文学论文集 [M]. 李赋宁，译. 南昌：百花洲文艺出版社，1994：10.

> If thou find'st one, let me know,
> Such a pilgrimage were sweet;
> Yet do not, I would not go,
> Though at next door we might meet;
> Though she were true, when you met her,
> And last, till you write your letter,
> Yet she
> Will be
> False, ere I come, to two, or three. [①]

诗中处处可见惊人的意象与悖论，例如"Go and catch a falling star"和"Get with child a mandrake root"，可是，流星无法抓住，曼德拉草也无法长成婴儿。诗歌行数和押韵也尝试使用每节九行的 ababccddd。总之，以奇喻、口语化语言、多变的韵律和节奏来体新颖、深刻的思想感情是衡量玄学派诗歌的重要标准。

4 18 世纪

"18 世纪，英国诗歌继续活跃，有众多诗人写出了有特色的诗篇。这特色可以简单归纳为：在世纪前半，新古典主义得势，诗歌城市化，题材主要是伦敦等大城市里上层社会各方面生活，主要的诗体是'英雄双韵体'；在世纪后半，感伤主义出现，诗歌乡村化，题材主要是大自然和大自然中不幸者纯朴而强烈的感情以及诗人们悲天悯人的感伤情绪，在诗体方面则是古民谣体渐占上风，白体无韵诗也重新抬头。"[②] 这段话清楚地归纳了英国 18 世纪流行的诗歌风格，上半叶以亚历山大·蒲柏为代表，下半叶则是托马斯·格雷。

亚历山大·蒲柏被誉为 18 世纪英国最伟大的诗人，他奉行新古典主

---

① 吴伟仁，编．英国文学史及选读（第一册）[M]．北京：外语教学与研究出版社，1997：129．
② 王佐良．十八世纪英国诗歌 [J]．外国文学，1990（02）：63–70．

义审美趣味，重视规范，"蒲柏的双韵体既规范又清晰，而规范中又包含着平衡。蒲柏认为，作诗的体系应该以规范作为原则，而这一点在蒲柏的手里已经达到了顶峰：无论是它的本质、深远的含义，还是它高度的完美。蒲柏的诗歌可以说是英诗'规范'的典范。他的诗歌的规范既体现在平衡的句子结构、简洁的叙述当中，又体现在诗句的对偶和言语表达的准确当中"[1]。除了"规范"特征，蒲柏完善了乔叟创于14世纪的英雄双韵体并将之发展，其诗作多为英雄双韵体，例如 *An Essay on Criticism*（《批评论》）中第二段片段。

> A little learning is a dang'ous thing;
> Drink deep, or taste not the Pierian spring;
> There shallow draughts intoxicate the brain,
> And drinking largely sobers us again.
> Fir'd at first sight with what the Muse imparts,
> In fearless youth we tempt the heights of Arts,
> While from the bounded level of our mind
> Short views we take, nor see the lengths behind;
> But more advanc'd, behold with strange surprise
> New distant scenes of endless science rise![2]

An Essay on Criticism 是蒲柏的成名作。英雄双韵体的写作规则，诗歌内容简洁、具体、准确，这些特征都使其诗成为18世纪上半叶的诗歌典范，而蒲柏本人也成为《牛津引用语辞典》中被引用最多的诗人之一，他的许多诗行几成格言，如"A little learning is a dang'ous thing"。

18世纪下半叶的感伤主义诗歌实际上是19世纪浪漫主义的过渡，以托马斯·格雷为代表的这一时期的感伤主义诗歌表现的是当时的圈地运动背景下不少诗人徘徊乡野、同情悲苦的情绪。这一时期的诗歌也不再恪守

---

[1] 刘杰，马丽丽，杨秀珊，王佳坤. 亚历山大·蒲柏诗歌艺术探究[J]. 佳木斯大学社会科学学报，2007（06）：66–67.

[2] 吴翔林. 英美文学选读[M]. 北京：中国对外翻译出版社，1997：158.

上半叶规范、完美的双韵体，已经有了浪漫主义诗歌的影子。《墓园挽歌》（*Elergy Written in a Country Churchyard*）是托马斯·格雷的代表作，此处以前八句为例。

> The curfew tolls the knell of parting day;
> The lowing herd wind slowly o'er the lea;
> The ploughman homeward plods his weary way,
> And leaves the world to darkness and to me.
>
> Now fades the glimmering landscape on the sight,
> And all the air a solemn stillness holds,
> Save where the beetle wheels his droning flight,
> And drowsy tinklings lull the distant folds;
>
> Save that, from yonder ivy-mantled tower,
> The moping owl does to the moon complain
> Of such, as wandering near her secret bower,
> Molest her ancient solitary reign.[①]

此诗用五步抑扬格与 abab 的尾韵写成，诗中使用 "tolls" "slowly" "stillness" 等词使得诗歌格调沉静、哀婉，充满伤感。诗中也使用了大量移就手法，例如第二节第四句中 "drowsy tinklings"（昏昏沉沉的铃声），用移就手法给予铃声生命，已初现浪漫主义端倪。

5　19 世纪

19 世纪，英国的浪漫主义诗歌几乎可以说是欧洲文坛的巅峰，威廉·华兹华斯被公认为浪漫主义诗歌的代表人物，他的诗歌当然也成为

---

① 吴伟仁，编．英国文学史及选读（第一册）[M]．北京：外语教学与研究出版社，1997：279．

19世纪浪漫主义诗歌的衡量标准。"1879 年，阿诺德在其主编的《华兹华斯诗歌选》(*The Collected Poems of William Wordsworth*)的序言中，全面系统地作出了他对华兹华斯的评价，由此也阐释了他对诗歌和诗人的评判标准。"① 阿诺德将华兹华斯的诗歌内容总结为"诗歌即人生批评"，他认为华兹华斯的诗歌体现了诗歌就是对生活的评论思想，诗人要理解生活并把生活体现到诗歌中，道德性和规范性也应该体现在诗歌中，诗歌还应该要有完美结合内容的形式。针对这样的内容，华兹华斯用的是自然、简单、朴实的语言风格。也正是由于华兹华斯的自然诗风，其诗歌也经常被与我国的陶渊明、王维以及白居易等诗人对比、比照。其诗歌 *I Wandered Lonely As a Cloud*（《我如行云独自游》）被研究者盛赞为"是英国文学中最经常收入诗集中的诗，也是这首诗能直接带领我们深入到华兹华斯信仰的核心。"②

> I wandered lonely as a cloud
> That floats on high o'er vales and hills,
> When all at once I saw a crowd,
> A host, of golden daffodils;
> Beside the lake, beneath the trees,
> Fluttering and dancing in the breeze.
>
> Continuous as the stars that shine,
> And twinkle on the milky way,
> They stretched in never-ending line
> Along the margin of a bay:
> The thousand saw I at a glance,
> Tossing their heads in sprightly dance.

---

① 吕佩爱. 马修·阿诺德对威廉·华兹华斯的评价浅析 [J]. 井冈山大学学报, 2014 (01): 104–108.

② 张伯香. 英国文学教程（卷二，修订版）[M]. 武汉：武汉大学出版社，2006：14.

The waves beside them danced; but they

Outdid the sparkling waves in glee:

A poet could not but be gay,

In such a jocund company:

I gazed—and gazed—but little thought

What wealth the show to me had brought:

For oft, when on my couch I lie

In vacant or in pensive mood,

They flash upon that inward eye Which is the bliss of solitude;

And then my heart with pleasure fills, And dances with the daffodils. [1]

该诗共四节，每节 6 行，韵式为 ababcc，四音步抑扬格，风格典雅。从诗歌第一节诗人与水仙花的邂逅，第二节描绘水仙花的规模，到第三节水波与水仙花的竞舞，再到最后一节，水仙花与诗人已合二为一，这也是人与自然的相互连接，浪漫主义已经形成。

与威廉·华兹华斯被称为"消极浪漫主义"不同，第二代浪漫主义诗人拜伦、雪莱和济慈等被称为"积极浪漫主义"诗人。"以诗为武器，对当时黑暗的社会进行批判和嘲讽，诗中洋溢着鲜活的生命力和强烈的感染力"[2]是"积极浪漫主义"诗人诗歌的共性。浪漫是 19 世纪英国诗歌的共性，但几位代表诗人也有各自不同的诗歌特色，"华兹华斯善于抒写田园景色、乡民村姑；柯勒律治陶醉于离奇的梦中楼阁、海上神鸟；拜伦沉湎于爱情之缠绵，颂扬时代的叛逆精神；雪莱如西风扫落叶、云雀唱太空，鞭挞现世之丑恶，描摹未来的理想世界；而济慈则另辟蹊径，独树一帜，在孤寂的梦境、飘然的情境、陶然的心境，超然的遐想之中，发思古之悠情，颂自然之风姿，咏爱情之忠贞，穷神人之仙境，书写着超尘

---

[1] 杨岂深，孙铢，主编. 英国文学选读（第一册）[M]. 上海：上海译文出版社，2002：190.
[2] 黄丽娟. 永无疲倦的探索者——英国浪漫主义诗人拜伦的艺术与人生 [J]. 淮北煤炭师范学院学报，2003（02）：117–119.

脱俗、意境优美的诗篇。"[1] 对比可以使读者更好地把握几位诗人诗作的不同审美趣味，当然，虽然这一时期的诗歌呈现的是复杂多变的文学气象，诗人们之间也很难概括出相似之处，但仍旧可以找到他们之间共同的英国气质，"追本溯源，这种英国气质可以归结到一个明显的本源上，即生机勃勃的自然主义。"[2] 衡量此时期诗歌标准是诗歌中大量描绘自然，以象征手法赋予自然景物生命与情感，借自然言情述志，此处仅以雪莱的 Ode to the West Wind（《西风颂》）第五章为例。

> Make me thy lyre, even as the forest is:
> What if my leaves are falling like its own!
> The tumult of thy mighty harmonies
> Will take from both a deep, autumnal tone,
> Sweet though in sadness. Be thou, Spirit fierce,
> My spirit! Be thou me, impetuous one!
> Drive my dead thoughts over the universe
> Like withered leaves to quicken a new birth!
> And, by the incantation of this verse,
> Scatter, as from an unextinguish'd hearth
> Ashes and sparks, my words among mankind!
> Be through my lips to unawaken'd earth
> The trumpet of a prophecy! O Wind,
> If Winter comes, can Spring be far behind?[3]

虽然《西风颂》的每一章都由十四行组成，但雪莱的《西风颂》已经不再是传统意义上的十四行诗，此诗为五步抑扬格，韵式为 ababcbcdcdedee。诗歌的最后一句是名句，体现的是诗人对未来的信心。

---

[1] 王佴中. 济慈的诗歌理念及其诗美艺术空间营造 [J]. 浙江大学学报（人文社会科学版），2005（04）：175–180.

[2] 彭彩云. 论朱湘的古典美及外来融合 [J]. 求索，2003（01）：177–179.

[3] 转引自：辜正坤. 雪莱《西风颂》的翻译对策略论 [J]. 译苑新潭，2013（05）：60–70.

这种用西风的桀骜不驯比喻自己对革命的豪情壮志是与"消极浪漫主义诗人"诗歌的极大区别。

英国诗歌在19世纪的前三十年是浪漫主义时期,后七十年则是维多利亚时期。"维多利亚时代的诗歌并不是单线发展的,而是复线发展的。维多利亚诗歌中有现实主义因素,有浪漫主义因素,也有唯美主义因素,有从保守、温和,到民主主义、社会主义的各种思潮倾向,交织成一幅错综立体、发展变化的图景。"[①]据此,此时期诗歌特征也被大致总结为内容方面从情的自然漫溢向心理深度发展、主观的直接抒情多半转向客观描述、叙事诗和戏剧诗蓬勃发展、诗歌形式风格既有十四行诗的特征又有创新并且因为当时保守的道德风气和社会规范而"强调韵律严整、节奏平稳"[②]。

6 20世纪

20世纪的英美诗歌发展进入现代主义时期,其中的意象派诗歌影响深远,诗人们也提出了各自的主张,如1916年艾米•洛威尔在其编辑的《一些意象派诗人》诗选中的前言里列出了"意象派"诗人共同认可的作诗原则:(1)语言通俗,但用词要准确,不用近似准确或纯装饰性词语。(2)创造新的节奏以表达新的诗情。认为自由诗体可以更好地表达诗人的个性,但也不反对用其他诗体。(3)题材完全自由,不受任何限制。坚信现代生活艺术价值。(4)诗要呈现"意象"(因此得"意象派"之名),认为诗歌要准确地提供详情,而不是模糊的抽象。(5)诗要写得明确、清楚,不模糊、含混。(6)简练、浓缩是诗歌的本质。[③]美国诗人埃兹拉•庞德的诗就以其鲜明、准确、含蓄而高度凝练的意象和诗歌结构,诗歌韵律变换和节奏多样性,生动、形象地呈现事物,并在意象和诗行中融入诗人瞬息变化的思想情感而成为鉴赏意象派诗歌的代表作。除了第四章第四

---

① 飞白. 略论英国维多利亚时代的诗[J]. 外国文学研究,1985(02):81-88.
② 史诗源. 英语现代主义诗歌的源流[J]. 廊坊师范学院学报,2016(04):21-25.
③ 转引自:胡大伟,蒋显文,易瑞英."意象派"诗歌创作原则对中国古典诗词翻译的启示[J]. 南华大学学报,2014(01):122-125.

节中提及的庞德代表诗作 *In a Station of the Metro*（《在地铁站上》）是意象派典范，威廉·卡洛斯·威廉斯也是意象派代表人物之一，他的 *The Red Wheel Berrow*（《红色手推车》）也与 *In a Station of the Metro* 一同被称为意象派代表作。

> so much depends
> upon
> a red wheel
> barrow
> glazed with rain
> water beside the white
> chickens①

  庞德的诗作《地铁站上》由 14 个词组成，而此诗为 16 个词，且全为小写，分为四节，每节以一个单词结尾。简洁的语言、鲜明的色彩对比凝练突出了手推车、雨水和小鸡等几个意象。全诗多个意象叠加，构成了色彩鲜明的立体画面。诗人威廉·卡洛斯·威廉斯也凭借此诗获得"红色手推车诗人"②称号。

  虽然贺拉斯生活的时代晚于孔子四百年左右，但他和孔子对诗歌功能的认识有着较大的相似之处，即都认为诗歌教化的社会功能，这也是英语诗歌的起始功能之一。随着英语语言的发展，从《贝奥武甫》开始到 20 世纪的意象派诗歌，英语诗歌更多地承担了抒情达意的功能。而英语给诗歌也从《贝奥武甫》这样洋洋洒洒数千行的叙事史诗，发展到十四行诗歌，再凝练到意象派的短短数行，英语诗歌中的情感表达也同样浓缩为诗歌中几点意象的凸显。纵览英语诗歌发展，形式和内容的凝练是其千百年的发展历程。

---

  ① 陶洁. 美国文学选读（第 2 版）[M]. 北京：高等教育出版社，2005：191.
  ② 徐艳萍. 评威廉·卡洛斯·威廉斯的《红色手推车》[J]. 西安电子科技大学学报：社会科学版，2002（03）：95-97.

第三节　形式与格式

形式于诗歌的重要性不言而喻，苏珊·巴斯奈特曾说过："诗的内容和形式是不可分离的"。① 诗歌语言离不开形式，虽然"形式并不等于艺术，它不过是一种手段或工具。但一个完美的诗歌形式却可以有助于艺术语言的充分解放与涌现"。② 经过历代无数诗人的选择和实践，中英文诗歌在各自的历史进程中形成了代表各自文化的诗歌形式。诗歌形式通常包括由句式、句式组合与较为宏观的诗体等组成的纵向视角维度和由音韵、节奏等形成的横向听觉维度。

汉语古诗词也有音律不平、平仄不调，较为自由的三言、四言、五言和七言古体诗。至唐代，"待发展到近体诗，五言七言句的律诗和绝句才形成，在字数、句式、对仗、平仄和用韵诸方面都有着非常严格的规则，成为中国古典格律诗最完美、最常用的形式"。③ 受中式美学中和谐匀称思想的影响，工整匀称是汉诗形式的显著特征之一。汉字的方块字字形在视觉上带给读者工整匀称的审美感受，这种审美感受还主要体现于以绝句和律诗为代表的诗句排列。绝句和律诗凸显的是汉诗形式的整饬性。汉诗的形式工整常由对仗来体现，通过相邻句字词对仗给予诗歌工整对称的效果，并给读者和谐匀称的美感。

由于英语为拼音文字，英语词语又多为多音节词，汉诗中一字对一音、一句对一行的形式在英诗中难以实现，也由于英语语言的完整性要求，英语诗歌一句可能为一行、两行或是几行，因此英诗论行不论句。根据行数的多少，英诗又涵盖了两行诗、三行诗、四行诗、五行诗、六行诗、七行诗、八行诗、九行诗、十行诗、十一行诗及十四行诗等不同形式。与

---

① Bassnett, Sussan, Andre Lefebvre. Constructing Culture: Essays on Literary Translation [M]. Shanghai: Shanghai Foreign Language Education Press, 2001: 69.
② 林庚. "问路集序". 新诗格律与语言的诗化 [M]. 北京：经济日报出版社，2000：3-4.
③ 朱徽. 中英诗艺比较研究 [J]. 成都：四川大学出版社，2010：78.

汉诗相比，英诗在句式排列上就不可能如汉诗般工整对称。再者，英诗中虽然也有对偶句，但因为词语难以按词数每行排列整齐，诗句也就长短不一。除了词的形态，英语语法对句子完整性的要求和时态等因素也使得英诗句子无法规整统一。下面以张祜的《何满子》为例对比英汉诗歌中形式的工整统一性。

故国三千里，深宫二十年。
一声何满子，双泪落君前。

译文：

Home-sick a thousand miles away,
Shut in the palace twenty years,
Singing the dying swan's sweet lay,
Oh! How can she hold back her tears![1]

从上述诗歌及其英译对比分析可以发现，首先，从诗歌整体形式来看，以唐诗为代表的汉语古诗词具有较为严格的形式上的整饬性特征，而英语则很难做到如汉语般规整。汉诗中对偶句随处可见，英诗中也有对偶句，但无法如汉语般整齐对应，如例诗中一、二句的对仗和三、四句的名词和动词的对仗都共同促成了整首诗的工整匀称，而英译本却未体现。其次，从句法而言，汉诗中常常为了诗行结构简洁和诗意含蓄而省略主语，而英诗中由于语法对句子完整性的要求不能经常省略主语（如译诗中就补译了主语"she"）。再者，由于汉诗中极其讲究对仗和"诗眼"。"诗眼"常体现在谓语动词上，因此多数动词都被省略，只留下少数动词（如此例中"落"）凸显诗歌语言的简洁与含蓄；但英诗中因为语法要求而不能省略谓语动词，诗人必须匠心独具，选择使用适当的词以体现诗歌思想。还有，以词法而论，由于汉诗简洁凝练的语言特征，常常省略动词，时常有词类

---

[1] 许渊冲，等. 唐诗三百首新译 [M]. 北京：中国对外翻译出版公司，1997.

活用和转用现象，如"故国""深宫"和"一声"的动词转用就增强了诗歌动感。英诗中也相似，词的转类时常可见。词的转类具有修辞效果，可以增强诗歌语言感染力。

汉语诗歌中无论是律诗还是词都有着严格的格式规定。例如，五言律诗每句的基本格式包含"仄仄平平仄""平平仄仄平""平平平仄仄"和"仄仄仄平平"四种，这四种基本格式又根据"相对、相粘、平仄两两相间、偶数句皆压平韵"的规则推导出更多常用的十六种其他格式。诗句中的平仄交替与对立在形成字的不同发音长度和声调的同时形成了诗歌的节奏。词，亦属于汉语古典格律诗体之一。词牌，也称为词格，虽然与词的内容不完全相关，但对内容的写作有着约束性要求，规定着一首词的句数、每一句的字数、用韵。尽管汉诗从二言发展到九言，但经过代代诗人的选择与磨砺，只有五言和七言成了主要句式。与汉诗相似的是，英诗也从单音步顺序发展到了八音步，但也只有五步抑扬格在历史的实践和选择中成为英诗中常用的句式，轻重音节的反复使用让诗歌产生节奏感和音乐美。对比《何满子》和莎士比亚十四行诗第29首，可以看出，无论是汉诗还是英诗，格式方面的规则是必不可少的，也是各自诗歌语言中的重要组成部分。

> When, in disgrace with Fortune and men's eyes,
> I all alone between my outcast state,
> And trouble deaf heaven with my bootless cries,
> And look upon myself and curse my fate,
> Wishing me like to one more rich in hope,
> Featured like him, like him with friends possessed,
> Desiring this man's art, and that man's scope,
> With what I most enjoy contencted least;
> Yet in these thougts myself almost despising,
> Haply I think on thee, and then my state,
> Like to the lark at break of day arising
> From sullen earth, sings hymns at heaven's gate;

For thy sweet love remembr'ed such wealth brings,
That then I scorn to change my state with kings.[①]

（Shakespeare："Sonnet 29"）

　　英汉语诗歌格式的规定同时也使诗歌具有节奏感和音乐美。但由于英汉语言的差异，各自格式的作用就也不完全相同。通过对比也可以得出，在听觉方面，汉诗词中的平仄和词牌主要体现的是词和句在长度和声调上的差异，发音的轻重并不明显，而英诗中"抑扬"主要体现的是发音的轻重。在视觉方面，平仄更注重的是的规整，抑扬则更多变化，使诗歌语言更为生动。从形式与格式的总体看来：第一，英汉诗歌都分行，但汉诗每行字数相同，即以唐诗为典型代表的汉诗具有整饬性特征，宋词也具备长短句交错、相对固定的整饬性特征；英诗排列当然无法如汉诗般整齐，但英诗中每行的音步也相同。第二，英汉诗歌都有对偶句，只是英诗中的对偶句也在形式上不如汉诗般整齐。第三，英汉诗歌都有自己较为固定的基本格式，这些基本格式也都与诗歌节奏关系密切，但汉诗的基本格式更加注重的是声调变化，而英诗的则是轻重音的交错。英汉诗歌相似和不同的形似与格式为各自读者提供了形式方面的视觉审美享受，不同的格式特征也为读者带来声音方面的听觉享受。

第四节　语言与风格

　　由于其独特的文学形式，诗歌语言又不同于其他的文学体裁。沈祥龙在《论词随笔》中把诗歌语言的审美特征总结为："词有三法，章法、句法、字法也。章法贵浑成又贵变化，句法贵精炼又贵洒脱，字法贵新隽又贵自然。"[②] 黑格尔也认为"诗歌语言的特殊性，就在于诗的词汇、词的安排和

[①] 杨岂深，孙铢，主编. 英国文学选读（第一册）[M]. 上海：上海译文出版社，2002：47.
[②] 转引自：张葆全. 诗话和词话[M]. 上海：上海古籍出版社，1983：158.

长短句的结构具有特殊性,以及诗的音律。"① 刘禹锡的《乌衣巷》及其英译可以较为清楚地揭示英汉诗歌语言与风格的异同。

朱雀桥边野草花,乌衣巷口夕阳斜。
旧时王谢堂前燕,飞入寻常百姓家。

译文:
Besides the Bridge of Birds rank grasses overgrow;
O'er the street of Mansions the setting sun hangs low.
Swallows that skimmed by painted eves in bygone days
Are dipping now among the humble home's doorways.②

从词的层面来看,由于汉字以表意为主,没有时态、语态及数等方面的变化,汉语诗歌中词类使用就较为灵活,例如"花"和"斜"。名词转用作动词或是形容词转用作动词使得诗歌语言生动而更富有感染力。这样的词类转用也体现出汉诗中动词的常见性省略,动词的省略和其他词类的动词转用扩展了诗歌原本语境中的时间界限,丰富了诗歌内涵。汉诗中除了动词的省略较为常见,介词和连接词等词类省略也不少见,而英诗中则不能省略,如译诗第一、二句诗歌中介词 besides 和 over 的使用。

从句子的层面来看,英诗中的"主语+谓语+宾语"的句子较为常见,而汉诗中这样完整的句子则显得更少,此例诗中的"朱雀桥边野草花"和"乌衣巷口夕阳斜"都分别对应了完整的英语诗句。词语层面的动词省略,对应到句子层面中显示出的则是谓语的省略。出于汉诗含蓄的主要特征,诗句中的谓语动词常被省略,谓语动词的省略也将诗句意境模糊化,进而使诗歌含蓄。原诗句中词类活用而来的动词因为没有时态的变化而使诗歌语境得到扩展,而英诗中由于动词不能省略,再加上动词对时态的显示,限定了诗句语境范围。英汉诗歌中数的表示也有较大差异。汉诗中的名词由于没有数的变化而模糊并延伸了诗句的意境,但英诗中名词数量的明确

---

① 转引自:张葆全. 诗话和词话[M]. 上海:上海古籍出版社,1983:158.
② 许渊冲. 英汉对照唐诗三百首[M]. 北京:高等教育出版社,2000:389.

则会限制读者想象力的发挥，如原诗中的"燕"与译诗中的"swallows"。

英汉诗歌句子层面的差异除了句子的省略外，还有句子的跨行。跨行指的是"诗行结束在一个词组没有完的地方，有时甚至把一个实词和虚词分开在两行里"①。从例诗《乌衣巷》中三、四句可以看到汉诗"奇'读'偶'句'"的典型特征，奇句"旧时王谢堂前燕"和偶句"飞入寻常百姓家"关系非常紧密，这两个诗句共同完整了一个诗句的意思。相较而言，传统英诗中跨度更大更为常见，例如 T. S. 艾略特《荒原》一诗开头即是四行和三行的跨越。

> April is the cruelest month, breeding
> Lilacs out of the dead land, mixing
> Memory and desire, stirring
> Dull roots with spring rain.
> Winter kept us warm, covering
> Earth in forgetful snow, feeding
> A little life with dried tubers.②

诗人有意在分词后断行，以分词为行尾不仅增加了诗行的动态效果，分词与之修饰的中心词的断连，更增强的是荒原上"破裂"的诗歌意境。

无论是汉语古诗词还是英语诗歌，都可以配上曲子用来歌唱，因此也可以看出诗歌与音乐间亲密的血缘关系。明代诗人谢榛主张诗"诵要好，听要好……诵之行云流水，听之金声玉振"。③ 英国诗人雪莱也认为"诗人的语言总是含有某种划一而和谐的声音之重现，没有这种重现，就不能成其为诗……这种重现对于传达诗的感染力，正如诗中的文字一样，是绝不可缺少的。"④ 谢榛和雪莱的观点基本相同，他们都认为诗歌的语言都需要

---

① 谢祖钧. 新编英语修辞 [M]. 长沙：中南大学出版社，2002：154.
② 杨岂深，龙文佩，主编. 美国文学选读（第二册）[M]. 上海：上海译文出版社，2001：134.
③ 转引自：蔡镇楚. 中国诗话史长沙 [M]. 长沙：湖南文艺出版社，1988：161.
④ P. B. Shelly. "A Defence of Poetry", *Norton Anthology of English Literature*[Z]. New York: W. W. Norton & Co. Vol. 2, 1974: 785.

第二章·汉英诗歌鉴赏标准分析

流畅悦耳，诗歌语言的音律美对诗歌意义和意境的体现非常重要。诗歌的音乐性除了对格式有着要求的节奏之外，还有音韵。汉语古诗词和英语诗歌中都有讲究音韵，但二者中的音韵又不完全相同。

《文心雕龙》中说："异音相从，谓之和；同声相应，谓之韵。"也就是说，"韵，就是指音韵相同的读音。在汉语中，就是指韵母相同。押韵，就是在某一诗句的句末用一个韵母相同的字来收尾，因为押韵的位置通常是在句末，所以一般都把押韵的地方叫作"韵脚"[①]。韵在汉诗中的应用必不可少，而且汉语格律诗几乎一韵到底，不能转换韵脚，并且韵只出现于诗行末尾，例如《乌衣巷》中"花""斜"和"家"的押韵。相比而言，英诗中的押韵则不如汉诗那样严格，并且也更灵活得多。由于英语单词是由音节组成，因此以押韵位置来看，英诗押韵以尾韵、腹韵和头韵为常见。当然，这并不意味着汉诗没有头韵及腹韵，只是不如英诗中常用。纵览《乌衣巷》译诗和《荒原》开头七行部分，besides、bridge 和 birds，setting 和 sun，swallows 与 skimmed，humble 和 home 以及 little life，头韵在英诗中随处可见，头韵在增加诗歌语言流畅性的同时也提升了诗歌语言的感染力，毛荣贵老师就直接指明："英语音韵之美，其半壁江山归功于 Alliteration（头韵）"[②]。头韵在英诗中随处可见，但也并非汉诗中没有类似音韵。汉诗中的双声即和英诗中的头韵产生听觉上相似的美感，如《乌衣巷》第一句中的"雀"和"桥"。除了头韵，among，humble 和 home 与 dead，land 等的腹韵也同样使是读起来充满乐感。对于英诗中的腹韵，汉诗中的叠韵，如"堂"与"前"，可与之媲美。总体看来，由于语言本身形式的不同，汉诗音韵的常用押韵方式虽然没有英诗常用押韵方式那么多种、灵活，但也较英诗音韵更为严谨、整齐。

纵览英汉诗歌的语言与风格异同，分析从词到句的不同层次，可以看出，由于英汉语的语法及音韵不同，汉诗语言没有严格的语法，并常常可见成分省略；而英诗语言则有较为严谨的语法规则，句子成分更为完整。汉诗语言语法模糊和成分省略的特征使汉诗语言简洁，语言的简洁

[①] 转引自：陈艳粉. 中国古诗英译中"韵"的对比研究 [J]. 洛阳师范学院学报，2010（01）：149–152.

[②] 毛荣贵. 翻译美学 [M]. 上海：上海交通大学出版社，2005（第 1 版）：114.

反倒丰富了语言内涵，使诗歌意义在时空上得到扩展，产生深邃的意义与意境，这样的特征赋予了汉诗抒情的主要特点；英诗语言因为语法的规整和成分的完整，内容细节得到更加具体的体现，因而在英诗中叙事与抒情得到并重。

第五节　意义与意境

从王昌龄的《诗格》开始，意境便一直以动态的发展在汉语古诗词中占有重要地位。"一般来讲，中国古典诗歌是以含蓄、简隽和微妙胜，唱给读者留下丰富的想象余地"，[①]朱徽教授简洁明了地指出，汉语古诗词的意义所在，即意境。辞海将"意境"定义为："文艺作品中所描绘的客观图景与所表现的思想感情融合一致而形成的一种艺术境界。具有虚实相生、意与境谐、深邃幽远的审美特征，能使读者产生想象和联想，如身入其境，在思想情感上受到感染"[②]。"意境"是中国美学的精华，也是独特的中国文化的审美特征，更是"中国古典诗歌创作的最高追求及评判标准"[③]。就连宇文所安也经常挂在嘴边："唐诗之美，胜在意境"。他在《追忆》一书中详加解说，他觉得，这诗妙就妙在使用的全是"寻常"手法和意象，交织出"异乎寻常"的记忆与心境：正是"那些看似轻纱而徒有遮盖作用的语句"，增强了它们所掩盖的东西的诱惑力。[④]论其独特性，毛荣贵教授专门做出阐述，即首先，意境的产生及流传，不是国外影响我们，倒是我国影响了外国；其次，它是中国的"特产"，国外难以找到与之相似或相对应的概念。毛荣贵教授将"意境"简要归纳为"读者头脑中所产生的一种情景交融的诗意的意象"[⑤]。刘宓庆教授更总结出"意境"的三个特征，

[①] 朱徽. 中英诗艺比较研究 [M]. 成都：四川大学出版社，2010：11.
[②] 辞海编辑委员会.《辞海》（缩印本）. 上海：上海辞书出版社，1979：2039.
[③] 潘智丹. 中国古典诗歌意境翻译新探 [J]. 外语与外语教学，2017（01）：95-104.
[④] "宇文所安——美国人距离唐朝不比中国人远"[N]. 长江日报，2014-7-8（20）.
[⑤] 毛荣贵. 翻译美学 [M]. 上海：上海交通大学出版社，2005 年 11 月（第 1 版）：258.

即意境是艺术意象的情景化、是审美体验的个性化，意境强调艺术效果的"综合呈现"。[①] 如此看来，诗歌意义和意境不仅是"意"与"境"的融合，甚至将意象置于更有艺术色彩的时空中。

从《易·系辞》中"圣人立象以尽意"，至刘勰《文心雕龙》中"使玄解之宰，寻声律而定墨；独照之匠，窥意象而运斤"，王昌龄《诗格》中"搜求于象，心入于镜，神会于物，因心而得"，和司空图《诗品·缜密》中"意象欲出，造化已奇"，再至胡应麟《诗薮》中"古诗之妙，专求意象"等，意象是诗歌中情与景的重要承载。很多意象均会被赋予隐喻色彩，从而引发读者的无限联想，不断产生"象外之象"，并催动读者情感，以白居易的《问刘十九》为例。

绿蚁新醅酒，红泥小火炉。
晚来天欲雪，能饮一杯无？

译文：

My new brew gives green glow,
My red clay stove flames up.
At dust, it threatens snow,
Won't you come for a cup?[②]

受中国传统"天人合一"哲学思想的影响，汉语古诗词中的意象总体呈现出和谐优美的特征，尤其注重人与自然的和谐。诗中的绿蚁、红炉和白雪几个意象以鲜明对照的色彩形成赏心悦目的画面，再配以委婉随和的邀请，整首诗和谐优美。

汉诗认为真实可感的意象是好诗的基本要素，西方诗论也非常注重诗歌的意象。康德就认为意象是"想象力重新建造出来的感性形象"，[③] 克罗

[①] 刘宓庆，章艳. 翻译美学导论 [M]. 北京：外语教育与研究出版社，2011年3月（第1版）：119.
[②] 许渊冲. 汉英对照唐诗三百首 [M]. 北京：高等教育出版社，2000.
[③] 转引自：朱徽. 中英诗艺比较研究 [J]. 成都：四川大学出版社，2010：10.

齐清楚表明:"艺术把一种情趣寄托在一个意象里,情趣离开意象,或是意象离开情趣,都不能成立。"① T. S. 艾略特在强调诗歌意象时说:"表情达意的唯一的艺术公式,就是找出'意之象',即一组物象,一个情景,一连串事件,这些都会是表达该特别情意的公式。如此一来,这些诉诸感观经验的外在事象出现时,该特别情意就马上给唤引出来。"② 埃兹拉·庞德更是将意象的作用强调到极致,他认为:"意象是在一瞬间呈现出理智和感情的复合体的东西","一个人与其写万卷书,还不如一生只呈现一种意象"③。根源于西方哲学模仿论的英语诗歌意象更加偏重意象的"形",有时为了体现诗人内心深邃复杂的情感而出现与自然不和谐的意象。一些学者常对比白居易的《问刘十九》和庞德的《一九一〇年的艺术》(*L'Art, 1910*)两首诗中来自不同文化的意象。

> Green arsenic smeared on an egg-white cloth,
> Crushed strawberries! Come, let us feast our eyes.

此例诗中也包含 green arsenic(绿色砒霜)、egg-white cloth(蛋白色的布)以及 crushed strawberries(碾烂的草莓)三种颜色和三个意象。相较《问刘十九》中意象可以得出:汉语古诗词中意象与自然的和谐一致,而英语诗歌中有些意象可能由于主题体现的需要而标新立异,缺少与自然和谐。细读两首例诗,汉语古诗词中意象由于汉语本身没有语法和时态体现而很容易将诗人的个体体验延展至无恒的普遍经验,也正因为如此,汉诗中的意象倾向于"意"的表达;而英语诗歌中意象由于英语语法和时态的约束而更注重"形"的体现。

总体看来,意境产生于汉语的审美概念,是汉诗的精髓所在,意境的体现以意象为关键。意象既是汉诗的核心部分,也是英诗中的重要因素。但正因为汉文化和西方文化的巨大差异,汉英诗歌中的意象概念并不能完全等同,两种语言诗歌中的意象也都在各自的文化中大放异彩。

---

① 转引自:朱光潜.《诗论》[M]. 合肥:安徽教育出版社,1987:54.
② 转引自:习华林. 意象在英汉诗歌翻译中的地位[J]. 外语教学,2001(06):36–39.
③ 转引自:朱徽. 中英诗艺比较研究成[J]. 成都:四川大学出版社,2010:10.

无论是汉语文学中还是英语文学中，诗歌这种特殊的形式一直占据重要地位。在文学发展的始端，"诗歌"甚至是"文学"的代名词。随着诗歌发展而发展的是诗歌鉴赏理论，汉语古诗词鉴赏理论也在历史的长河中有多元的动态发展。从先秦两汉的"言志"，到魏晋南北朝的"诗缘情而绮靡"，到盛唐的"意境""入神"及宋朝时期对诗歌技法的突破，可以看出，汉语古诗词鉴赏理论由诗歌的社会教化外部功能逐渐走入了诗歌语言内部探寻，从诗歌的外表实用性转向了诗歌语言内在的审美规律性，从诗歌创作关注重心为诗人过渡到引导读者深入诗歌意境主动体验诗歌内涵。英语诗歌功能也从言志转移到叙事为主，进而叙事与抒情并重，这也是一个由对主客体世界的表现转而向自身审视的一个过程。这样由外及内的转向过程是汉英诗歌不约而同的总体发展趋势。诗歌是内容与形式的统一，诗歌形式的不同源于英汉语各自的异质文化，但人类情感在诗歌这种特殊的浓缩语言形式中的呈现却是共同的。无论是内容还是形式，都是诗歌的客体，都由许多不同层面、不同视角的审美特征共同建构而成，这样的建构吸引着作为诗歌鉴赏主体的读者深入其中，并与诗歌鉴赏客体一起构成诗歌意义的生成。这些都为英汉诗歌文化搭建起了实际的交流桥梁。

第三章 "文化内部人"译作及其评价

古诗在中国古典文学中成就最大。古诗也是中国与西方文化交流的重要途径之一,只是诗歌的交流需以诗歌翻译为基础。王佐良说:"更深一层看,诗的翻译对于任何民族文学、任何民族文化都有莫大好处。不仅仅是打开了若干朝外的门窗;它能给民族文学以新的生命力。"[①]经过几个世纪,汉语古诗词在英语世界的翻译与接受为中国文化的"走出去"和中西文化交流起到不可小觑的推动作用,甚至成为英语异质文化中的组成部分和文化的多元共存体现之一。

最早的诗歌总集《诗经》是我国古诗词之滥觞,汉语古诗到唐宋发展至成熟、完善,"诗至唐而众体悉备,亦诸法毕该。故称诗者必视唐人为标准,如射至就规矩焉"。(《全唐诗》序)汉语古诗词英译吸引了众多英语国家译者。汉语古诗词在英语国家的英译与传播在众多国外译者的坚持和努力下走过了几个世纪,在这个文化外译的过程中,出于各种原因,翻译的主体是汉学家,即"文化内部人"。"文化内部人"的汉语古诗词英译是"汉学"中的重要组成部分,"汉学"概念在通常意义上涉指两方面,一是"在战国经学的基础上发展起来的汉唐章句训诂注疏考证之学,它包括西汉今文经学、东汉古文经学、汉末融通今古文的郑玄之学、魏晋王肃之学、南北朝经学、隋唐经学等从西汉到唐代约一千一百年间的经学派别"[②],另一为"对中国历史文化和语言文学等方面的研究。在国内学术界,

---

① 王佐良. 文学间的契合 [M]. 北京:外语教学与研究出版社,2005:123.
② 蔡方鹿. 论汉学、宋学诠释经典之不同 [J]. 哲学研究,2008(01):64—69.

'汉学'一词主要是指外国人对中国历史文化等的研究"[1]。这里显然指的是第二方面的内涵，即外国人研究中国的学问，而对中国学问有着深厚造诣的国外研究者即为汉学家。虽然除了英国和美国之外，还有加拿大、澳大利亚、新西兰以及新加坡等四十多个国家为联合国承认官方语言为英语的国家，甚至还有上百个其他虽然英语不作为官方语言，但实际上为通用语言的国家或地区。回望历史，"汉学"在其他国家都是在二战之后才有充分的发展，而英国和美国则有着深厚的积淀、相互渗透、相互影响，并得到了长足的发展。

因此，本章在"汉语古诗词英译接受"的总体框架下，选取10位"文化内部人"为代表梳理汉语古诗词英译在英国国家的接受状况。这10位大致分别按照各自译作对读者产生影响的年代为线索排序，从他们的汉语古诗词英译代表作、翻译策略和翻译观及译作在英语国家的接受状况等几方面为介绍重点，代表作又以英、美国内公开出版、发行的汉语古诗词英译为主，并参考借鉴国内学者对其翻译的研究成果。因人数众多，在有限的篇幅内难以网罗所有对汉语古诗词英译接受做出过贡献的译者，也难以对所甄选的这10位做出严格的时间阶段和影响力划分，此章仅借此10位"文化内部人"呈现出汉语古诗词在以英、美为代表的英语国家的翻译和接受状况。

第一节　汉诗英译的滥觞——理雅各

有学者将汉学演变历程分为"游记汉学""传教士汉学"和"专业汉学"三个阶段，传教士汉学是其学术和思想发展道路上最重要的一个阶段[2]，汉语古诗词及其英译也从这个阶段开始。理雅各是由英国传道会派遣的传教士，在中国传教长达30年，他是"传教士汉学"阶段的代表人物之一。

---

[1]　李学勤. 国际汉学漫步·序 [M]. 石家庄：河北教育出版社，1997.
[2]　张西平. 传教士汉学的重要著作 [J]. 读书，2004（11）：84–89.

在中国的传教期间，理雅各感受到儒家经典在中国文化和中国社会中的重要意义和重要作用，决定英译中国典籍。在中国学者王韬等人的帮助下，理雅各出版了《中国经典》(Chinese Classics)，这部于1871年至1875年间在香港陆续出版发行的包括《论语》《诗经》等在内的中国典籍"标志着西方汉学史进入一个新纪元，是对汉学研究空前伟大的贡献"，也是这部典籍使理雅各成为了欧洲汉学家最高荣誉——"儒莲奖"的首位获得者。除了获"儒莲奖"，理雅各还于1873年返英后不久成为牛津大学首位汉学教授，其主要译作后续被收入牛津大学著名比较宗教学和比较语言学专家麦克斯·缪勒主编的《东方圣典》里的六卷本《中国圣典》中，理雅各在中国经典西传过程中有着重要影响。

《诗经》是理雅各英译中国典籍中涉及的汉语古诗词之一，虽然此时的《诗经》是被视为儒家经典而译，但无论如何，本身就是中国诗歌源头的《诗经》也开启了汉语古诗词英译之先河。

理雅各英译《诗经》的第一个特征是出自他笔下的译本共有三个。从1871年他的《中国经典》系列译著中的《诗经》散文英译本到1876年的韵体译本，再到1879年《东方圣典》第三卷中的《诗经》译本。一位译者在短短九年间对同一个原文本译出三个译本，这样的现象在翻译史上实属罕见。

第二个特征即为译者特殊的传教士身份，这也是研究其诗歌英译不可忽视的，因与其翻译目的密不可分。虽然他的合作者王韬认为理雅各治经严谨，并在《送西儒理雅各回国序》中称赞他"注全力于十三经，贯串考覆，讨流溯源，别具见解，不随凡俗。其言经也，不主一家，不专一说，博采旁涉，务亟其通，大抵取材于孔郑，而折中于程朱，于汉宋之学，两无偏袒"[①]。但有学者仍认为在典籍英译过程中，"理雅各《诗经》翻译的使命在于以宗教殖民的手段帮助西方殖民主义者完成对中国经济、政治和文化上的全面征服。"[②] 他这样的行为主要源于其传教士身份。身为传教士，"他赞同孔子提出的道德标准，却无法容忍孔子的权威

---

① 王辉. 理雅各英译儒经的特色与得失 [J]. 深圳大学学报，2003（04）：115–120.
② 李玉良.《诗经》英译研究 [M]. 济南：齐鲁书社，2007：90.

超越基督"[1]。理雅各认为，正是因为中国人对孔子的崇拜和对儒家思想的信仰才阻碍了他们对基督教的接受，因此，第一版《诗经》英译本中体现的是对孔子的批驳。但这样的理念却遭遇了英语读者的质疑，读者的接受致使理雅各稍许改变了其对孔子的看法，这也在他的第二版《诗经》英译本中有所体现。之后在第三版的译本中，理雅各显示出了更多对孔子较为客观的评价，包括肯定孔子的贡献。三个英译本《诗经》中对儒家思想，尤其是孔子的态度的变化是对译者主体性发挥和读者接受影响的极好例证。

理雅各英译《诗经》的第三个特征是其翻译的赞助力量。理雅各的《诗经》英译先后经历了三次翻译和发行的过程，第一个译本的翻译和发行均在香港完成。期间理雅各出任"英华书院"校长并得到了英国伦敦传教会和香港"英华书院"的支持；第二个译本则是在理雅各返回英国后出任牛津大学首位汉学教授后，由牛津大学支持。理雅各后续与19世纪比较语言学、比较宗教学和比较神话学的创建人之一麦克斯·缪勒一起编译的《东方圣典》，这套收纳了部分理雅各所译《诗经》的东方古典经典与理雅各其他的典籍英译一起极大地推动理雅各《诗经》译本在英语世界的影响力。

第四个特征则是理雅各使用于各个译本中不同的翻译策略。虽然理雅各的汉诗英译除了《诗经》还有《离骚》《楚辞》和《古诗源》等，但《诗经》的前后三个译本中使用的翻译策略则分别代表了受当时主流诗学和读者受众影响下的汉诗英译策略。第一个译本翻译并发行于理雅各在中国担任传教士期间，该译本为保留《诗经》为中国古代民歌这一重要特点而采取了较为自由的散体意译，或诠释的策略。"他这种接近民歌体裁的翻译策略和技巧，也给半个世纪之后，许多译家用散体意译中国古诗树立了榜样，提供了启示。"[2] 第二个译本翻译并发行于理雅各返回英国之后，当时英国的主流诗学仍旧是维多利亚时期的格律体，理雅各为了英国读者能够

---

[1] 姜燕. 理雅各《诗经》翻译初探——基督教视域中的儒家经典[J]. 东岳论丛, 2011(09): 85–89.

[2] 朱徽. 中国诗歌在英语世界——英美译家汉诗翻译研究[M]. 上海：上海外语教育出版社, 2009: 31.

更好地接受代表中国文化的《诗经》，实现文化传播的目的而采用了格律体重新翻译《诗经》。这个以目标语读者习惯为翻译策略与方法选择依据的译本也被称为"扮成英诗的中国诗"[①]。理氏1879年《诗经》译本因是在1871年译本基础上删节修订而成，很多文字细节没有改动，因此这个译本有时也被视为1871年版的另一个译本。

虽然有学者认为理雅各英译包括《诗经》在内的中国经典有着非常强烈的政治目的，也有学者认为"事实上，理雅各的《诗经》英译是他翻译《中国经典》宏伟计划中的一部分，最初完全是他个人学习中国传统文化的自觉行为"[②]。理雅各自己在其给友人的信中说："对于中国经典，我已经具备将其翻译成英文的中文水平，这得益于我对于中国经典超过二十五年的研究工作。这种努力是很必要的，这样世界别的国家人民就能够了解这个伟大的帝国，而且尤其是我们在这个民族中的传教工作应该在足够的才智指导之下才行。包括英文译文和注释的全部儒家经典的出版将极大地促进我们未来的传教工作。"[③] 从下面《国风·召南·野有死麕》1871年译本和1876年译本中可窥见理雅各翻译策略和翻译理念的转变。

野有死麕，白茅包之。有女怀春，吉士诱之。
林有朴樕，野有死鹿。白茅纯束，有女如玉。

1871年译本：

In the wild there is a dead antelope,

And it is wrapped up with the white grass.

There is a young lady with thoughts natural to the Spring,

And a fine gentleman would lead her astray.

In the forest there are the scrubby oaks;

---

① 王辉. "扮成英诗的中国诗"——理雅各《诗经》1876年译本研究 [J]. 中国社会科学院研究生院学报，2017（02）：102-106.

② 李新德. 理雅各对《诗经》的翻译与诠释 [J]. 文化与传播，2013（05）：31-36.

③ 转引自：李新德. 理雅各对《诗经》的翻译与诠释 [J]. 文化与传播，2013（05）：31-36.

In the wild there is a dead deer,

And it is bound round with the white grass.

There is a young lady like a gem.①

原诗题旨在中国学界本就有争议，译诗中理雅各将"吉士"译为"gentleman"，又将"诱之"贬译为"lead her astray"，少女反衬为"a young lady"，但此译本散文无韵体试图最大限度地直译出源语文化中的语言信息和所隐含的文化内涵。此译本大获成功，受到了英语读者的广泛欢迎，包含这个译本的《中国经典》使理雅各在1875年获得了儒莲奖，布切尔在英国最著名的文学类期刊《爱丁堡周刊》（*Edinburgh Review*）上称赞理雅各"精湛细致的翻译"，称其有利于改变某些欧洲人对中国的冷漠。②

1876年译本：

In the wild lies an antelope dead,

Wrapt up in a mat of white grass.

With her thoughts of the spring comes a maid,

Whom a treacherous fop watches pass.

Scrubby oaks grow the forest around;

In the wild there lies stretched a dead deer,

Close and tight with the white matting bound.

As a gem see the maiden appear.③

《国风·召南·野有死麕》于1876年的译本就与之前译本有了较大差异。"吉士"从上一译本中的"gentleman"改为了"treacherous fop"，

---

① Legge, James. *The Chinese Classics with a Translation Critical, and Exegetical Notes, Prolegomena, and Copious Indexes: The She King*[M]. Taipei: SMC Publishing INC, 1991:34.

② 张萍，王宏. 从《诗经》三译本看理雅各宗教观的转变[J]. 国际汉学, 2018（02）：52–57.

③ Legge, James. *The She King, or, The Book of Ancient Poetry*[M]. London: Trüber and Co. Ltd, 1876: 74.

少女则为更年轻化的"maiden"。此译本的"以诗译诗"策略是与1871年译本的最大区别,按理雅各自己的说法,他的1876年韵体《诗经》译本是"穿着英国服装的中国诗歌"。此译本完成于理雅各返回英国之后,归化的格律译诗恰好符合当时英国国内的诗歌主流策略,与理雅各同时代的另一汉学家利斯特认为其虽存在不少粗糙之处,如倒装修辞导致语意混乱,植物学专有名词造成理解负担,人名音译影响诗歌韵味等,但利斯特也称赞此译本中"许多译诗非常成功,其余部分稍做修改即可达到"[1]。理雅各传记的作者吉瑞德也认为此译本中"最后译本四分之三以上仍是由理雅各自己完成的,而且译本也因此显示出一种相当不协调的、既带有他的过去呆板的正式风格又带有苏格兰打油诗和某些轻松明快的韵律的组合"[2]。

特殊的时代,特殊的身份,特殊的译本,特殊的赞助力量以及特殊的翻译策略,这一系列的与众不同显示出理雅各作为译者在不同时期不同环境下对翻译的动态认知与策略调整。

第二节　唐诗系统西传的起步——翟理斯

如果说理雅各是传教士身份转向汉学家身份的代表,翟理斯则是由外交官身份转向汉学家身份的典型。

翟理斯一生潜心汉学,和韦利与霍克斯一起被誉为"19世纪英国汉学家三大星座",并两度斩获西方汉学界的最高荣誉"儒莲奖"。

《聊斋志异选》之后,翟理斯的《古文选珍》(*Gems of Chinese Literature,* 1884)和《古今诗选》(*Chinese Poetry in English Verse,* 1894)系统地译介了以唐诗为主的大量的中国古典诗歌,其中《古文选珍》的诗歌卷部分选译了130多位诗人的240首诗作,《古今诗选》则选取了从《诗经》开始,

---

[1] Lister, Albert. *Dr. Legge's metrical She — King* [J]. The China Review, July 1876, Vol.5 no.1: 6-8.
[2] 吉瑞德. 朝觐东方:理雅各评传 [M]. 南宁:广西师范大学出版社,2011:97.

横跨18世纪以前中国历史的各个朝代102位诗人的近200首诗作。"在此之前，英国虽然已有了不少中国作品的译本，如著名汉学家理雅各对儒家经典的翻译和研究已经相当系统，但儒家经典并不等同于中国文学，关于中国文学整体状况的著作一直付之阙如，甚至连介绍性的文章都难觅踪迹。翟氏的这两部译作无论是选材范围还是编纂体例，都采取了当时流行的'总体文学'的概念，让读者得以一窥几千年中国诗文的奇珍异宝，这无疑是具有开拓性的贡献。"①

《古文选珍》的诗歌卷中所选诗歌以唐诗为主，《古今诗选》中以唐诗比重最大，《中国文学史》中也有单独一章专门讨论唐诗，由此可见唐诗在翟理斯译作中的重要地位。《古今诗选》于1898年在伦敦和上海同时出版②，而《中国文学史》于1923年和1958年分别由纽约阿普尔顿公司和丛树出版社出版，该书首次从史学的角度出发介绍了中国文学发展历程，几乎都是从西方读者的兴趣和价值观来评判作家与作品。翟理斯此举显然是汉语古诗在西方得以传播并获得知名度的重要推力。③"翟理斯的译介将英语世界对'中国经典诗歌'的关注迅速从《诗经》扩展，也使得后来很多翻译家和学者在借鉴他的费用文本的同时，自然而然地特别关注唐诗。""翟理斯对唐代诗人、唐诗作品有计划、有系统地译介，也为唐诗被纳入世界文学系统奠定了坚实的基础。""在唐诗西传的起步阶段，翟理斯是唐诗英译由零散、随意发展到系统、专注的过渡时期的代表，也是系统化、专业化唐诗经院式研究当之无愧的奠基人。"④

翟理斯为唐诗西传做出了重大贡献，唐诗西传和翟理斯翻译选用策略密不可分。翟理斯的汉诗英译将读者首先置于中心位置，正如他自己在《古文选珍》再版引言中所说，他翻译中国古典文学作品的目的是给不懂中文而又想了解中国的人，铺设一道跨越语言障碍去了解中国文化的桥梁。针对不懂中文的英译读者，翟理斯选用"归化"策略尽量减少英语

---

① 朱振武等. 汉学家的中国文学英译历程[M]. 上海：华东理工大学出版社，2017：11.
② 倪修璟，张顺生，庄亚晨. 西方唐诗英译及其研究状况综述[J]. 语言教育，2013（11）：60—67.
③ 英美汉学家经典著述：助推汉语教学和汉学研究[N]. 天津日报，2014-12-24.
④ 江岚. 唐诗西传史论——以唐诗在英美的传播为中心[M]. 北京：学苑出版社，2013：59.

读者的阅读障碍。"归化"策略的选择除了翟理斯为读者阅读体验的考虑，也是当时社会背景，即殖民主义时期中国与英语世界间权力和文化失衡的体现之一。此外，翟理斯生活的时代正是维多利亚时期，受维多利亚时期主流诗学的影响，翟理斯选择以格律体英译汉诗，以英国维多利亚时期英诗重构汉语古诗，进一步为英语读者扫除阅读障碍，以下以初唐诗人陈子昂的《登幽州台歌》(*Regrets*)译诗为例。

前不见古人，后不见来者。
念天地之悠悠，独怆然而泣下。

译文：

My eyes saw not the men of old,
And now their age away has rolled.
I weep — to think I shall not see
The heroes of posterity.[①]

虽然翟理斯在译诗中使用的是他钟爱的八音节双行体，但他并没有体现出原诗中第一句和第二句间的时空对比，还删除了第三句中的空间意象。无论如何，在20世纪初，当时著名英国批评家利顿·斯特拉奇评价翟理斯所翻译的汉诗是英诗的佳作[②]。

翟理斯在翻译过程中因过于强调音韵格律而很多时候不免因韵害义，加上维多利亚式的辞藻和风格有时反而会降低英语读者对其译作的接受度，但翟理斯仍是唐诗西传早期阶段的格律派代表译者，也为后续汉学家的诗歌译本起到了奠基作用。

---

① Giles, Herbert. A. *Gems of Chinese Literature: Prose* [M]. Taibei: LITURATURE HOUSE, LTD., 1964.

② 转引自：吴伏生. 翟理斯的汉诗翻译 [J]. 铜仁学院学报，2014（06）：22–33.

第三节 中西合译的典范——陶友白

毕业于哈佛大学的美国著名诗人、作家、学者怀特·宾纳（Witter Bynner, 1881—1968）中文名为陶友白。其与中国学者江亢虎（1883—1954）合作翻译的汉语古诗集 *The Jade Mountain*（《群玉山头》）是国外译者与国内译者合作的典范。《群玉山头》，或《群玉山头：唐诗三百首选集》1929年于纽约出版，是最早的蘅塘退士所编《唐诗三百首》的英文全译本。王红公曾经赞扬陶友白的汉诗英译是"20世纪最优秀的美国诗歌之一"[1]，《群玉山头》甚至成为当今英文《唐诗三百首》电子文库的母本。众多西方读者正是通过这个选本认识和欣赏唐诗的精华部分。[2] 这本诗集译本也"曾一度被用来作为学校中文和中国文学的教材，在英语世界产生了很大影响，在英语世界的汉诗英译历史上占有重要位置"[3]。

《群玉山头》在唐诗西传进程中取得如此重大成就的原因之一是原文本的选择。其原文本《唐诗三百首》由蘅塘退士（孙洙，1711—1778年）于1765年选编完成，全集选入77位诗人共310首古诗，此书专选唐诗中"脍炙人口之作，择其要者"，书名取自"熟读唐诗三百首，不会做诗也会吟"。此诗集在中国国内因其原诗作品内容易浅近人，诗歌篇幅适中，评注精当等原因在国内有着极高的接受度。

《群玉山头》获得成功的第二个原因必须要归功于陶友白的合作者——江亢虎。陶友白和江亢虎这样中西合璧合作译诗并不是汉诗西传史上的第一例，但"英美之中，造成影响最大的当数江亢虎，他与美国诗人陶友白合作译出的《群玉山头》，以其风格独特、深具感染力的英文风貌，成为

---

[1] Rexroth, Kenneth. "The Poet as Translator". In: W. Arrowsmith & R. Shattuck, eds., The Craft and Context of Translation. Anckor books, 1964, p.46.
[2] 朱徽. 中国诗歌在英语世界——英美译家汉诗翻译研究 [M]. 上海：上海外语教育出版社，2009：85.
[3] 朱徽. 中国诗歌在英语世界——英美译家汉诗翻译研究 [M]. 上海：上海外语教育出版社，2009：81.

至今仍最受欢迎的唐诗译本之一"①。江亢虎自幼接受良好的国学传统文化教育，具有深厚的学识底蕴，一生著述颇丰，是一位极有才气的学者。《群玉山头》的翻译过程主要是由深谙中国文化同时也精通英文的中国学者江亢虎译出初稿，然后由美国诗人陶友白润色加工。江亢虎对原诗内涵的把握和陶友白的努力一起成就了这本影响深远的译著，所以"这本译著，是唐诗西传史上最早的，真正中西合璧的文本"②，而"陶友白之被人记得是因为他是《唐诗三百首》的英译者"③。

随着时间的推进，曾经在19世纪和20世纪初为主流的维多利亚式诗歌也因其呆板的样式和常因追求韵律而因韵害义等原因受到质疑和挑战。在经历了现代派文学艺术运动之后，英语诗歌的创作和翻译都有了多元化的发展，"陶友白的《群玉山头》正标志着诗歌形式的如此变化和发展"④，或者说，"自韦利与陶友白等之后，直至当代英语世界的汉诗英译，散体意译已成大势所趋，成为主导的策略与手法"⑤。陶友白的散体直译"并不拘泥于与原诗的格式对应，也不讲求押韵"⑥，也正因如此，这部合译版的《唐诗三百首》能够更为自由地表达原诗作的内容，也使得唐诗在英语世界得到更为广泛的传播和接受。

下面以唐代诗人王维的《酬张少府》（*Answering Vice-Prefect Chinag*）一诗英译为例显示陶友白散体译诗及起在英语世界的接受状况。

晚年唯好静，万事不关心。
自顾无长策，空知返旧林。
松风吹解带，山月照弹琴。
君问穷通理，渔歌入浦深。

---

① 江岚. 唐诗西传史论——以唐诗在英美的传播为中心[M]. 北京：学苑出版社，2013：250.
② 江岚. 唐诗西传史论——以唐诗在英美的传播为中心[M]. 北京：学苑出版社，2013：251–252.
③ 赵毅衡. 中国新诗运动中的中国热[J]. 读书，1983（05）：130–137.
④ 朱徽. 中国诗歌在英语世界——英美译家汉诗翻译研究[M]. 上海：上海外语教育出版社，2009：90.
⑤ 朱徽. 中国诗歌在英语世界——英美译家汉诗翻译研究[M]. 上海：上海外语教育出版社，2009：91.
⑥ 江岚. 唐诗西传史论——以唐诗在英美的传播为中心[M]. 北京：学苑出版社，2013：256.

译文：
　　As the years go by, give me but peace,
　　Freedom from ten thousand matters,
　　I ask myself and always answer,
　　What can be better than coming home?
　　A wind from the pine trees blows my sash,
　　And my luteis bright with the mountain-moon,
　　You ask me about good and evil?
　　Hark, on the lake there's a fisherman singing!①

原诗题目中的张少府指的是唐朝宰相张九龄，支持张九龄的王维因为张九龄的失势对朝廷政治失望，诗歌体现的即是这种失望的心情。除了对"少府"和"衣带"几个蕴含文化内涵的词语翻译无法体现其原诗意义，原诗中对现实的关怀也在译诗中变为了对善恶的评判。译诗并没有追求韵律，而是使用散体直译再现诗人隐退之意。

此译诗发表于1922年2月出版的 Poetry: A Magazine of Verse（《诗歌杂志》）第19卷第5期上，包括这一首在内，此期杂志共以陶友白和江亢虎的联合署名"Translated from the Chinese by Witter Bynner and Kiang Kang-hu"发表了15首英译汉语古诗。有学者就曾指出，在《群玉山头》出版之前，陶友白就曾在48个不同的流行刊物里发表了238首他与江亢虎合译的诗歌，这些刊物包括 The Nation（《国家》）、The New Republic（《新共和》）、The Dial（《日冕》）、The North China Herald（《北华捷报》）、The Virginia Quarterly Review（《弗吉尼亚评论季刊》）、The London Mercury（《伦敦水星报》）等。② 陶友白的《群玉山头》在美国文化中占有重要地位，"它预示着从唯一的欧洲中心的文学模式重新寻找方向，使其包

---

① Bynner, Witter & Kiang Kang-hu. Poems by Wang Wei [J]. Poetry, 1922b (Februray 1922), Vol. XIX No. V.: 235.
② 转引自：耿强. 江亢虎与唐诗《群玉山头》的译介 [J]. 东方翻译，2015（02）：35–41.

括中国作品,成为灵感的来源"①。而且,《群玉山头》在1929年的初次出版后又分别于1931年、1939年、1945年、1951年、1960年、1964年、1969年、1972年及1987年数次再版②,这些都证明了该译作在英语世界受欢迎程度之广。

第四节　开始融入美国文化的英译汉诗
——埃兹拉·庞德

作为20世纪现代派诗歌和在世界诗坛产生重要影响的"意象派"代表人物,埃兹拉·庞德既是美国著名诗人、著名诗歌理论家,也是唐诗译介及西传进程中标志性的人物。

以唐诗为主的汉语古诗词在经历了理雅各、翟理斯和陶友白等汉学家译介以及英语读者对汉语古诗词的初识阶段之后,转入了第二阶段,即对汉语古诗词的吸收和化用阶段。在这个阶段,一些英语诗人突破了之前对唐诗的鉴赏和译介范围,自觉地吸取汉诗中的中国文化元素并将之融入自己的诗歌创作之中,庞德就是这个诗人群体的代表。正是这些诗人、学者阅读、翻译以及改写中国诗歌,并运用其中的意向和结构来写诗,中国诗歌才在美国兴盛。③汉语古诗译介始于英国,但后续的发展重心却逐渐转移到了美国,这样的文化变迁绝非偶然,因为"历史的发展规定着其文化形态的变迁,文化迁徙和文化影响的发生都是历史发展的'内需'的逻辑要求。这一观点或许能够解释为什么英国虽然很早就翻译有大量优秀的中国文化作品,而中国文化对英国文学并没有产生什么特别的影响;与此相反,美国在20世纪初并没有多少中国文化的翻译作品,但中国文化对美国文学的影响却经久不衰。这当然涉及如各民族

---

① Watson B. Introduction to The Jade Mountain[M]// Bynner R.W. The Chinese Translations: The Works of Witter Bynner. New York: Farrar, Straus and Girous, 1982:15-32.
② 胡筱颖,韩倩《群玉山头》经典成因探微[J]. 四川师范大学学报,2021(09):193–198.
③ 王建开. 从本土古典到域外经典[J]. 翻译界,2016(02):1–19.

自身的文化结构模式等诸多复杂的问题，但不容否认，历史发展'内需'是接受外来文化的决定因素"[1]。此时英国传统维多利亚式诗歌受到挑战，中国诗歌中的文化元素因这样的"内需"而被引入美国诗坛，"吸取灵感及丰富经验的材料，中国诗学遂进而成为他们自己诗观的一部分或成为他们诗作背后的理念"[2]。

这样有"内需"驱动力的社会文化背景下，作为20世纪英美现代主义诗歌主要奠基人的庞德，开创了中国古典诗歌创意英译的先河。尤尼·阿帕特在其著作《挖宝：庞德之后的翻译》中归纳出庞德的创译翻译"主要体现在三个方面：（1）抛弃维多利亚时期那种矫揉造作、生僻古涩的翻译措辞。（2）优秀的诗歌译作可以看作是具有自身独立意义的新诗作品。（3）每篇译作都有必要看成是一定程度对原作的评鉴"[3]。

在其创意翻译思想的引导下，"庞德首先注重的就是翻译方法的选择。他明确主张诗歌翻译不要直译，慎用意译，多用仿译（实际是创意翻译）"[4]，这种"创意翻译"方法也被学者们称为"创译合一"[5]法。

庞德的创译翻译不仅是翻译文学作品，也是评鉴文学作品。这样的翻译方法打破了之前汉学家、翻译家的格律体或是散体的二元翻译方法，使西方翻译实践和理论都呈现出多元化发展趋势，他的诗学观念也与中国古典诗学之间有着一些相似的契合点。和中国诗人严羽的"神韵说"一样，庞德也"要求诗应当捕捉文字以外那种空灵的境界，诗的语言应当如火花般闪现出一个不可言传的状态"[6]，庞德在感受汉语唐诗巨大艺术魅力的同时也将其主观的获得感受运用到了现代诗歌创作中。至此，唐诗西传也从之前的认识、接受层面过渡到了吸收和内化层面。庞德英

---

[1] 董洪川. 文化语境与文学接受——试论当代美国诗歌对中国传统文化的接受 [J]. 外国文学研究，2001（04）：23–29..

[2] 钟玲. 美国诗与中国梦 [M]. 桂林：广西师范大学出版社，2003：8.

[3] 转引自：王贵明. 论庞德的翻译观及其中国古典诗歌的创意英译 [J]. 中国翻译，2005（11）：20–26.

[4] 王贵明. 论庞德的翻译观及其中国古典诗歌的创意英译 [J]. 中国翻译，2005（11）：20–26.

[5] 朱徽. 中国诗歌在英语世界——英美译家汉诗翻译研究 [M]. 上海：上海外语教育出版社，2009：110.

[6] 朱徽. 中国诗歌在英语世界——英美译家汉诗翻译研究 [M]. 上海：上海外语教育出版社，2009：95.

译李白《长干行》(*The River-Merchant's Wife: A Letter*)代表的是庞德英译汉语古诗,此处仅以原诗前十行及其英译对比体现庞德对汉语古诗中意象的理解和接受。

妾发初覆额,折花门前剧。
郎骑竹马来,绕床弄青梅。
同居长干里,两小无嫌猜,
十四为君妇,羞颜未尝开。
低头向暗壁,千唤不一回。

译文:

While my hair was still cut straight across my forehead
I played about the front gate, pulling flowers.
You came by on bamboo stilts, playing horse,
You walked about my seat, playing with blue plums.
And we went on living in the village of Chokan:
Two small people, without dislike or suspicion.
At fourteen I married My lord you.
I never laughed, being bashful.
Lowering my head, I looked at the wall.
Called to, a thousand times, I never looked back.[①]

原作以叙事的手法讲述了商妇与丈夫青梅竹马、两小无猜的童年,含羞的新婚以及婚后的甜美,丈夫离家后的思念,此处引用片段即为青梅竹马的童年和含羞的新婚。译诗中除了补译人称、时态等之外,更为突出的首先是译者在译诗中突出例如 horse 和 flower 等视觉意象,并将原诗诗句分为若干个较小的视觉单位,如 "pulling flowers" "playing horse" 和

[①] Pound, Ezra. "Letter to Katue Kitasono (March 1937)." The Selected Letters of Ezra Pound: 1907-1941[Z]. Ed. D. D. Daige. New York: New Directions, 1971.

"playing with blue plums"等，如此独立并后置的方法打破了英语语言句子完整、语法严谨的特性，使读者产生流动的画面感。庞德英译的《长干行》(*The River-Merchant's Wife: A Letter*)在英语世界有着极高的接受度，此译诗被叶芝编选的《牛津现代诗选》《英语诗歌评论：1900—1950》《文学：150篇小说、诗歌、戏剧名作》(Lawn, 1991: 412–413)、《袖珍本现代诗选》(Williams, 1954: 305–316)、《诺顿美国文学选集》(参见张保红，2012: 77–81)等收录。① 庞德的"创译合一"的方法得到英语诗歌界的认可，艾略特曾直言，"庞德是我们这个时代的中国诗歌创造者……通过他的译诗，我们终于真实地领会了原文"②

再以庞德创作诗歌 *In a Station of the Metro*（《在地铁站上》）为例来体现中国古诗中的意象在庞德诗歌创作中的应用。

> The apparition of these faces in the crowd;
> Petals on a wet, black bough.③

译文：
> 这些面庞从人群中涌现，
> 湿漉漉的黑树干上花瓣朵朵。④

当读者读到此诗，诗句"人面桃花相映红"自然跃入脑海，"人面"与"桃花"是原诗句中的经典意象，庞德将他们借鉴到自己的诗歌创作中，使诗歌产生了奇异的意象画面和感官效果，此诗也成为庞德的被称为标准的意象派诗歌。庞德的译诗及诗歌创作都推动了汉语古诗词在英语世界的接受，并从译介转而进入英语文化并成为英语文化的重要组成部分。

---

① 参见：王建开. 从本土古典到域外经典 [J]. 翻译界，2016（02）：1–18.
② Eliot, T. S. Introduction. In E. Pound (Ed.). *Ezra Pound: Selected poems* [M]. London: Faber and Faber, 1928: 4.
③ 吴伟仁. 美国文学史及选读（第2册）[M]. 北京：外语教学与研究出版社，1999: 171.
④ 刘重德. 庞德两行短诗译文评介 [N]. 文学翻译报，1989-09-01.

第五节　普通读者广泛接受的译诗——阿瑟·韦利

《不列颠百科全书》在"英国文学"词条中介绍阿瑟·韦利时说："他是 20 世纪前半叶最杰出的东方学家，也是将东方文学译为英文的最杰出翻译家。""他是一位诗人和诗歌的创新者。由于他的译作，使中国文学更易于为西方读者接受。"[①]英国诗人詹姆士·里弗斯认为，就其影响而言，他译的汉诗已在英国诗歌中占有永恒地位。吕叔湘把他称为"英国现代介绍中国和日本文学最有成绩的人。"有着如此卓著的成绩，与之前汉学家或多或少的中国经历相比，韦利的中国经历较为特殊，他从未到过中国。

尽管如此，凭借对东方文化的热爱和自身的努力，韦利的中国文化译作涉猎广泛，"时间上从先秦两汉历六朝唐宋直至清代，文类上则从诗词歌赋直到小说和历史，包括了除戏剧之外的几乎所有中国文体"[②]。在众多的中国文学作品体裁中，韦利关注最多的还是诗歌。他的代表作"《汉诗一百七十首》是公开出版的第一部汉诗英译集，1918 年在伦敦和纽约先后出版。此书是最著名的汉诗英译集，也是韦利在欧美取得汉诗英译权威地位的成名之作。"[③]

此译著后续再版数次，并被作为母本转译为德语等其他语言，进一步扩大在西方世界的影响力。韦利在 1962 年《汉诗一百七十首》再版的序言中说："在过去 40 年中该译本一直保持相当稳定的需求，其原因之一就是它对那些不经常读诗的人很有吸引力。"[④]从"对不经常读诗的人很有吸引力"可以反证韦利译诗的成功。

成功的原因首先是韦利译诗的原作品选择。"从韦利的作品来看，他

[①]　转引自：江岚. 唐诗西传史论——以唐诗在英美的传播为中心 [M]. 北京：学苑出版社，2013：135.
[②]　江岚. 唐诗西传史论——以唐诗在英美的传播为中心 [M]. 北京：学苑出版社，2013：110.
[③]　江岚. 唐诗西传史论——以唐诗在英美的传播为中心 [M]. 北京：学苑出版社，2013：111.
[④]　Waley, Arthur. *Introduction to A Hundred and Seventy Chinese Poems (1962 edition)* [M]. London: George Allen & Unwin Ltd. 1970：135.

选择的中国诗歌大多是五言诗而非七言诗,并且以比较明确易懂如白居易的诗歌为主。他选择"信任"这些形式明快、意象丰富的中国诗歌,并且相信在其中有他"可以理解的东西",而这些特点亦能赋予读者新奇而美妙的感受,从而得到一个中国诗歌进入西方文学视野的极佳切入点。"① 除此之外,原诗中涉及的典故要尽量少也是韦利选诗的原因之一。原诗简短,再加上没有蕴含大量历史文化信息的典故,韦利汉诗英译是译者主体性发挥的重要体现之一,也是译作被广泛接受的重要保障。

其次在翻译过程中,韦利意识到翟理斯等"因韵害义"是格律体英译汉语古诗的一大弊端,他采取了舍弃韵脚的散体直译的翻译方法。他说,"与其为了与原诗一致而使用不必要的冗词,宁愿改变翻译中的诗歌韵律"②,并在《汉诗一百七十首》前言的最后部分向读者说明了他翻译汉诗所使用的方法和原则,即"直译,不是意译"③。韦利在原诗标题方面则是使用浅显通俗的语言对诗歌内容二次提炼,让英语读者一目了然。

顺着这些翻译策略和思路,韦利译诗的目标读者也清楚显现。他的目标读者就是普通受众,这一翻译理念在他的哲学译作《道德经及其在中国思想史之地位》一书的序言中也有诠释:"我的读者群不是那些精英的学者层,即使是普通的大众也应了解我们周围存在过的一些事关人类生活的重要思想。"④ 韦利的创意英译使如此难以让人轻易接受的汉语古诗被西方普通读者接受。

以韦利对李白诗歌译介为例。韦利的《汉诗一百七十首》中多次提到过李白,他甚至于 1919 年在伦敦出版 *The Poet Li Po A. D. 701—762*(《诗人李白》)一书,此书的内容原是韦利于 1918 年 11 月在伦敦大学东方学院中国学会上宣读的论文,书中有李白诗 23 首,如《自遣》。

---

① 张洁. 阐释学视阈下阿瑟·韦利的诗歌译介 [J]. 江苏社会科学 2016(4):186–192.
② Waley, Arthur. *A Hundred and Seventy Chinese Poems* [M]. New York: Alfred A. Knopf, 1922: 34.
③ Waley, Arthur. *A Hundred and Seventy Chinese Poems* [M]. New York: Alfred A. Knopf, 1922: 33. 原文:"I have aimed at literal translation, not paraphrase. It may be perfectly legitimate for a poet to borrow foreign themes or material, but this should not be called translation.
④ Waley, Arthur. *The Way and Its Power: A Study of the Tao Te Ching and Its Place in Chinese Thought* [M]. London: George Allen and Unwin Ltd., 1934:11.

> 对酒不觉暝，落花盈我衣。
> 醉起步溪月，鸟还人亦稀。

译文：
> I sat drinking and did not notice the dusk,
> Till falling petals filled the folds of my dress.
> Drunken I rose and walked to the moonlit stream,
> The birds were gone, and men also few.[①]

原诗本为诗人李白于山水之间自得其乐、与自然相与相容的感受。姑且不论韦利在译诗中体现的对李白的偏见，如韦利将主题"自遣"译为了"self-abandonment"（自我放弃），原诗中的"醉"（微醺）译为"drunken"（喝醉），但韦利确实推动了英语世界对以李白诗歌为例的汉语古诗词的接受。大会主席乔治·贾米森发言说，中国诗人给他的印象曾经是善于描写景物，但太情绪化，缺乏任何高层次的想象力，而韦利的这篇论文多多少少改变了他对中国诗人的这种印象。另一位汉学家乔瑞德·伟罗比－米德却从韦利关于中国诗人好用典故的批评中，看到了运用典故对于英语诗歌发展的价值。他说，英美也和中国一样，历时发展的过程中产生了大量优美的诗歌。中国诗人通过不断地运用典故继承古典诗歌的传统，这一点在"不列颠独特的用典羞涩正大幅度消亡"的当时，值得英国诗人们借鉴。[②]

虽然韦利翻译了李白诗歌，但他其实更喜爱的是白居易、陶渊明、袁枚等。在香港中文大学李雅言博士 2017 年 6 月对英国汉学家、学者和翻译家闵福德的访谈中，闵福德教授在谈及韦利时提到"韦利是一个爱好中庸之道的人，他不好李白，因为李白整天到晚都闹醉，而韦利则不是酗酒之徒。韦利爱好白居易，因为白居易喜欢跟孙女玩耍。韦利特别喜欢白居

---

① Waley, Arthur. *The Poet Li Po, 701—762 A.D.* [M]. London: East and West Ltd., 1919.（转引自：江岚. 唐诗西传史论——以唐诗在英美的传播为中心 [M]. 北京：学苑出版社，2013：132.）

② 转引自：江岚. 唐诗西传史论——以唐诗在英美的传播为中心 [M]. 北京：学苑出版社，2013：134.

易跟元稹的友谊。友情和柏拉图式关系都是韦利喜欢的东西，这跟他的性格有关"。"他喜欢的是陶渊明、白居易、袁枚的诗；这些诗人都喜欢兴之所至而作诗。他们不写激动内省的诗；他们会以一只鹦鹉、一个小孩、一顿饭为题作诗。韦利喜欢的就是这些主题。"①。

如下面白居易的《食后》中就有韦利所喜爱的生活中最普通不过的午饭、午睡、煎茶和兴致所至时淡淡的感悟。

食罢一觉睡，
起来两瓯茶。
举头望日影，
已复西南斜。
乐人惜日促，
忧人厌年赊。
无忧无乐者，
长短任生涯。

译文：

After lunch—one short nap,
On waking up—two cups of tea.
Raising my head, I see the sun' slight,
Once again slanting to the south-west.
Those who are happy regret the shortness of the day,
Those who are sad tire of the year's sloth.
But those whose hearts are devoid of joy or sadness,
Just go on living, regardless of "short" or "long".②

---

① 访谈内容参见"李雅言：不通文化，何来翻译——专访英国汉学家闵福德教授"（http://www.cefc-culture.co/2017/06/专访英国汉学家闵福德教授/）

② Waley, Arthur. *A Hundred and Seventy Chinese Poems* [M]. London: Constable & Company Ltd, 1918: 150.

译诗首先体现的是韦利的翻译策略和理念,"我坚信译诗应该传递原诗的基本特征,其译法即直译而非释义"①。"食罢"对应"After lunch","一觉睡"对应"one short nap","起来"对应"waking up","两瓯茶"对应"two cups of tea",韦利进而认为"直译达意的同时,译者务必传递原诗的情感——诗人将悲愤、怜悯、愉悦等情感因素诉诸诗作的意象、音韵与语言之上,译者若肤浅地译出一些毫无节奏的文字的表层含义,或许译者本人以为这是'忠实'的翻译,实际上完全误解了原诗"。②此译诗也很好地体现了韦利"弹性节奏"的翻译策略,按照韦利的"弹性节奏"阐述,译诗中第五、六行句首的"Those who are"便可以根据读者的阅读习惯划分为"Those who are""Those who"或是"Those"三个不同的弹跳性音步,韦利自己也认为"白诗最能引起读者兴致的原因,恰是这种无韵的'弹性节奏'"③。韦利在1962年版《汉诗一百七十首》序言中提到,他在英国情报部门工作时,他的女同事拿他的译诗要他签名时告诉他,她们通常是不读诗歌的,因为觉得特别难懂,但韦利的译诗令她们有了不一样的感觉:一棵美丽的树、一个可爱的人,唤起了她们脑海中美好的感受。④韦利英译再现了白居易诗歌浅显平易的意境,如美国诗人哈里特·门罗评价韦利英译白居易诗歌:"正像乔叟的《坎特伯雷故事集》展现了14世纪的英国世情那样,韦译白诗也惟妙惟肖地再现了白居易时代(9世纪)的中国生活场景与情感"⑤。王红公认为"韦利半个世纪前便是汉诗英译的健将。他最爱白居易,赞其为'诗神',韦译白诗是20世纪最好的诗歌"⑥。1972

---

① Waley, Arthur. *A Hundred and Seventy Chinese Poems* [M]. London: Constable & Company Ltd, 1918: 19.

② Morrison, Ivan. *Madly Singing in the Mountains: An Appreciation and Anthology of Arthur Waley* [M]. London: Walker and Company, 1970: 152.

③ Waley, Arthur. *More Translations from Chinese Poems* [M]. London: George Allen & Unwin Ltd., 1919: 6.

④ Waley, Arthur. *A Hundred and Seventy Chinese Poems* [M]. London: Constable& Company Ltd, 1962: 7.

⑤ Waley, Arthur. *More Translations from Chinese Poems* [C]. London: George Allen & Unwin Ltd., 1919: 66.

⑥ Rexroth, Kenneth. *Love and the Turning Year: One Hundred More Poems from the Chinese* [M]. New York: New Directions, 1970: 126.

年"普利策诗歌奖"得主詹姆斯·莱特阅读韦利译诗之后,"对白居易简朴明快但意蕴深远的风格极为赞赏"[①]。1985年的"普利策"诗歌奖得主卡洛琳·凯瑟说:"我与同时期的很多读者一样,对他(韦利)崇拜不已,自然受到的影响也非同一般"[②]。

韦利喜爱白居易诗歌,翻译得也最多。据统计,他在1916年、1919年、1934年、1941年、1946年出版的中国诗歌集和1949年出版的《白居易生平及时代》都收录了多首白居易诗。阿瑟·韦利一生差不多翻译了200多首白居易诗歌。依据检索发现,阿瑟·韦利的各种白居易诗歌译本,全世界收藏图书馆累计超过了1200多家,影响最大。1983年,中国外文局所属的新世界出版社遴选了阿瑟·韦利翻译的白居易诗200首,以《白居易诗选200首》为书名出版,全世界图书馆72家收藏。英国政府曾授予阿瑟·韦利"大英帝国爵士"(1952)、"女王诗歌奖"(1953)及"荣誉爵士"(1956),以表彰他对中国文化研究与译介的卓越成就。[③]。2012年,美国文学家克莱格·史密斯将散落在各部诗集中的韦译白诗汇编出版,取名《待月集:白居易诗选》(*Waiting for the Moon: Poems of Bo Juyi*),再次引起英语世界读者对白诗的阅读高潮。"韦利的翻译和介绍使得白居易成为在西方最为人知的中国古代诗人之一"。[④] 他的译诗不仅被各种英美期刊转载、再版,也被选入《盛世英语诗歌丛书》第二辑(*The Augustan Books of English Poetry*, Second Series Number Seven, 1297)、《现代英国诗选评》(Untermeyer, 1930)、《牛津现代诗选,1892—1935》(Yeats, 1936: 247–256)、《1938年度诗选》(Roberts, D. K. et al, 1938: 22–24)、《大西洋英美诗选》(Sitwell, 1958: 1027–1031)、《企鹅当代诗集,1918—1960》(Allott, 1962: 111–112)、《牛津战争诗选》(Stallworthy, 1984: 10)、《现代诗章:英、

---

① 朱徽. 中美诗缘[M]. 成都:四川人民出版社,2008:275.
② 张振翱. 卡洛琳·凯瑟与她的拟中国古诗[J]. 东吴教学(社会科学版),1988(06):36–42.
③ 参见《人民日报·海外版》2018年2月28日第7版"白居易诗:现实关怀传世界(文学聚焦·中国古典文学在世界的传播②)"(http://paper.people.com.cn/rmrbhwb/html/2018-02/28/content_1838815.htm).
④ 葛文峰."诗魔"远游:英国汉学家阿瑟·韦利的白居易诗歌译介及影响[J]. 华文文学,2016(06):32–39.

法、美百部诗集，1880—1950》（Connolly, 1965）以及选《袖珍本现代诗选》（Williams, 1954: 325）等英美文学丛书或选集。[①]

　　韦利英译白居易诗歌不仅广为英语读者接受，甚至进入英语文学对其进行经典化构成。王红公在其创作的诗歌 The Wheel Revolves（《轮回》）中融入了白居易《山游示小妓》。W. C. 威廉斯创作了诗歌 To the Shade of Po Chu-I（《致白居易之魂》），诗中塑造的少女是白居易诗歌异国情调的仿拟。芭比特·道依琪创作的诗歌 To Po Chu-I, I & II（《致白居易（一、二）》）是从白居易诗歌中寻找的灵感。莱特创作的诗歌 As I Stop over a Puddle at the End of winter, I Think of an Ancient Chinese Governo（《冬末水洼边，忆中国古代州官》）移植的是白诗中的意象和意境。凯泽创作的诗歌 Chinese Imitations 标题下特意注明"为韦利而作，向韦利致敬"（For Arthur Waley, in homage），其中的《山中独吟》在韦利英译后被不谙中文的凯泽据为己有，并成为美国广为传唱的优美诗篇。可以说，白居易在千年后与韦利相互成就，韦利英译使得白诗在英语世界复活并广为流传，白诗的英译也使得韦利享誉英语诗坛并影响众多英语诗人创作。韦利英译汉语古诗词在英语世界的接受度毋庸置疑。

第六节　汉诗融入美国文化的继续推进
——王红公

　　肯尼斯·雷克斯洛斯（Kenneth Rexroth, 1905—1982），这位极度热爱中国文化的美国著名诗人、翻译家，批评家，为自己取了一个中国名字——王红公。与前两位汉学家庞德和韦利较为相似之处在于王红公也是因受中国文化影响较深而将中国文化融入了自己的创作之中，继而也推动中国文化成为美国文化组成部分的进程。他被当时的评论界称为"可能是

[①] 王建开. 从本土古典到域外经典 [J]. 翻译界，2016（02）：1–19.

现有美国诗人中最伟大的一位"①。

  无论是在其自传中，还是其译诗或创作的诗歌中，远东文化的影响都非常显著。他说，"远东诗歌对现代美国诗歌的影响大于19至20世纪法国诗歌对其的影响，而且远大于自己传统的影响，即19世纪英美诗歌的影响"②。远东诗歌中的中国诗歌对其的影响主要来自几个方面，第一是"庞德的《神州集》引领他认识了中国古典诗歌。他在芝加哥艺术学院就读期间，还与当时也在此处学习的闻一多先生有过交往"。③ 第二，他于1924年结识了陶友白，并在陶友白的推介下接触到杜甫诗歌，从此杜甫诗歌便对王红公有了极大影响。他的《汉诗百首》中就有三十五首杜诗。第三，与中国学者钟玲合译《兰舟：中国女诗人诗选》（*Orchid Boat: Women Poets of China, 1972*）和《李清照诗全集》也加深中国文化对其的影响。在这样的影响下，王红公出版了以《汉诗百首》为代表作的一系列译作，其中，影响较大的就是杜甫诗歌英译，以《对雪》（*Snow Storm*）为例：

    战哭多新鬼，
    愁吟独老翁。
    乱云低薄暮，
    急雪舞回风。
    瓢弃樽无绿，
    炉存火似红。
    数州消息断，
    愁坐正书空。

译文：

    Tumult, weeping, many new ghosts.
    Heartbroken, aging, alone, I sing

---

① Yglesias, Luis Ellicott. Kenneth Rexroth and the Breakthrough into Life [J]. New Boston Review: 1977-12 (3-5).
② 钟玲. 美国诗与中国梦 [M]. 桂林：广西师范大学出版社，2003：267.
③ 江岚. 唐诗西传史论——以唐诗在英美的传播为中心 [M]. 北京：学苑出版社，2013：267.

> To myself. Ragged mist settles
> In the spreading dusk. Snow scurries
> In the coiling wind. The wineglass
> Is spilled. The bottle is empty.
> The fire has gone out in the stove.
> Everywhere men speak in whispers.
> I brood on the uselessness of letters.[①]

  原诗写于"安史之乱"时，长安失陷，诗人杜甫被困京城，官职过低未被重用，因而对雪愁坐。诗中的情感色彩是忧伤、沉重的，全是对眼下时局的忧思和对亲人的担心。后四句诗歌的英译清晰地体现了诗人的翻译策略。原诗中的"瓢"和"樽"本为汉语文化中特有的器物，王红公将其对应英语文化中的器物译为"bottle"和"wineglass"，还有"empty"和"spilled"的反差体现的是诗人愁苦的心绪。原诗中的"火似红"译为"The fire has gone out"（火灭了），读起来与原文恰好相反，但意境却基本一致。诗中最后两句含有典故，但王红公并未明确译出，这也是其为了英语读者接受而采用的淡化文化因素、突出诗中情感因素的策略。为了更好地传播效果，译者在翻译中尽量消融文化差异，选择尽可能引发情感共鸣的词语，以便译诗顺利地进入译语文化，从而更好地为英语读者所接受。王红公的《汉诗百首》(One Hundred More Poems from the Chinese, 1956)、《爱与流年：续汉诗百首》(Love and the Turning Year: One Hundred More Poems from the Chinese, 1970)以及《兰舟：中国女诗人诗选》均由美国著名的出版商新方向出版社出版。此外，美国著名诗人威廉·卡洛斯·威廉斯在读了王红公英译的杜甫诗歌之后就说："王红公翻译的杜甫诗，其感觉之细腻，无人可及"[②]。另一位著名诗人默温在谈到《汉诗百首》时说："有一天晚上，我又拿起那本《汉诗百首》，已经好几年没读它了。我坐着一口气从头到

[①] Rexroth, K.. *Love and the Turning Year: One Hundred More Poems from the Chinese* [M]. New Direction Books, 1970: 6.

[②] 转引自：朱徽. 中国诗歌在英语世界——英美译家汉诗翻译研究 [M]. 上海：上海外语教育出版社，2009：134.

尾读了一遍，心中充满了感激，更感受到这本书中那种鲜活灵动的生命力。……我们甚至难以想象，没有中国诗歌的影响，美国诗歌会是什么样子，这影响已经成为美国诗歌传统本身的一部分了。"《汉诗百首》刚一出版就引起轰动，极受当时年轻一代的欢迎，甚至被当作情人节互相赠送的经典礼物之一。①

20世纪60年代末，在美国出版的当代诗歌选集 Naked Poetry: Recent American Poetry in Open Forms，1969（《赤裸之诗：近年来美国开放题材诗歌》）中，在王红公入选的16首诗中就有14首是他翻译的中国诗，王红公的译诗已经成为美国文学的一部分了。亚马逊网读者评论他的译作："His translations are delicate and beautiful poems in and of themselves." "It remains one of my all-time poetry favorites, both for its depth of feeling and for its selection."② 这些都是王红公英译汉语古诗词在英语读者中较高接受度的有力佐证。

从庞德伊始，汉学家对汉语古诗的翻译就已不再是传统意义上的翻译，而是"创""译"结合，王红公也不例外。王红公初识汉诗源于《神州行》，意象也不免对其有深刻影响，意象是王红公汉诗英译的一大特征。"他在汉诗英译上致力于创造出"诗境"，即突出具体的图景和诉诸感官的意象，使读者能够置身其中。"③ 另外，"他善于吸收中国文化元素和保留西方文学的传统，其创译思想是中西诗歌灵感和文化的融合与流变，是译者结合中西文学传统创新思维的检验，"译""创"互补，其创译的汉诗在英语世界广为接受和传播"④。如果说再现原诗意境和创译结合是王红公汉诗英译的主要策略，"同情观"则是其提出的翻译观。他认为"诗歌翻译是一种同情行为"⑤，即把他人的情感视为自己的情感，把他人的话语转化为

---

① 转引自：江岚. 唐诗西传史论——以唐诗在英美的传播为中心 [M]. 北京：学苑出版社，2013：269

② 转引自：郝晓静. 雷克斯罗斯的英译汉诗在西方的传播与接受 [J]. 北京科技大学学报（社会科学版），2015（04）：82--87+88.

③ 钟玲. "经验与创作"，郑树森，编. 中美文学因缘 [M]. 台北：台湾东大出版公司，1985：144.

④ 魏家海. 王红公汉诗英译的文化诗性融合与流变 [J]. 外文研究，2014（01）：98–108.

⑤ Rexroth, Kenneth ed.. Assays [C]. New York: New Directions 1961.

自己的话语,这是他的翻译基本原则。"翻译对他而言如同全部的艺术创作,一种神圣的沉思的行为,一种化身的同情仪式,一种普遍的自我为守恒的能量形式的转换"。[①]

长期的汉语古诗词英译给王红公的诗歌创作带来了潜移默化的影响,他"不仅在形式技法上借鉴了中国古典诗歌,而且还汲取了中国古典诗歌的精神韵味"[②],他甚至"多处使用或化用杜甫、王维和白居易的诗句"[③],还强调"通过意象的直接呈现去创设'诗意的氛围'"[④],这也就是王红公诗歌创作的"中国规则",例如其创作的 *Collected Shorter Poems*(《短诗全集》,1966)中的诗歌 *Another Spring*(《又一春》)第二节中的四句。

> The white moon enters the heart of the river;
> The air is drugged with azalea blossoms;
> Deep in the night a pine cone falls;
> Our campfire dies out in the empty mountain.[⑤]

此诗虽是王红公创作,但可见唐诗自然化用于其中,第一句就化用了白居易《琵琶行》中的诗句"唯见江心秋月白",第二句化用的是杜甫《大云寺赞公房》中的"地清栖暗芳",第三句仍是杜甫诗歌《月圆》中的"故园松桂发",第四句则是王维《鸟鸣涧》中的"夜静春山空"。白居易、杜甫和王维的诗句建构起"互涉文本",共同现出深山中宁静与清幽之美,"empty"表达的"无限"之意也传达出诗人对佛禅、中国禅的东方转向的后期诗歌创作特点。

雷氏汉语古诗词英译及其诗歌创作中的汉语古诗化用都力证了汉语古

---

① 转引自:魏家海. 王红公汉诗英译的文化诗性融合与流变 [J]. 外文研究,2014(01):98–108.

② 郑燕虹. 论中国古典诗歌对肯尼斯·雷克斯洛斯创作的影响 [J]. 外国文学研究,2006(04):160–165.

③ 朱徽. 中国诗歌在英语世界——英美译家汉诗翻译研究 [M]. 上海:上海外语教育出版社,2009:147.

④ 江岚. 唐诗西传史论——以唐诗在英美的传播为中心 [M]. 北京:学苑出版社,2013:270.

⑤ Hamill, Sam & Bradford Morrow. *The Complete Poems of Kenneth Rexroth* [M]. Washington: Copper Canyon Press, 2003: 211.

诗词在英语世界的读者接受。

第七节　汉语古诗词的译介高潮——伯顿·华兹生

　　1925年出生于美国的伯顿·华兹生是美国当代最著名的汉学家和翻译家之一，终生致力于东方文化的研究，并取得了瞩目的成就。华兹生的在典籍研究和诗歌研究两个方面均有重大成就，也正因为这些重大成就，华兹生先后获得了哥伦比亚大学翻译中心颁发的金质奖章（1979）、两次"笔会翻译大奖"（PEN Translation Prize，1981）、美国艺术文学院颁发的"文学奖"（Literature Award，2006），以及"拉夫·曼海姆翻译终身成就奖"（The PEN/Ralph Manheim Medal for Translation）等各种殊荣。在诗歌翻译方面，华兹生有一系列译著，其中代表他英译汉诗成就的《哥伦比亚中国诗选：从早期至13世纪》（*The Columbia Book of Chinese Poetry: From Early Times to the Thirteenth Century*）代表了20世纪英语世界汉诗翻译领域的重大成果，而且该译著"时间跨度之长，类别之广，诗人诗作之多，译文质量之佳，在英美翻译家中是相当罕见的。加之译者为全书撰写了导论，为书中的每一章都撰写了引言，对中国古诗的特色和成就做了扼要的分析介绍。这样的译作在英语世界构建中国古诗的传统，实现英译汉诗经典化等具有极为重要的意义。"[①]

　　华兹生英译汉诗成功的翻译策略始于其原文本的选择，纵览华兹生译诗，入选的诗人或是公认的著名诗人，例如苏东坡和白居易，或是具有典型性，例如寒山。原文本的选择是译文成功的重要前提。

　　"由于华兹生译诗的主要目的是为美国大学提供一套初级教材与读本，因此他的译介策略表现出明显的汉学考证意识和对语言接受性的充分考

[①] 朱徽. 中国诗歌在英语世界——英美译家汉诗翻译研究[M]. 上海：上海外语教育出版社，2009：203.

虑。"[1] 为使当代美国读者能够理解并欣赏汉语古诗词,华兹生主张摒弃传统英诗格律、用词以及句式等,反而使用现代英语表达规范和风格译介汉语古诗。

华兹生教授2011年访华时在与西安《华商报》记者的访谈中对记者所提的关于是否会在翻译中国古诗时考虑韵律来保持中国古诗语言的美时,回答说:"我从来没有考虑过韵律,我翻译的时候,强调的是字对字的意思表达、实意表达,没有考虑平仄"。[2] 他的翻译策略为其汉诗英译带来巨大成功,西方权威文学评论机构《时代文学副刊》(Peter Reading, Times Literary Supplement)称其"对唐代文学作品的翻译令人感到愉悦,译诗恰到好处地再现了原诗刻意为之的简洁语言,还原了原诗中日常生活经历的喜悲,这些正是诗人作品特点的表现"[3]。国际权威亚洲研究专业杂志《亚洲研究学刊》(Journal of Asian Studies)更是盛赞华兹生的译诗,"任何出自华兹生之手的古典名著新译本都应被当做一次大事件来郑重对待,对其应满怀敬意地欢迎"(Watson, 2007:封底)。英国皇家亚洲学会会刊《亚洲问题研究》(Asian Affairs)也对其大肆褒奖,"华兹生具备大师级翻译家应有的所有品质,作为一名翻译巨匠与诗人,他启迪了两代人,其译作给予两代人以震撼"(Watson, 2007:封底)。美国汉学家、耶鲁大学东亚系教授傅汉思认为:"在当今还健在的人中,没有第二个人可以像华兹生那样用优雅的英文为读者翻译这么多中国文学、历史与哲学作品。从这位孜孜不倦的翻译家笔下译出的每一本新书,都让人感到如此地欣慰"(Frankel, 1986)。美国著名翻译家、威斯康星大学东亚系教授倪豪士也认为,"华兹生的翻译无疑极可能引起21世纪美国读者的强烈兴趣"(Nienhauser 2000:189)。美国学者柯夏智也认为,"华兹生译诗的过人之处在于其译诗弥合了诗歌与学术的分裂"(Klein, 2014: 58)。美国"垮掉派"文学运动领袖、著名诗人斯奈德也对华兹生推崇备至,并给予其

---

[1] 冯正宾,林嘉新. 华兹生汉诗英译的译介策略及启示[J]. 外语教学,2015(02):101–104.

[2] 访谈内容参见"翻译家巴顿·华兹生教授的汉学情结"(http://cul.qq.com/a/20150714/041266.htm)

[3] Watson, Burton. Selected Poems of Tu Fu [M]. New York: Columbia University Press, 2003:封底.

译诗高度评价："华兹生是 20 世纪最出色、最执着、最慷慨的中国文学译者"（Snyder, 1994）。当代诗人温伯格也曾经做过一些文学翻译，但对翻译，尤其是面对华兹生这样的译者时，他显得格外谦虚，"我曾经翻译过一些东西，大多翻译是在许多年前做的，正如世界上有钢琴家与会弹钢琴的人之分一样，世界上有翻译家和从事翻译活动的人。华兹生正是一位翻译家，而我却顶多算是个半吊子"。[①] 2015 年，美国笔会中心在授予华兹生翻译终身奖时做出了这样的评价："华兹生为我们所处时代'创造'了东亚古典诗歌……几十年来，他的译诗集及其学术性介绍为北美学生和读者定义了何谓东亚古典文学。"[②]

这里以华兹生的苏轼词《和子由踏青》(*Rhyming with Tzu–yu's "Treading the Green", 1063*) 英译为例来说明华兹生英译的英语读者接受度。

> 东风陌上惊微尘，游人初乐岁华新。
> 人闲正好路旁饮，麦短未怕游车轮。
> 城中居人厌城郭，喧阗晓出空四邻。
> 歌鼓惊山草木动，箪瓢散野乌鸢驯。
> 何人聚众称道人？遮道卖符色怒嗔：
> 宜蚕使汝茧如瓮，宜畜使汝羊如麇。
> 路人未必信此语，强为买服襘新春。
> 道人得钱径沽酒，醉倒自谓吾符神！

译文：

> East wind stirs fine dust on the roads:
> First chance for strollers to enjoy the new spring.
> Slack season — just right for roadside dringking,
> Grain still too short to be crushed by carriage wheels.
> City people sick of walls around them

[①] 转引自：林嘉新. 美国汉学家华兹生的汉学译介活动考论[J]. 中国文化研究, 2017 (03): 170–180.

[②] 参见：http://www.Pen.org/2015-penralph-manheim-medal-translation.

Clatter out at dawn and leave the whole town empty.
Songs and drums jar the hills, grass and trees shake;
Picnic baskets strew the fields where crows pick them over.
Who draws a crowd there A priest, he says,
Blocking the way, selling charms and scowling:
"Good for silkworms — give you cocoons like water jugs!
Good for livestock — make your sheep big as deer!"
Passers — by aren't sure they believe his words —
Buy charms anyway to consecrate the spring.
The priest grabs their money, heads for a wine shop;
Dead drunk, he mutters: "My charms really work!"

Written while the poet was an official in Feng-hsiang in Shensi. "Treading the Green" refers to a day of picnics and outings traditionally held in early spring. Tzu-yu had written a poem describing the festival, and Su Tung-p'o here adopts the same theme and rhyme for his own poem. 7-character. Line 9. "A priest." Tao-jen, a term used for both Buddhist and Taosist priests.[①]

"子由"是苏轼的弟弟苏辙,这首词描写的是青年苏轼在家乡时与城中众人春游踏青的盛况,词中还为读者描述了一位道人在途中骗人钱财的生动形象。原作语言生动流畅,华兹生在译文中补译了符合英语语言习惯的必要的介词、冠词及动词等,译文的结构与原作总体基本保持一致,还按照华兹生的翻译习惯增加了注释。当然,华兹生为了一定程度上保留原作中汉语的形式特征在译作中也有使用不规范英语的特例。但译文整体使用散体意译,使译文通俗易懂,迎合了当时美国急于增进民众对中国的认识这一大众审美需求。如此的"大众化"的翻译策略确实是减损了原作文学性,但在当时的社会背景下却保证了苏轼原作在英语世界传播。收入苏轼诗词的华兹生英译《宋代诗人苏东坡选集》由哥伦比亚大学出版社出版,

---

① Watson, Burton. *Selections from a Sung Dynasty Poet, SuTung—p'o*[M]. Columbia: Columbia University Press, 1965:78.

该《选集》还入选了联合国教科文组织"中国系列丛书"(UNESCO Collection of Representative Works, Chinese Series),入选的主要原因也是因为该书具有较强的可读性以及在英语读者中较高的接受度。不仅华氏英译苏轼诗词在英语世界有巨大影响力,华氏英译白居易诗词也是接受度极高。2015 年美国笔会(作家协会)拉尔夫·曼海姆翻译终身成就奖的评选委员会在颁奖词中评价:"伯顿·华兹生教授是我们时代古典东亚诗歌的奠基者,他成功翻译了很多中国和日本作家、诗人的文学作品,其中包括:庄子、寒山、苏东坡和白居易等。……20 世纪 50 年代至今的六十多年里,他以其如诗歌般的精美翻译和博学的学术译介在北美广大读者眼中成为必选的阅读,同时也为东亚文学确定了学科定义"[1]。同样是在 2011 年与《华商报》记者的访谈中,华兹生教授说:"最喜欢白居易。他的诗歌写得很简单,容易阅读,而且很多时候他在表现穷人受苦受难的生活,为穷人说话,所以我喜欢他。"[2] 喜欢,所以翻译。据《人民日报·海外版》2018年 2 月 28 日第 7 版"白居易诗:现实关怀传世界"报道,在美国,著名汉学家华兹生 2000 年翻译出版了《白居易诗选》,由哥伦比亚大学出版社出版,全世界收藏此书的图书馆达到了 324 家。[3] 华氏译著不断重印与再版,译文不断入选世界文学权威选集或诗歌读本,包括《诺顿世界名著选集》(The Norton Anthology of World Masterpieces, 1997)、《贝德福德世界文学选集》(BedfordAnthology of World Literature, 2003)等。入选《诺顿选集》兼顾专业读者和普通读者,读者多、影响广,更为重要的是,华兹生的译诗还进入了美国大学课堂,成为美国许多大学的中国文学或世界文学课程指定阅读书目或参考书目,大大扩展了中国古诗的流通领域与范围,甚至中国国内有史以来规模最大的外译出版工程汉英对照大中华文库《杜甫诗选》(The Selected Poems Du Fu)采用的英译文就是华兹生教授的译文。

---

[1] 戴玉霞,成瑛. 苏轼诗词在西方的英译与出版 [J]. 中国社会科学院研究生院学报,2016(03):103–107.

[2] 访谈内容参见"翻译家巴顿·华兹生教授的汉学情结"(http://cul.qq.com/a/20150714/041266.htm)

[3] http://paper.people.com.cn/rmrbhwb/html/2018-02/28/content_1838815.htm

华兹生教授的三次获深具世界影响力的"拉尔夫·曼海姆"翻译大奖是其翻译影响力的证明。2015年6月29日,"大公网"公布"2015年6月8日,美国笔会(作家协会)在美国纽约举办本年度文学杰出贡献大奖颁奖大会,其中,美国著名汉学家、东亚古典文学翻译家伯顿·华兹生教授第三次荣获深具世界影响力的'拉尔夫·曼海姆'翻译大奖。评选委员会盛赞他是'当代古典东亚文学翻译的奠基者和杰出贡献者'"。除了第一次是由于翻译日语作品获奖外,华氏凭借译著《苏东坡诗集》第二次获此奖,2015年又第三次获此殊荣。此次获奖,评选委员会对华兹生教授在传播古典东亚文学及文学译介领域作出的巨大贡献给予了充分肯定:"20世纪50年代至今以来,他以其如诗歌般的精美译著和博学的学术译介给北美广大读者带来了福音,同时也为东亚文学确定了学科定义。我们高兴地看到,他虽年事已高,仍笔耕不辍,相信他还将给我们贡献更多的精品译著。"[①]

第八节 中国文学在英语世界的改写
——西利尔·白之

1925年出生于英国而后又长期在美国工作的西利尔·白之是当代英语世界著名汉学家和翻译家。他的翻译囊括了中国传统小说、戏剧和诗歌等,虽然白之的翻译与研究以明代戏剧为主,但汉语古诗词的也影响重大,同样在白之的代表作《中国文学选集》(*Anthology of Chinese Literature,* 1965)中占有重要地位。

白之及其编选的《中国文学选集》之所以具有重要影响力是因为《中国文学选集》中除了收录白之自己的汉诗英译,也选收了其他38位译者的英译汉诗,而该选集因材料丰富,译文上乘,选编精当,集中体现了20世纪五六十年代英美学术界翻译和研究中国古典文学的领域和水平,

---

① http://news.takungpao.com/world/roll/2015-06/3035289.html.

代表着当时英诗世界汉诗英译最佳成就，曾经长期在英诗世界广泛用作大学教材，产生了很大影响。许多对中国文学感兴趣的西方读者和学者，正是通过白之的这部选集得以了解和欣赏中国文学作品。① 正因如此，该选集可谓是代表着当时英语世界英译和研究中国文学的整体水平，甚至有学者认为："一位作家如果能被收入像白之所编这样重要的选集，他长远的文学地位可谓稳如泰山。"②

白之的《中国文学选集》体现了改写中国文学史和重构中国文学经典的重要特点，这样的改写策略和重构特点是以读者接受为宗旨的。首先，在收录作品的选择方面，"白之倾向于选择那些在主题上和内容上不需要进行太多解释的作品，而英语读者在阅读这些作品时，也不需要改变他们已有的文学观念和文化认知"③，白之在此选集中对文学的定义是现代西方式的，而非传统中国式的，是狭义的，而非广义的④。这样的作品选编策略便于西方英语读者在其固有的文学观念和文化认知基础上了解中国传统文学。其次，也是很有特色的是，白之收录了例如寒山诗这样一些论其文学成就在中国本土仅为二三流边缘诗人的诗歌。这样的收录使得原本在中国本土文学史中并不具有十分重要地位的边缘诗人反倒在英语世界逆袭为经典。这样国内不重国外重的反转现象使得中国文学经典在英语世界被重构。

虽然于翻译而言，白之以翻译明代戏剧和故事而著称，但汉语古诗词英译也为其翻译中的一个组成部分，如杜甫诗《旅夜书怀》(*Thoughts on a Night Journey*)。

　　　　细草微风岸，危樯独夜舟。
　　　　星垂平野阔，月涌大江流。

---

① Birch, Cyril ed., Anthology of Chinese Literature, Volume I, Volume II [Z]. New York: Grove Press, 1965, 1972.

② 钟玲. 史耐德与中国文化 [M]. 北京：首都师范大学出版社，2006：182.

③ 陈橙. 论中国古典文学的英译选集与经典重构：从白之到刘绍铭 [J]. 外语与外语教学，2010（04）：82-85.

④ Birch, C. & K. Donald eds.. *Anthology of Chinese Literature: From Early Time to the Fourteenth Century* [M]. New York: Grove Press, 1965.

名岂文章著，官应老病休。
飘飘何所似，天地一沙鸥。

译文：
Reeds by the bank bending, stirred by the breeze,
High-masted boat advancing alone in the night,
Stars drawn low by the vastness of the plain,
The moon rushing forward in the river's flow.
How should I look for fame to what I have written?
In age and sickness, how continue to serve?
Wandering, drifting, what can I take for likeness?
— A gull that wheels alone between earth and sky.[①]

此诗写于杜甫离开成都草堂，乘舟东去，在岷江与长江一带漂流，内心充满无限伤感之时。与原文相比，译诗也相对整齐，较好地保持了原诗的形式。诗歌上阕写景，细草微风和危樯夜舟对应平野与大江，下阕是诗人对家事与国事的担忧与感叹。虽然译文中"boat advancing alone"（小船独自前行）和"How should I look for fame to what I have written?"（我应该怎么在自己的文章中寻求名声？）与原诗含义有所不符，但译者使用的较为自由的无韵散体译诗方式较好地整体再现了诗人的忧虑和愁苦。虽然国内很多学者撰文指出白之本人及其选编其他译者译诗中存在不少明显错误（如蒋坚松，1998；朱徽，2009等），但这些译诗都反证了白之的选编原则，即"对文学的定义是现代西方式的"，这些译诗都符合了西方英语读者的文学观念，从而为汉语古诗词在英语世界的传播与接受铺平了道路。*The Asian Student*（《亚洲研究者》）说："该书是近些年来最好的英译中国文学作品选集。"格拉夫出版社说"该书是集合了现存最精彩的译文的中国文学作品选集。" *Choice*（《选择》）评论道："对于白之编该书所取得的成就，无论怎么赞誉也不为过……书中译文，许多都是由本领域公认的研究大师

---

① 朱徽. 中国诗歌在英语世界——英美译家汉诗翻译研究 [M]. 上海：上海外语教育出版社，2009：210.

们翻译的，质量一致优秀。" New Yorker (《纽约人》) 赞誉说："这确是一道精美的中国筵席——畅饮精美的诗歌，富有训导意义的传记，玩世不恭的爱情故事和戏剧，富有哲理的信札和抒情的宗教短文——这是一场欢乐之宴。"白之的《中国文学选集》在一定意义上"改写"了英语世界的中国文学史。需要注意的是，虽然"文化外部人"对其选编译诗的语义转译仍旧存疑，但"文化内部人"在实际的英译过程中确实成功地通过语境转译而让汉语古诗词顺利地进入英语世界。

第九节　寒山诗经典化的推动者——加里·斯奈德

出生于1930年，被称为"美国有才华的一代诗人中最有才华的诗人"[①]的加里·斯奈德热爱东方文化并深受东方文化影响，甚至曾在日本皈依佛门，积极研习禅宗和佛学。这样的经历给予了斯奈德在当时美国诗人、汉学家和翻译家中鲜明的特色。

作为诗人的斯奈德有过多部诗集出版，这些诗集曾获得古根海姆研究奖（Guggenheim Fellowship）和普利策奖等重要文学奖项。作为翻译家的斯奈德也在汉语古诗词翻译方面独树一帜。在佛学禅宗的渊源下，斯奈德英译了王维、寒山等极富禅蕴的诗歌，其中又以寒山诗的翻译影响最大。斯奈德并非英译寒山诗的第一人，韦利和华兹生均在此方面有所贡献，且译诗数量超过斯奈德。韦利于1954年9月在当时著名英美文学期刊《文汇》(Encounter, Vol. III, No.3)（也译作《相逢》）第3卷第3期上翻译并发表寒山诗27首。韦利的译本虽然数量也不算多，但被认为显然影响了其他译本[②]。1962年，华兹生于纽约丛树出版社出版《唐代诗人寒山的100首诗》(Cold Mountain—100 Poems by Han-shan)。美国诗人詹姆斯·冷弗斯特在其《一车的书卷：仿唐诗人寒山诗百首》(A Cartload of Scrolls: 100 Poems

---

① 朱斌. 斯奈德译寒山诗对古诗英译的启示 [J]. 安康学院学报, 2016 (06): 84–88.
② Kahn, Paul. *Han Shan in English* [M]. Buffalo: White Pine Press, 1989: 4.

in the Manner of T'ang Dynasty Poet Han-shan,2007）中说"华兹生翻译的寒山诗语言浅白质朴,时而语含深奥的思想,时而进行反讽或讽刺,所有译诗韵律自然,甚少做作,不时有幽默的妙语。他笔下的寒山是第一个让我放声大笑的诗人。有他的译著在手,我开始首次,也是人生中唯一一次,与一位诗人'唱和',与他'通信',这一'联系'持续了三十余年。"[1]

较韦利和华兹生而言,斯奈德译寒山诗数量最少,但却影响最大最深远。斯奈德的24首英译寒山诗自1958年发表于《长青评论》（*Evergreen Review*）之后,于1965年被收入白之的《中国文学选集》（*Anthology of Chinese Literature,* 1965）中,并于之后成为许多英语国家大学关于东方文学的教材。之后,这24首英译寒山诗又再次被全部收入由闵福德和刘绍铭合编的《中国古典文学译文选（第一卷）》（*An Anthology of Translation: Classical Chinese Literature, Volume I,* 2002）,而这本《文选》也在英语世界有着深广的影响。

数量少但影响大是斯奈德英译寒山诗的第一个特点,第二个特点则为其"异化"的翻译策略,或者说是"译""作"融合。也许斯奈德英译寒山诗不是简单意义上的"翻译",而是创作型翻译,或者说是以"译"代"作",融"作"于"译"。"这种翻译的目标在于构建或者促进新的文学形态的形成,翻译本身就是创作的一部分,而且往往被视为创作,而翻译的归宿也正是创作。也就是说,翻译是通往一种新的创作形式的途径。"[2]斯奈德在汉语英译时使用了"具象化"策略,即在脑海中"具象化"汉诗的内容,努力捕捉词语背后的东西。[3]所以他的汉诗英译中,必然会有主观诠释,加入了他自己的生活经验,含有相当的创作成分,这就不可以用学术性翻译的"忠实"标准来要求。[4]如此"具象化"和异化策略都以诗歌译本接受为目的。

---

[1] Lenfestey J. P. *A cartload of scrolls: 100 poems in the manner of T'ang dynasty poet Han-shan* [M]. Duluth: Holy Cow Press, 2007：VIII-IX.

[2] 李林波. 论创作取向的翻译——以庞德、斯奈德等人英译中国古诗为例 [J]. 外语教学,2010（03）：101–105.

[3] Snyder, Gary. *The Real Work, Interviews and Talks, 1964—1979* [M]. ed., By Wm. Scott Mclean, New York: New Directions. Pub. Corp. 1980: 39.

[4] 钟玲. 史耐德与中国文化 [M]. 北京：首都师范大学出版社,2006：163.

异化策略之后的第三个特征是寒山诗的"经典化"。寒山及其诗歌在中国本土文学史上一直都只处于较为边缘的地位,一直未进入过汉语古诗主流,斯奈德的英译却使其在英语世界得以广泛传播和接受,在英语世界成为经典。当然,这样的经典化过程是有着当时特殊的社会历史背景为依托,从 50 年代末到 60 年代,斯奈德,甚至寒山,都成了在思想文化界影响甚大的"垮掉的一代"的精神先驱和理想英雄。

经典化给予了斯奈德英译寒山诗的第四个特征,即寒山诗在英语世界的地位经典化反向推动了寒山诗在中国国内对其的本土研究。"不少文学史著作都改变了对寒山略而不论或一笔带过的简单化做法,甚至还列有专章专节,把寒山作为重要作家讨论,确认了寒山在文学史上应有的一定的地位,令人耳目一新。"①

此以斯奈德英译寒山无题诗为例。

> 出生三十年,常游千万里。
> 行江青草合,入塞红尘起。
> 炼药空求仙,读书兼咏史。
> 今日归寒山,枕流兼洗耳。

译文:

> In my first thirty years of life
> I roamed hundreds and thousands of miles.
> Walked by rivers through deep green grass
> Entered cities of boiling red dust.
> Tried drugs, but couldn't make immortal;
> Read books and wrote poems on history.
> Today I'm back at Cold Mountain:
> I'll sleep by the creek and purify my ears.②

---

① 罗时进. 唐诗演进论 [M]. 南京:江苏古籍出版社,2001:124.
② Snyder, Gray. *Riprap a& Cold Mountain Poems* [M]. San Francisco: Grey Fox Press, 1965.

寒山诗内容质朴、语言通俗，此诗描写的是寒山遁入空门后的自由与洒脱。值得注意的是，在斯奈德的译诗中使用了"roam"这样一个在60年代美国嬉皮士中认同度很高的词来译原诗中的"游"，使用"drug"（毒品）一词替代"药"，这些是译者在译诗中植入的符合当时社会背景的西方元素，但斯奈德对原诗中的"红尘"和"洗耳"选择了保持原作中国文化的方法，分别对应为"boiling red dust"和"purify my ears"。如此的中西元素并存、两种文化糅合的"创作"策略使得译诗既可以在译作中保有中国文化的东方色彩，又使英语读者从译诗中引起与自身的共鸣，尤其是美国"垮掉的一代"和嬉皮士的认同与追捧，寒山诗成为在20世纪五六十年代的美国即使是李杜也难以望其项背的独特存在。这也促使"斯奈德笔下的寒山，这个中国唐代诗人及'山野疯癫之人'，成了一个'垮掉派英雄'，一个逆文化运动的代表性角色"[1]。也同样是寒山诗译文流露出的禅意则成为"垮掉的一代"追寻本真自我存在的灯塔，其不随外物迁谢的本真和澄明境界使很多"狂热的嬉皮士终于在佛教冥想中冷静下来"[2]。美国作家，也是美国"垮掉的一代"的代表人物杰克·凯鲁亚克甚至以小说《达摩流浪汉》向寒山表达致意。

寒山及其寒山诗在英语世界中的接受速度之快、接受规模之广和接受度之高已经成为汉语古诗词英译西传史上的典型特例。

第十节 当代汉诗英译的集大成者——宇文所安

宇文所安是斯蒂芬·欧文（Stephen Owen）根据 Owen 的读音和《论语·为政篇》中"视其所以，观其所由，察其所安"中的"所安"两字为自己取的名字，也由此可见他对中国文化的热爱。宇文所安是美国哈佛大学东亚语文系中国文学和比较文学教授，也是唐诗研究领域重要的

---

[1] Kern R.. *Orientalism, modernism, and the american poem* [M]. Mew York: Cambridge University Press, 1996: 237.

[2] Scott D.. *On the road: text and criticism* [M]. New York: Penguin Books, 1979: 366.

汉学家、翻译家，并于2018年6月20日获第三届唐奖汉学家奖。

宇文所安勤奋一生、著作颇丰，其英译的中国典籍主要包括理论和作品两大类，其中，英译作品主要收录于其编译的由纽约诺顿出版社出版的《诺顿中国文学选集：从初始至1911年》（*An Anthology of Chinese literature, Beginnings to 1911, Norton & Company,* 1996）。虽然宇文所安的汉语古诗词英译以唐诗为主，但其汉诗英译并不囿于唐诗，皆因宇文所安认为唐诗其实并非孤立的，而是和整个中国文学史紧密相连，而且"翻译诗歌的同时，必须把所有中国文学都翻译过去"，"因为中国文人既写诗又写散文、小说、戏剧，《诗经》中的典故会反复出现在唐诗、宋词中"。[①]《选集》收录了宇文所安英译的600多首汉语古诗，作品时间跨度从西周到清代。这部译著出版次年即获得由美国翻译协会颁发的"杰出翻译奖"，还被西方许多国家广泛用作教材。宇文所安的译作除了收录于《诺顿中国文学选集》之外，还被收入其他选集中，例如《世界文学杰作选》和闵福德等编译的《中国古典文学译文集》等，这些影响力较大的译作选集的收录有力证明了宇文所安汉语古诗英译的重要成就，也呈现了宇文所安及其译著的第一个特征，即宇文所安英译汉语古诗词在英语世界的经典化。曾经主要收录希腊罗马文明传统的"诺顿文学书系"中的《诺顿中国文学选集》及其中收入的汉语古诗词英译使得汉语古诗词在西方文学体系中有了重要地位。宇文所安也借助这样的重要文学典籍向英语读者引介中国唐朝经典诗歌，读者的阅读进一步确立了宇文所安译诗的经典化。

宇文所安及其译著呈现出第二个特征，即译者本身的学者身份。有学者直接将宇文所安归类为学者型译者，"唐诗英译中最典型的学者代表当属宇文所安以及大多数的华裔译者和中国译者"，学者译诗的主要特征是"注重参考文献，研究已有成果和最新成果，比诗人译诗更强调对原诗的忠实再现"[②]。学者身份带来的是学者化翻译，译者宇文所安的诗歌英译，尤其是唐诗英译，均与其理论研究密不可分。"其巨著《诺顿中国文学选集：从初始至1922年》不仅有全书导论，每章每节都有独立引言，以说明该时期或文类的特色，甚至对选译的每篇作品也有解说。他试图用作品

---

① 魏家海. 宇文所安的文学翻译思想[J]. 北京理工大学学报，2010（06）：146–150.
② 王峰. 唐诗经典英译研究[M]. 中国社会科学出版社，2015：119.

译文和研究成果来深入完整地展现中国古典文学传统。"[1]

除了学者身份和学者化翻译,适度的归化策略可被看作宇文所安及其译著的第三个特征。适度的归化策略指的是对于大部分诗歌内容,译者采取的是归化策略,为的是目标语读者能够更加容易接受和喜爱这些中国古典文学作品。对于少部分内容,译者宇文所安采用了异化策略,为的是适度保留诗歌作品中的中国文化特色。归化和异化的调节,并且以研究成果作为支撑。杜甫诗英译便是宇文所安近年非常具有影响力的译介成果之一,此处仍以《旅夜书怀》(*Writing of My Feelings Traveling by Night*)为例。

> 细草微风岸,危樯独夜舟。
> 星垂平野阔,月涌大江流。
> 名岂文章著,官应老病休。
> 飘飘何所似,天地一沙鸥。

译文:

> Slender grasses, breeze faint on the shore;
> Here, the looming mast, the lonely night boat.
> Stars hang down on the breadth of the plain,
> The moon gushes in the great river's current.
> My name shall not be known form my writing,
> Sick, growing old, I must yield up my post.
> Wind-tossed, fluttering — what is my likeness?
> In Heaven and Earth, a single full of the sands.[2]

宇文所安的译诗也在形式上与原诗保持了一致,但在诗句翻译上

---

[1] 朱徽. 中国诗歌在英语世界——英美译家汉诗翻译研究 [M]. 上海:上海外语教育出版社,2009:282.

[2] Owen, S. *Remembrances: the Experience of the Past in Classical Chinese Literature* [M]. Cambridge: Harvard University Press, 1986: 35.

就与白之译本有较大区别。细读之，此译文中多次出现诸如"slender grass""the looming mast""the lonely night boat""sick""growing old""wind-tossed""fluttering"以及"In Heaven and Earth"和"a single gull of the sands"等短语式片段，片段中含有不同意象，有意省略动词和连接词并叠加意象，在译文中再现汉语古诗词简洁、含蓄和意境深远的特征，而在翻译"天地"时，则采用"Heaven and Earth"这样英语读者更容易接受的归化方式。宇文所安对杜诗的准确翻译及其英译杜诗在英语世界的接受离不开他本人对杜诗的喜爱，在腾讯文化网对其的邮件采访中，他甚至将作为中国特殊存在的杜甫等同于英国的莎士比亚。[1] 获得唐奖汉学家奖之后，2018年9月20日，他在台湾师范大学的座谈会上直抒胸意："每次找寻研究主题，都能获得与杜甫诗作相互呼应的题材，我就是喜欢杜甫，原因就是这么简单"，"他的作品是非常严肃的，同时穿插典雅与通俗的文学元素，一定要能确切掌握，才能传达其作品风格"[2]。宇文所安对杜诗的译介工作并非一蹴而就，据哈佛大学官方新闻网站 *Harvard Gazette*（《哈佛公报》）2016年4月11日的报道，美国著名汉学家宇文所安经历八年埋头耕耘，终于出版了杜甫诗歌的英语全译本《杜甫诗集》(*The Poetry of Du Fu*)，这部有3000页，共六卷，重4公斤的大部头是学界关于杜甫作品第一次完整的英文翻译。在宇文所安之前，华兹生也曾对杜诗进行过部分翻译，但宇文所安此次则是完整的杜诗作品翻译。宇文所安译本采取了比较新颖的出版方式，一方面有六册的纸质书刊印行世，另一方面读者也可通过网络（www.degruyter.com）获得公开免费、长达3000页的电子版PDF文本。关于此，译本在《致谢》解释说："杜诗六册全译本是获得梅隆基金资助的'中华人文（经典译本）文库'（Library of Chinese Humanities）收录的第一种典籍译本，此后的系列典籍译本都将以普通纸本与网络免费获取的电子文本两种形态面世。"[3] 此译本的出版形式无疑可以进一步推动以杜甫诗歌位代表的中国唐诗在西方的译介和英

---

[1] 访谈内容参见"宇文所安：杜甫在中国文学史上独一无二". (http://cul.qq.com/a/20160517/ 032233.htm)

[2] 会议报道参见：https://www.chinatimes.com/cn/realtimenews/20180926003407-260405.

[3] Owen, Stephen. *The Poetry of Du Fu* [M]. Berlin: De Gruyter, 2014: vii.

语读者的接受。唐诗英译是宇文所安汉学研究里的重要组成部分,对于如何翻译中国古诗,宇文所安2009年访问苏州大学时,在与季进教授和钱锡生副教授的访谈中说:"我唯一能做的就是我必须翻译诗中的所有意思……,好的译者翻译的时候必须凸显各个诗人、不同诗歌之间的差异。每首诗都有不同的背景,翻译成英语之后也必须体现出这种差异。……我翻译诗歌的时候,也会考虑到不同读者的差异性"[①]。这就是宇氏所说的突出诗人和诗歌之间的差距,而并非所有的诗歌都译为笼统的"中国诗"。关于是否能"恰如其分"地把握自己所翻译的题材,宇氏在2014年7月8日《长江日报》"读+周刊"专栏中的采访中不仅回答了记者的提问,而且指出对汉语古诗词的英译还是该由"文化内部人"来完成,因为"我们面临的一个最大问题是:当一个人在用自己的母语阅读本国的古典文学作品时,他常常会产生一种幻觉,以为自己可以直接理解那些作品。翻译可以在很多方面失败,但是一个好的翻译者,会恰恰因为是和一门外语打交道,而格外努力地探求某一个字或者某一个词在其原始语境里的意义和'味道',而不是它在一个现代读者眼中的意义和'味道'"。他进一步解释:"对于现代的中国学者来说,他们跟我一样,离唐朝也是同样遥远的。人们其实有一个幻觉,就是中国人对自己的文学作品有一种单一的"大团结"式的理解,以为有一个亘古不变的标准答案。其实并不存在。"他解释说:"一个文化传统要繁衍下去,一定要有新的解读、新的阐释,注入新的活力。现代中国似乎有这样一种想法,认为西方的文学是讲述普遍人性的东西,所以人人可以理解,而中国古代文学仅仅属于古代,由中国所独家拥有。这是一个陷阱。"[②]。作为一位学者,宇文所安站到了一个更高的位置,主张打破"文化外部人"固有的成见,将中国古诗纳入世界文学体系之中,从而用历史的、世界的视野去探寻这些"中国价值","中国文学与文化不应再是单纯的'地方知识','中国独有的东西',而应该是属于世界文学与文化的'普遍知识',这样'才能永远保

[①] 季进,钱锡生. 探访中国文学的"迷楼"——宇文所安教授访谈录[J]. 文艺研究,2010(09):63-70.

[②] 访谈内容参见"宇文所安——美国人距唐朝不比中国人远"[N]. 长江日报,2014-7-8(20).

持它的活力'"①。

宇文所安的成就有力推动了以唐诗为代表的汉语古诗词在英语世界的译介和接受，也正因为他，让汉语古诗在域外的异质文化中"活过来"。

第十一节　小结

其实最早向西方译介汉语古诗词的并非英国译者，译介汉语古诗到西方英语世界的更加并非只有上述10位"文化内部人"，在整个汉语古诗词，尤以唐诗为代表，向西方英语世界译介的过程中，还有其他译者及他们辉煌的成果，例如受翟理斯父子指导和帮助的克莱默·班和他的1909年初版侧重介绍唐诗的《玉琵琶》（*A Lute of Jade*），推动美国新诗发展的艾米·洛维尔和艾思柯夫人合译的中国古诗英译集《松花笺》（*Fir-Flower Tablets: Poems from the Chinese*），弗莱彻和他的第一部断代唐诗英译专著《英译唐诗选》（*Gems of Chinese Verse*）和《续集》使得唐诗英译研究在中国文学向英语世界的译介有了开创性意义，还有近年来再次英译包括寒山诗在内的多首汉语古诗词，并在欧美各国引起了一场学习中国文化热潮的比尔·波特等。这些学者、译者、诗人的不懈努力使得以汉语古诗词为代表的中国文化不断向英语世界传送，即使普通读者也可以更多了解古老而神秘的中国文化。在这个文化西传的过程中，以上述"文化内部人"为典型，梳理汉语古诗词在国外的翻译过程，可以总结出如下特征。

第一，译者间学缘关系突出。例如翟理斯不仅自己是位著名译者，还支持和帮助其他学者。虽然有学者对翟理斯是韦利在剑桥的老师这个观点存疑②，但学界大部分学者始终认为韦利是翟理斯在剑桥培养出来的学生。

---

① 谢淼. 在汉学家阐释与阐释汉学家之间——读季进的《另一种声音——海外汉学访谈录》[J]. 东吴学术，2012（05）：156-160.

② 此观点可参看王绍祥：《西方汉学界的"公敌"——英国汉学家翟理斯（1845—1935）研究》，福建师范大学，专门史专业2004年度博士论文。

韦利在剑桥大学的时候接触到并仰慕东方文明思想,决定研究东方文明。离开剑桥后的韦利"继续在伦敦大学亚非学院给研究生和教师授课,在他的学生中,有后来成为著名汉学家的白之、霍克斯和葛瑞汉等人"[①]。韦利除了教授东方文化的相关课程,还和同时代的汉学家交流研讨。韦利的第一部汉语古诗英译选集《汉诗选译》(1916)在自费出版后寄给庞德一册,"尽管庞德对此书的评价毁誉参半,但结果他们还是成了朋友"[②]。与庞德同时代但比其稍长几岁的陶友白也是在专心译诗之外积极提携年轻学者。"1924年,19岁的王红公南下新墨西哥,向陶友白求教,在陶友白的引导下开始了解中国文化,学习中国古诗。陶友白后来还推荐了一位在芝加哥大学读书的中国留学生帮助他学习汉语。陶友白着重向青年王红公推荐杜甫,这对王红公后来的文学创作和翻译产生了终生不改的重大影响。"[③] 王红公作为加里·斯奈德的前辈,也对斯奈德影响巨大。斯奈德跟美国诗坛前辈王红公关系密切,有很深的渊源关系。他对东方文化的认识,就是通过庞德和王红公翻译的中国诗和日本诗。50年代初期,青年斯奈德经常和其他年轻人一起去王红公寓所,或朗诵诗歌,或讨论诗歌创作。斯奈德创作的山野自然提出的诗歌,就受王红公的影响很深。斯奈德怀着崇敬的心情称王红公是'伟大的教化者'。而王红公也很赏识斯奈德,在他所著的《20世纪美国诗歌》(*American Poetry in the Twentieth Century,* 1971)"一书中称斯奈德是"同辈诗人中最博学、最有思想、写诗最游刃有余的人。"[④] 与此同时,斯奈德与华兹生也交情深厚,华兹生欣赏老友斯奈德的诗作。[⑤]

---

① 朱徽. 中国诗歌在英语世界——英美译家汉诗翻译研究 [M]. 上海:上海外语教育出版社,2009:116.

② 朱徽. 中国诗歌在英语世界——英美译家汉诗翻译研究 [M]. 上海:上海外语教育出版社,2009:117.

③ 转引自:朱徽. 中国诗歌在英语世界——英美译家汉诗翻译研究 [M]. 上海:上海外语教育出版社,2009:82. 详见 Linda Hamalian. A Life of Kenneth Rexroth. New York: W. W. Norton & Company, Inc., 1991:35.

④ 朱徽. 中国诗歌在英语世界——英美译家汉诗翻译研究 [M]. 上海:上海外语教育出版社,2009:117.

⑤ 吴涛. 华兹生的中国典籍英译对中国文化"走出去"的启示 [J]. 昆明理工大学学报(社会科学版),2018(02):98–108.

知识的传承、力量的延续，译者间的师承关系或朋友之交显示出了英美汉学家之间承上启下的重要关系，这种关系也是中国文化，尤其是汉语古诗词英译及研究在英语世界得以蓬勃发展的重要保障。

第二，美国汉学研究的重要地位已显著突出。从译者国籍和译著或研究成果的影响力来看，虽然对汉语古诗词的英译始于欧洲，例如法国、英国，但美国的汉学研究后来居上，甚至已经越过英国，成为国际汉学的研究重地。在整个汉语古诗词英译西传的过程中也不难看到英、美两国由于种种历史渊源在学术上也是交流互动频繁，在这样交流中出现的重心迁移也是由各自内因造成的。

英国汉学家对汉语古诗词的译介有一定当时的历史文化背景因素，例如理雅各作为传教士来到中国时，希望以耶稣取代孔子，在遭到儒家思想的强烈抵制之后，理雅各选择理解与调和，而非对抗与暴力。他的调和手段就是翻译儒家经典。理雅各的翻译目的为其传教士身份使然，而对于身为外交官的翟理斯，"他的大量翻译和著述，便是要纠正西方人对中国的误解和偏见"[①] 因而，他的目标读者也是对中国及其语言文化所知甚少的普通读者。但在英国传统文化的巨大影响力之下，英译的汉语古诗词于英国文学和文化影响甚微，仅停留在译介层面上。反观美国却有所不同，当汉文化西传至美国时，汉语古诗词译介工作已由学者、作家和诗人承担。此时，美国的新诗运动开始，美国诗不仅要摆脱正统英语文学的桎梏，还要松动正统欧洲文化的束缚，汉语古诗刚好符合美国新诗反传统反束缚的需求。美国诗人、作家和学者对汉语古诗词已不仅仅停留在译介层面上，而是过渡到了创作的新阶段。在美国文化的"内需"大环境下，中国文化融入美国文化，并成为其的重要组成部分。

第三，译者主要身份多元化。在汉语古诗词代表中国文化西传的过程中，不同阶段的译者担负着不同的身份，这些不同的身份又大致分为三类，即以传教士和外交官为主的文化身份、诗人身份和学者身份。

"译者的文化身份在文化过滤中起着重要的作用，担任传教士或外交官而形成的特殊的文化身份对译者的影响，有时不亚于其诗人身份或者学

---

① 吴伏生. 翟理斯的汉诗翻译 [J]. 铜仁学院学报，2014（06）：24–33.

者身份。"① 作为传教士的理雅各为传教工作而来中国，其译诗目的必然与宗教相连。以翟理斯为典型外交官则比较特殊，是"中英之间一个特殊的文化群落和矛盾集合体，在他们身上体现着英国文明和中华文化的碰撞、交汇和融合：他们肩负着让东方蛮族皈依天主的神圣使命，又企图用东方的哲学来挽回西方世道人心；他们既是西方炮舰政策的执行者，又是中华文化的仰慕者；他们是西方文艺复兴以后人文精神向东方的移植者，更是中华文化向英国流播的拓荒者和奠基人"②。

如果同时掌握两种语言，诗人译诗就顺理成章，因为在译诗的过程中，更为诗性的表达方式会在译者的译诗过程中得以彰显。在上述的十位译者中，主要身份为诗人的为陶友白、庞德、王红公和斯奈德，尤其是对于后三位译者而言，与其说是译诗，倒不如说是以原汉语古诗为素材进行再次创作，以达到诗人自己的创作目的。

学者身份的译者和诗人身份的译者有所不同，"因为学者译诗通常会注重文献考证，研究已有成果和最新成果，比诗人译者更强调对原诗的忠实再现"③。华兹生和宇文所安就是学者翻译的典范。"华兹生不仅是一位学者型翻译家，且其译诗的受众主要为汉语学习者与汉学研究者，因此对译诗进行必要的注释与评论，不仅有助于确保译诗的准确性，也极具研究学术参考价值"④。"唐诗英译中最典型的学者代表当属宇文所安以及大多数的华裔译者和中国译者"⑤，宇文所安的理论翻译研究与其诗歌英译相辅相成。

第四，翻译策略主要有四种，即归化、散体意译、创译合一和异化。理雅各、翟理斯和宇文所安译诗以归化策略为主。理雅各以欧洲中心主义和基督教中心主义的观念和视角来审视中国和中国文化，译诗时使用归化策略也就是情理之中。翟理斯设定的写作及翻译目标读者为对中国及其语

---

① 段峰. 文化视野下文学翻译主体性研究 [M]. 成都：四川人民出版社，2008.
② 陈友冰. 英国汉学的阶段性特征及成因探析——以中国古典文学研究为中心 [J]. 汉学研究通讯，2008（03）：34–47.
③ 王峰. 唐诗经典英译研究 [M]. 北京：中国社会科学出版社，2015：119.
④ 冯正斌，林嘉新. 华兹生汉诗英译的译介策略及启示 [J]. 外语教学，2015（05）：101–104.
⑤ 王峰. 唐诗经典英译研究 [M]. 北京：中国社会科学出版社，2015：119.

言文化知之甚少的普通读者,归化策略符合这样的目标读者。宇文所安英译汉语古诗时使用"适度归化"策略,用英语文化中的一些对应词替代汉语古诗词中的一些专有名词,从而使其目标读者能够较为容易地接受并欣赏这些诗歌。作为少数的英国汉学家和翻译家,理雅各和翟理斯在英译汉语古诗词时都不约而同地使用格律体译诗,以符合当时维多利亚式的主流诗学。

使用散体意译为主导策略的译者有陶友白和华兹生。陶友白的"散体直译并不拘泥于与原诗的格式对应,也不讲求押韵",这样的翻译策略使得译本风格独特,深具原汉语古诗词感染力,也使得诗歌译本广受欢迎。华兹生终其一生都在尝试更佳的翻译策略以促使中国文化走出去,"尽管华兹生自己身体力行地运用带节奏的散体意译,力主摒弃传统格律来翻译中国古诗,但是,他对那些具有创新意识及试验性质的翻译手法却采取兼收并蓄和包容接纳的态度,并以此期望能够找到更加有效的方式来翻译中国古诗。"①

创译合一是汉语古诗词英译西传发展过程中由于英语文化的"内需"所引起的,也是适应文化"内需"所必需的,庞德、韦利和王红公皆为创译合一代表译者。庞德译诗并经常将译诗作为自己的创作作品收入各种选集中,例如《诺顿美国文学选集》。韦利也曾经很清楚地否定意译:"我的目标是直译,不是释义。一位诗人借用外国的诗歌主体或素材进行创作是无可厚非的,但那不能成为翻译。"② 韦利创造的自由诗体不仅为其译诗带来巨大成功,也影响了英语现代诗坛。

汉语古诗词英译使用异化策略的典范是加里·斯奈德。斯奈德后期的汉语古诗词英译有明显的"异化"倾向。异化策略使得汉语元素仍旧保留在译诗中,也使英语读者通过译诗体会、感受汉语古诗内涵。

总的说来,汉语古诗词英译策略以上述几类为主,但细究之,归化、异化主要涉及文化层面、直译、意译偏向语言层面,而创译以内涵为重。

---

① 朱徽. 中国诗歌在英语世界——英美译家汉诗翻译研究[M]. 上海:上海外语教育出版社,2009:204.

② Waley, Arthur. *A Hundred and Seventy Chinese Poems* [M]. London: Constable & Company Ltd, 1918:33.

译者翻译策略的概括实际上无法仅使用语言或者文化一根准绳为尺标衡量、对比所有译者及其译作，每位译者的翻译策略也不会仅只体现出单一的某个方法，通常都会融合从语言到内涵的不同策略和途径。上述概括只是译者译诗过程中使用较为突出或典型的策略而已。但无论使用哪种方法，翻译目的都是殊途同归的，都是为了汉诗在英语世界的传播和接受。

第五，译者的翻译以独译和合译两种为主要形式。基本以一己之力完成译作、译著或编译的有翟理斯、庞德、韦利、华兹生、白之和宇文所安。通过获得中国学者帮助或指导而完成汉语古诗词翻译的有理雅各、陶友白、王红公和斯奈德。中国学者王韬协助理雅各完成《诗经》以及其他汉语典籍，陶友白和江亢虎合译的《群玉山头》被视为"唐诗西传史上最早的，真正中西合璧的文本"[①]，王红公和中国女留学生钟玲合译的《兰舟：中国女诗人选》以译介中国传统女诗人作品为主，斯奈德的寒山诗英译倒是其独译，但其对汉语古诗的了解多半来自中国古典文学专家陈世骧教授。

第六，赞助有力支持了部分学者的翻译事业。理雅各对中国典籍的翻译前有英国伦敦传教会和经营当时著名英资洋行之一的约瑟夫·渣颠和罗伯特·渣颠兄弟的支持，后有主持《东方圣典》的缪勒的邀约，不断推动理雅各英译中国经典的翻译行为及译作影响力的扩大。华滋生的汉诗英译和汉学研究能够得以进行，其成果能够面世，绝大多数是由哥伦比亚大学亚洲项目和大学出版社支持出版[②]，这也是赞助力量对汉语古诗西传的有力支撑。白之于1965年主编的《中国文学选集：从早期至14世纪》受到亚洲协会的是亚洲文学项目赞助。宇文所安所译的《杜甫诗集》由梅隆基金资助，此诗集大大提升了杜甫在英语世界的地位和接受度。

第七，经典重构是这些著名译者及其译作的共同特征。"韦利译诗是中国古诗在英语世界经典化的一个重要标准。在他之后，越来越多英译汉

[①] 江岚. 唐诗西传史论——以唐诗在英美的传播为中心[M]. 北京：学苑出版社，2013：251.
[②] 朱徽. 中国诗歌在英语世界——英美译家汉诗翻译研究[M]. 上海：上海外语教育出版社，2009：204.

诗作品被收入重要的或权威性的西方文学选集或工具书。"[①] 韦利和宇文所安译诗被选入多种西方经典作品选集，这样的收选将汉语古诗推到世界文学杰作之列。译作或译著被作为英语国家学生学习中文和中国文学的教材也是汉语古诗词经典化的另一个标志。陶友白的《群玉山头》和宇文所安的《诺顿中国文学选集：从初始至 1911 年》等多位学者的多部译著被广泛用作大学教材，推进了中国文化在西方经典化的进程。斯奈德的英译寒山诗也是汉语古诗词在英语世界经典化的典范之一。斯奈德的英译和重要选编文学作品的收入都将中国的边缘诗人寒山树立为美国"垮掉的一代"的精神偶像，甚至影响美国思想文化界。

回望汉语古诗西传的进程，无数汉学家终身努力翻译汉语古诗，推动汉语古诗词西传，为让西方读者认识、欣赏或了解中国文化做出重要贡献，汉语古诗也因为他们的努力而在英语世界得到传播并被英语读者所接受。

---

① 朱徽. 中国诗歌在英语世界——英美译家汉诗翻译研究 [M]. 上海：上海外语教育出版社，2009：127.

第四章 "文化外部人"译品及其评价

不仅西方汉学家在位汉语文化走出去做出贡献，中国的本土译者也同样为之而努力。本章选取 10 位"文化外部人"及其译作，以其生活及译作出版的年代进行排序，并仍从其代表译作、翻译特色、翻译策略及翻译观等几个视角进行逐一梳理，以大致勾勒"文化外部人"所做的汉语古诗词英译工作及读者对其英译接受的全貌。

第一节 汉诗西传的滥觞——蔡廷干

蔡廷干（1861—1935）是 19 世纪下半叶被派送至美国留学的幼童之一，近十年的美国留学生涯使其具有良好的英文基础，正是这样西式教育经历和深厚国学基础的结合为汉语古诗词主动"走出去"进入英语世界拉开了序幕。

以翻译家身份推动汉语古诗词西传的蔡廷干其实是政府官员，但也正是其幼年的留学经历和后来的政治履历为其奠定了汉诗英译的基础。"芝加哥大学出版社于 1932 年 9 月出版的《唐诗音韵》使得蔡氏成为唐诗西传史上第一位独立用英文译介中国古典诗歌的华裔知识分子"[①]，而此译著

[①] 江岚. 唐诗西传史论——以唐诗在英美的传播为中心 [M]. 北京：学苑出版社，2013：261.

也被视为"中国本土学者向西方系统译介本国传统诗歌的滥觞之作"[①]。这里需要说明的是，此"唐诗"并非专指唐朝的诗歌，而是以"唐"替代"中国"，所以"唐诗"主体涵盖了唐诗和宋诗。此译著于1969年和1971年由美国的格林伍德出版社再版。

蔡廷干的《唐诗音韵》(*Chinese Poetry in English Rhymes*)的目的明确，正如其前言中所言，"他希望通过自己的努力让世人认识中国传统文化的价值，改善中国文化在海外的形象，为中国在国际上赢得更多的同情，争取更大的生存空间。"[②] 蔡氏希望借助汉语古诗词的翻译展现中国人的生活方式、哲学思想和中国文化，如钱锺书先生于其《英译千家诗》一文中所认为的：蔡的译诗"遗神存貌"。[③]

《唐诗音韵》的第一个特征是原文本的选择。《唐诗音韵》的原文本为《千家诗》，《千家诗》中大部分诗歌都是我国唐宋时期的佳作，不仅代表汉语古诗词的巨大成就，也从多个侧面显示了唐宋时期的中国文化。

《唐诗音韵》的第二个特征是译者蔡廷干在译诗时采用的归化策略。首先，译诗形式上靠近英语读者的阅读习惯。"蔡廷干深谙西方文化，熟悉英诗特点，特意选取以西方人熟悉的英语传统诗歌形式为载体，这样可以减少目的语读者在面对译作时的陌生感，保证译作的接受效果。"[④] 大体说来，就是五言汉语古诗译为五音步抑扬格，七言诗译为六音步抑扬格，既竭力保留了汉语古诗词的形式美，又照顾了英语读者的诗歌阅读审美习惯。其次，虽然汉语古诗词习惯于一二四行押韵，但译者仍遵循了英诗读者习惯，译为双行或隔行押韵。还有，对于中国传统文化中的专有词汇，蔡氏也以西方传统文化中词汇替代。从语言形式到语言内涵和文化层面，蔡氏始终保有强烈的读者意识，使通过汉语古诗向西方英语读者成功译介中国文化，以其英译《春晓》(*Sleeping in Spring*)为例。

---

① 马世奎.唐诗英韵和蔡廷干的学术情怀[N].中华读书报，2016-12-14(14).
② 马士奎.蔡廷干和《唐诗音韵》[J].名作欣赏，2012（33）：139–142.
③ 转引自：马士奎《唐诗英韵》和蔡廷干的学术情怀[N].中华读书报/2016年12月14日/第014版.
④ 马士奎.蔡廷干和《唐诗音韵》[J].名作欣赏，2012（33）：139–142

春眠不觉晓，
处处闻啼鸟。
夜来风雨声，
花落知多少。

译文：
I slept on spring, unconscious of the dawn,
When songs of birds were heard on every lawn;
At night came sounds of rain and wind that blew,
How many a blossom fell there no one knew.[①]

蔡氏深谙西方文化，熟悉英诗特点，在翻译汉语古诗时也特意选择英语读者所熟知的传统英语诗歌形式为载体，以减少英语读者在阅读译诗时的语言文化障碍，更好地保证了译诗的接受效果。从此译诗即可看出，蔡氏使用了格律体译诗的策略，将原诗进行等行翻译，译为了英诗中常用的五音步抑扬格，译诗中还按照英语语言规范补译了人称和连词等。为了便于读者接受，蔡氏还在解释诗中双关语的运用时指出这也是美国诗人朗费罗和英国诗人丁尼生等人惯用的手法。[②]

《春晓》英译是蔡氏为《唐诗英韵》英语读者接受做出的努力的一个缩影。《唐诗英韵》从开始就体现出了蔡氏高度的读者接受意识，例如对译诗标题的意译、汉语文化专有词以英语文化中相应的词替代、序言介绍自己的翻译原则及中国人的性格和生活方式、文后注释解释诗中相关文化背景知识、并将中国诗人与西方著名诗人相类比，以调动英语读者兴趣、拉近文化距离，促进读者对译作的接受。该书出版后获英语读者好评，著名刊物 The Saturday Review of Literature（《星期六文学评论》）刊出题为 Chinese Poetry in English（《中诗英译》）的书评，对译作给予高度评价，认为尽管该书在翻译和措辞等方面存在瑕疵，但蔡的翻译总体上令人钦

---

① Ts'ai T'ing-kan. Chinese Poems in English Rhyme [C]. Chicago: The University of Chicago Press, 1932: 1.

② 马士奎. 蔡廷干和《唐诗英韵》[J]. 名作欣赏，2012（33）：139–142.

佩，译序短小精悍，多数译诗令人满意，许多诗句非常优美，足以显示出译者熟知英诗技巧。书评还认为蔡的译文远胜亨利·H.哈特的 *A Chinese Market* 等同类译作。①。虽然也有学者认为蔡氏译法"相当迂腐"，致使该书显得"出奇的古板"。②但《唐诗英韵》曾数次再版，并仍被视为汉语英译的经典之作，就是英语读者对其接受的最佳证明。

第二节　汉词西传的开启——初大告

　　蔡廷干的《唐诗音韵》主攻诗歌英译，而稍晚于蔡廷干的另一位译者却开创了词英译的先河，这就是翻译家初大告（1898—1987）。初大告教授曾于1934年赴剑桥大学深造，并师从亚瑟·奎勒-库奇，I. A. 瑞恰慈等著名学者，也正是这样的一段留学经历开启了初大告的翻译生涯。在众多译著中，《中华隽词》（*Chinese Lyrics*）流传最广，该译著于1937年由剑桥大学出版社出版，仅晚《唐诗音韵》五年，是中国古典诗歌英译史上第二部由中国本土译者独立完成的选集。

　　初氏译词特征可首先从其翻译目的考察。总的说来初氏的翻译目的为"弥补中诗英译中诗体的不完备以及传播中国文化。"③此翻译目的可从初氏本人在"我翻译诗词的体会"一文中可见："我当研究生学习之暇读到几个英国人译的中国诗，但没有人译'词'，我想试探一下这个冷门。我有一个单纯的想法：现在我懂得中英两国的语文，在英国应当把有关中国文化艺术的作品译成英语，在中国就把英国的优秀作品译成中文，这样作为中英文化交流的桥梁……"。此目的及此举使得汉语古诗词中的词从此开始向英语读者专门译介，也开始为英语读者所接受。

---

　　① Ts'ai T'ing-kan. Chinese Poems in English Rhyme [C]. Chicago: The University of Chicago Press, 1932: 316.
　　② 赵毅衡. 诗神远游——中国如何改变了美国现代诗 [M]. 成都：四川文化出版社，2013: 146.
　　③ 转引自：赵云龙. 初大告诗歌翻译活动探析——以《中华隽词一〇一首》为例 [J]. 外语与翻译，2015（2）：26–32.

本着高度的读者意识，初氏选择使用了与其基本同时期的英国译者阿瑟·韦利非常相似的翻译策略进行汉语古词的译介。有学者总结出初氏英译的基本策略，即为"根据个人喜好选择待译文本；采用英诗中主流的自由体，基本运用等行翻译，并尽量保留了原词的句法结构；以可以概括全词主题的新标题代替原词的词牌名和／或标题；在译文通顺易读的前提下以译字／音的方法保留了少量文化负载项并改换了原诗中某些意象。"[①] 在这样的自由体直译总策略指导下，从词牌名和标题的英译、文化专有名词的英译到原词形式和从内容的英译，初氏的翻译都以英语世界的读者接受为目的。

初氏的英译也使他获得了来自英语世界的极高的评价。1937 年 7 月 12 日的《诗歌评论》评论道："这些译作既有自身独特的魅力，质量又可与其他非中国籍译者的译本相媲美，应引起人们的重视。音韵自然地道，译者细致认真、竭尽所能地模仿了中文原作的节奏。" 8 月 1 日《伦敦信使》评论说："一个中国人，居然可以在翻译这些诗作时完美地使用英文习语，并且对英文词汇的音乐性如此敏感，真是了不起。" 10 月 7 日的《新英文周刊》更是甚至将其和阿瑟·韦利相提并论："在中诗英译的比赛中，我觉得韦利先生碰到了初先生这位强有力的竞争对手。这些词作不仅选得极有品位，而且译得相当精彩。奎勒－库奇先生还为之撰写了详尽的引言"。[②]

初氏英译古词受到来自英语世界极高评价的第二个体现是初氏英译的三首苏轼词是《江城子·乙卯正月二十日夜记梦》《水调歌头》（明月几时有）和《念奴娇·赤壁怀古》被收入到白之选编的《中国文学选集：从早期到 14 世纪》，并成为美国各高校东亚或中国文学专业的通行教材，登上了英美汉学界的权威位置。

第三个体现初氏英译价值的是《中华隽词》的再次出版。此译本初次于 1937 年由剑桥大学出版社出版，时隔 77 年后的 2014 年再次由剑桥大学出版社出版了更易于流行普及的简装本。多年后的再次出版，一方面体

---

① 转引自：赵云龙．初大告诗歌翻译活动探析——以《中华隽词一〇一首》为例 [J]．外语与翻译，2015（2）：26-32．

② 转引自：袁锦翔．一位披荆斩棘的翻译家——初大告教授译事记述 [J]．中国翻译，1985（02）：29-32．

现的是初氏英译古词历久不衰的生命力，另一方面则是初氏英译在英语世界接受度的直接体现。苏轼的《江城子·乙卯正月二十日夜记梦》英译就是初氏翻译接受的一个例证。

十年生死两茫茫，
不思量，
自难忘。
千里孤坟，
无处话凄凉。
纵使相逢应不识，
尘满面，
鬓如霜。
夜来幽梦忽还乡，
小轩窗，
正梳妆。
相顾无言，
惟有泪千行。
料得年年肠断处，
明月夜，
短松冈。

译文：

For ten years the living and the dead have been far severed:
Though not thinking of you,
Naturally I cannot forget.
Your lonely grave is a thousand miles away,
Nowhere to tell my grave.
Even if we could meet, you could not recognize me,
My face is all covered with dust.
The hair at my temples shows frosty.

Last night in a dream I return home

And at the chamber window

Saw you at your toilet:

We looked at each other in silence and melted into tears.

I cherish in my memory years by years the place of heartbreaking,

In the moonlight

The knoll of short pines.[①]

  中英文两相比较，初氏的等行和自由体翻译简洁而清晰。2018年6月11—12日在中国人民大学举办的"全国第二十届苏轼国际学术研讨会"上，来自中国社会科学院、北京大学、中国人民大学、复旦大学、四川大学、武汉大学、中山大学、美国圣·劳伦斯大学、日本大阪大学、韩国檀国大学等国内外高校的专家学者以及各地苏轼研究学会成员共一百五十余人参加了会议，在以苏轼文学作品的海外传播为中心展开的专题研究讨论中，美国圣·劳伦斯大学现代语言文学系张振军教授选取《中国文学选集：从远古至14世纪》（加州大学伯克利分校东方语言文学系白之教授主编、纽约丛林出版社出版）、《哥伦比亚传统中国文学选集》（宾夕法尼亚大学东亚系梅维恒教授主编、哥伦比亚大学出版社出版）、《中国文学选集：从起始到1911》（哈佛大学东亚语言文化系教授宇文所安主编并翻译、纽约诺顿出版社出版）中三种文本中收录的苏轼作品来探讨苏轼在西方的传播与接受。张教授在发言中提及了白之《中国文学选集：从远古至14世纪》中收录的初大告《江城子·乙卯正月二十日夜记梦》译本，并将之与梅维恒和宇文所安译本进行比较之后总结了初氏英译特点：简洁、明快、允当。对于此次会议讨论中的译本，张教授选取的是"半个世纪以来在美国本科教学中最为流行的三种英文本中国文学选集（教材）"[②]。作为本土学者独立完成的汉语古词英译，英语世界对其接受度之高已令人瞩目。

---

 ① Chu Dagao. Trans. *Chinese Lyrics* [M]. Cambridge: Cambridge University Press, 1937.
 ② 张振军. 从三种英文本中国文学选集看苏轼作品在西方的传播与接受 [J]. 中国苏轼研究，2016（02）：332–346.

第三节 "膨胀性"译诗的代表——徐忠杰

出生于1901年,赴美留学并回国后任教的翻译家徐忠杰(1901—?)在汉语古诗词英译的国内译者中占有一席之地。其翻译具有两个突出特点,第一为其主要翻译时间为20世纪60年代,那时没有西方汉学家翻译汉语古诗词,也就是说,徐氏此时的汉语古诗词英译几乎全凭其深厚的汉语功底和英文造诣。

第二个特点则为因为各种的特殊因素,对徐忠杰本人及其汉语古诗词英译的相关研究数量都不及其他翻译家和他们的译作。只是哪怕在"文革"的特殊时期,徐氏依然完成了《词百首英译》(*100 Chinese Ci Poems in English Verse*, 1986)和《唐诗二百首英译》(*200 Chinese Tang Poems in English Verse*, 1990),两部译著均由北京语言学院出版社(现北京语言大学出版社)出版。

虽然徐氏从未有过对自己汉语古诗词英译的策略总结,仍有学者根据其译作总结出他的英译方法与策略。李正栓教授就把徐氏英译策略归纳为"以诗译诗原则、音韵美原则、膨胀性原则、解释性原则和跨文化原则"[1]。徐氏以诗歌主旨传递为重心,主要使用归化策略,努力适应译语读者的需要,向译语读者传递原汉语古诗词中蕴含的情感。他说:"我把诗词译成英语时必须设法让它听起来像英文原诗,读起来也像英文原诗。……与此同时,我尽最大可能让他接近原词的主旨和情感。"[2] 本着主旨和情感为中心,徐氏宁可放弃或是打破原诗词里的音韵美和形式美,甚而在翻译过程中增加注解,这些注解直接放入译诗中造成译作形式的膨胀。下面以陆游《钗头凤》英译为例。

---

[1] 李正栓. 徐忠杰翻译原则研析[J]. 外语与外语教学,2005(10):45–48.
[2] 徐忠杰. 词百首英译[M]. 北京:北京语言学院出版社,1986:前言.

红酥手，

黄縢酒，

满城春色宫墙柳。

东风恶，

欢情薄，

一怀愁绪，

几年离索。

错，错，错。

春如旧，

人空瘦，

泪痕红浥鲛绡透。

桃花落，

闲池阁。

山盟虽在，

锦书难托。

莫，莫，莫！

译文：

  What soft, ruddy hands with a beauty of line,

  As they pour for me exquisite vintage wine!

  All over town are signs and colors of spring:

  Willows along the walls form a festooned string.

  The dowager lorded o'er our married life;

  She killed our happiness as husband and wife.

  Since we parted, a good many years have passed.

  But equally long did profound sorrow last.

  Wrong! Wrong! Wrong! is the course I've let run.

  As heretofore unaltered, spring remain.

  Only we have turned thinner but in vain.

  A drenched handkerchief, with red stains, bespeaks–

Profuse tears, running with rouge down the cheeks,
Our married life was closed by a force supreme,
As peach flowers, into petals, left in a stream.
Though for me, our vow of love for e'er still hold,
How could I write you love-letters as of old?
No! No! No! Such things cannot be done! [①]

从译文中可以看出徐氏以诗译诗的翻译总策略，并在译文中相对保持了音韵。但从整体形式来看，译文的行数比原文多，这是徐氏的解释性翻译原则的体现，译者在翻译过程中加入了一些解释性的补充内容，解释了诗词中事件发生的背景和事情的始末，甚至于补译了陆游的母亲（"the dowager"）。这样的补译造成了译文的行数膨胀，译者在解释清楚原文内容的同时也相应使译文成了叙事诗。归化的翻译手法，双行押韵，再加上大量的补译解释，译者可以通过译文实现其翻译目的，即让英语读者更好地了解原词的内容，感受诗人的悔痛之情。

《词百首英译》和《唐诗二百首英译》均为英汉对照译本，并且由北京语言学院出版社出版，这是留学生最多的学校，这些都体现出了徐忠杰高度的读者意识，并为英语读者的接受做出了最大努力。初大告译词，徐忠杰也译词，但是由于译者完成翻译及此两个译本出版的特殊年代，徐氏英译未曾体现出较高的英语读者接受现象。尽管如此，如李正栓教授所言："徐忠杰的典籍英译作品数量不及许渊冲、汪榕培等多，但他的贡献不应被忽略。"[②]

[①] 徐忠杰 译. 词百首英译 [M]. 北京：北京语言学院出版社，1986：98–99.
[②] 李正栓. 徐忠杰翻译原则研析 [J]. 外语与外语教学，2005（10）：45–48.

第四节　屈原的主要译介者——孙大雨

中国现代文学史上著名的诗人、翻译家孙大雨先生（1905—1997）的经历与徐忠杰先生的有两点相似。其一，孙大雨也是到美国求学，学成后回到国内在包括北京大学、暨南大学在内的多所大学任教。其二，孙大雨先生的代表译作《屈原诗选英译》的翻译工作始于"文革"时期，孙氏心怀对中国文化的热爱和对民族命运的担忧，着手进行翻译工作。但也正因翻译的特殊时期导致了学者们对孙氏本人及其英译的研究相对较少。

在孙氏之前英译过《楚辞》的有英国汉学家阿瑟·韦利、戴维·霍克斯以及国内译者林文庆、杨宪益和戴乃迭、许渊冲、卓振英等，但与这些译者的译作相比较而言，"孙大雨的《英译屈原诗选》21 篇（1996）在译文文辞和思想非常贴近原作，既有学术性探讨，又有详尽的讲解和注疏"[1]。

孙氏《楚辞》译作本身的特点为译者在所译诗文之前加入了大篇幅介绍屈原其人，其创作思想和风格以及屈原生活的年代对其作品影响的英文导论，及其在英文导论中对屈原的诗体学采用与《诗经》对比的方式进行了全面的分析、解释，并对其诗歌作品进行了音步分析[2]。在导论中孙氏不仅介绍屈原本人，还对每一首诗进行创作背景、格调、诗歌思想和主题等方面的分析，所有这些介绍和分析都是译者对读者的观照，都是译者在翻译过程中体现出的高度的读者意识。

学者严晓江将其翻译特色总结为："具有学者气度和学院派风格，译评结合、注释丰盈、弹性押韵"，进言之，"音译加注、直译加注以及意译加注的结合有效弥补了翻译中的文化缺失，这种研究型翻译散发出浓郁的书

---

[1] 张娴. 孙大雨《英译屈原诗选》"向后站"三维阐释视角[J]. 外语教学，2013（04）：109–113.

[2] 陶莉. 让世界了解中国——读《屈原诗选英译》[J]. 中国图书评论，1997（03）：56–58.

卷气息；普遍性和灵活性协调的押韵原则体现了严谨与自由相统一的译诗观念"[1]。

以孙译《九歌·云中君》中的一节为例：

浴兰汤兮沐芳，
华采衣兮若英。
灵连蜷兮既留，
烂昭昭兮未央。
謇将憺兮寿宫，
与日月兮齐光。

译文：

In eupatory-soused sweet water bathed,
With florid rainments blushing like fresh-blown flowers,
His divinity, coming down tall and slant,
with incessantly dazzling splendours.
Would be pleased with the altar He poreth on,
As he glareth vying the sun and moon.[2]

原文中描写的是扮演云神的女巫在芳香的兰草水中沐浴、将彩衣装饰得像鲜花一样缤纷灿烂，而扮演月神的男巫在盘旋起舞，周身不断焕发出灼灼的光芒。云中君安居在云间殿堂，由于群巫迎神、礼神、颂神，而安乐畅意、精神焕发、神采飞扬，与日月一样光辉灿烂。孙氏在翻译中将"兰汤"明确译为"eupatory-soused sweet water"，对应后一句中的"blushing"，描绘了女巫在沐浴兰草香汤后面如鲜花、精神焕发并安然快乐的样子。孙氏曾经指出："西方人之所以未能对屈原的理想和人格、思想感情、历史和政治背景、使用的文字典故以及精妙的诗意加以辨别，有所了解，主要问

---

[1] 严晓江. 孙大雨《屈原诗选英译》的翻译特色 [J]. 重庆交通大学学报（社科版），2013 (06): 132–139.

[2] 孙大雨, 译. 英译屈原诗选 [M]. 上海：上海外语教育出版社，2007.

题在于语言障碍以及缺乏优质的译本和全面深刻的介绍。"[1] 基于这样的认识层面上，孙译在整体形式和句意结构方面再现原作特征，并以灵活翻译的方法尽可能再现原诗情景。孙氏译文堪称"研究型"范本，长篇导读文字，翔实的文外注释，译、介、评相结合反映了"深度翻译"的理念。著名翻译家蒂里特说："翻译贵在发幽掘微，穷其毫末。在选词与琢句方面，要译出其文；在性格与风格方面，要译出其人；在褒贬与爱憎方面，要译出其情；在神韵与语感方面，要译出其声。"[2] 这"文、人、情、声"是对理想翻译的向往，不妨看作是对《屈原诗选英译》的写照。

再以孙氏英译王维诗《送元二使安西》（*Bidding Adieu to Yuan Junior in His Mission to Anxi*）来看其翻译特点：

渭城朝雨浥轻尘，
客舍青青柳色新。
劝君更尽一杯酒，
西出阳关无故人。

译文：

The fall of morning drops in This town of Wei,

Its dust light doth moisten.

Tenderly green are new willow sprouts,

Of this spring adorned tavern.

I pray you to quench one more full to the brim,

This farewell cup pf wine.

For after thy departure from this western most pass,

Thou will have no friends of thine.[3]

---

[1] 孙大雨, 译. 英译屈原诗选 [M]. 上海：上海外语教育出版社, 2007：305.
[2] 转引自：严晓江. 孙大雨《屈原诗选英译》的翻译特色 [J]. 重庆交通大学学报（社科版），2013（06）：132–139.
[3] 孙大雨. 古诗文英译集 [M]. 上海：上海外语教育出版社, 1997：155.

原诗也是一首离别诗，诗中有离别的深情，却非抑郁的感伤。此译诗可以更清晰地体现孙氏翻译策略。此译诗仍旧以诗译诗，采用了 aabb 式的尾韵押韵，但形式上却是和其他译者与原诗对行翻译的方式有所不同，孙氏将四行原诗拆译为八行，但拆译后译诗形式仍旧工整。细读译诗，译者在其中还增加了"doth""thy"以及"thine"等英语中的古词语，使译诗充满浓郁的古典气息，对原诗中诸如"渭城"和"阳关"这样的文化专有词也使用解释性的翻译方法。押韵、增加译诗诗行、古英语词汇使用及解释性翻译文化专业名词等翻译方法都具体体现了孙氏"研究型"的"深度翻译"理念。针对此译诗体现的孙氏翻译理念，有学者如此评价："孙译的首句将地名'渭城'直译出，其后并未加注，令译文读者疑惑不解，况且他完全可以变通译之，对表现原诗意义和意境都无太大损及，但整首译诗意境优美，写景清新，抒情低沉，字里行间洋溢着离情别绪，可谓感人肺腑，除有失简练之外，堪称佳译"①。

和徐忠杰译介一样都处于国内的特殊时期和特殊环境下，孙大雨的《屈原诗选英译》缺少英语世界传播的例证，但孙大雨的《屈原诗选英译》初次于1996年由上海外语教育出版社出版，十一年后的2007年，上海外语教育出版社在1996年版的基础上再版，是"外教社中国文化汉外对照丛书"的书目之一，这些都在一定程度上体现了孙氏英译屈原诗词的读者接受程度。

第五节　中西合璧的高峰——杨宪益

杨宪益先生（1915—2009）一生拥有众多包括学者、诗人和翻译家等在内的头衔，但终其所有，还是翻译家这个头衔更为世人所熟知。杨宪益先生的夫人戴乃迭曾在中国居住了近40年，是中国文学出版社英籍老专家和在国际上享有崇高声誉的翻译家和中外文化交流活动家。夫妇二人一

---

① 冯庆华. 文体翻译论[M]. 上海：上海外语教育出版社，2002：237.

起合作，创造出"翻译了整个中国"①的翻译成就。

在杨宪益的翻译中，《红楼梦》一书的英译即占据杨氏英译的大部分光芒，但其实诗歌翻译也占据杨氏翻译的三分之一，杨氏的诗歌翻译也分为汉诗英译和英诗汉译。其中，汉诗英译又是杨氏诗歌翻译的重心，本节分析以其早期《离骚》及后期《唐宋诗文选》英译为例。

众多学者考察杨氏诗歌英译历程后均将杨氏关于汉诗英译的翻译理念总结为第一阶段和第二阶段，即第一阶段为"'格律工整、节奏铿锵、音韵悠扬'的英诗格律体译诗"，在此阶段，杨氏体现出的是诗歌可译的绝对乐观主义；第二阶段为杨氏英译汉语古诗词的后期，此阶段的诗学理念特征为"'较少关注格律、节奏、音韵'的英诗自由体译诗"，此阶段实际体现出的是诗歌可译的相对怀疑主义②。《楚辞》英译可谓是杨氏汉语古诗词翻译的第一阶段杰作，下面以杨宪益夫妇合译的《离骚》片段为例展现杨氏第一阶段的翻译总策略。

> 日月忽其不淹兮，
> 春与秋其代序。
> 惟草木之零落兮，
> 恐美人之迟暮。

译文：

> Without Delay the Sun and Moon sped fast,
> In swift Succession Spring and Autumn passed;
> The fallen Flowers lay scattered on the Ground,
> The Dusk might fall before my Dream was found.③

---

① 杨宪益. 杨宪益对话集：从《离骚》开始，翻译整个中国 [M]. 北京：人民日报出版社，2011.

② 荣立宇，张媛. 杨宪益汉诗英译理念的变迁——从《楚辞》到《红楼梦》[J]. 上海理工大学学报（社会科学版），2018（01）：13–17.

② 荣立宇，张媛. 杨宪益汉诗英译理念的变迁——从《楚辞》到《红楼梦》[J]. 上海理工大学学报（社会科学版），2018（01）：13–17.

③ 杨宪益，戴乃迭（译）. 楚辞选 [M]. 北京：外文出版社，2001：2.

原作意为太阳与月亮互相更替，未尝稍停；新春与金秋相互交替，永无止境；想到草木不断飘零凋谢，不禁担忧美人终会衰老。诗人以景喻情、以诗言志，诗中"美人"被指代楚怀王，诗人借"美人"言其情志，表达出其对楚国、楚国民众及诗人自己命运的担忧，在忧"恐"之际仍对昏庸的楚怀王仍抱有一丝幻想，希望怀王支持其政治改革。杨、戴二人在互文关联的基础上，以隐喻的方式道出诗人对楚国命运的担忧，并希望在黄昏降临之前实现自己梦想的心情。译文采用以诗译诗的方式，在译诗中体现了英诗特有的节奏、格律以及音韵。对应此译本，英国汉学家大卫·霍克斯曾评价其像蒲伯译荷马史诗那样富有诗感，但不忠实于原文："这部《离骚》的诗体译文在精神上与原作的相似程度正如一只巧克力制成的复活节鸡蛋和一只煎蛋卷的相似程度一般大。"[①] 杨氏的《离骚》英译使用了归化策略，译本获得巨大成功，这一时期的杨氏英译被视为汉语古诗词英译中格律派的代表，此译本迄今仍被收藏于欧洲各大学图书馆。

后期的杨宪益在第一阶段翻译的基础上认识到："每国文字不同，诗歌规律自然也不同。追求诗歌格律上的'信'，必然造成内容上的不够'信'。我本人过去也曾多次尝试用英诗格律译中文作品，结果总觉得吃力不讨好。"[②] 在对诗歌内容与形式的权衡之下，杨氏后期的诗歌翻译不再刻意追求以诗译诗，而是改用散体译诗。在此情形下，夫妻二人后期合译的《唐宋诗文选》（1984年）"把散体译文推到了空前的水平"[③]。杨宪益散体译诗在此英译《唐宋诗文选》中即可以找到充足的例证，如王维的《送别》。

> 下马饮君酒，
> 问君何所之？
> 君言不得意，
> 归卧南山陲。

---

① 杨宪益. 漏船载酒忆当年 [M]. 薛鸿时，译. 北京：北京十月文艺出版社，2001：76.
② 杨宪益. "略谈我从事翻译工作的经历与体会". 金圣华、黄国彬，编. 因难见巧：名家翻译经验谈 [M]. 北京：中国对外翻译出版公司，1998：84.
③ 周仪，罗平. 翻译与批评 [M]. 武汉：湖北教育出版社，2005：101.

但去莫复问，
白云无尽时。

译文：

A Farewell I dismount from my horse and drink your wine.
I ask where you're going.
You say you are a failure.
And want to hibernate at the foot of Deep South Mountain.
Once you're gone no one will ask about you.
There are endless white clouds on the mountains.

原诗描述的是朋友因政治失意打算到终南山隐居，诗人请朋友临行前下马喝饯行酒，并告诉他归隐山林悠闲自在，犹如山间白云悠悠不尽的场景。从译诗中可以看到，译者为了较准确地传达原诗的精神实质，在诗歌内容与形式的权衡上，已经改用散体译诗。译诗不再强调诗歌韵律及节奏等形式，而是更加注重意义和意蕴的表达，因此译诗虽为散体形式，但忠实原文、表达清晰。

对于杨氏前后阶段翻译观念的转变，辛红娟教授高度评价其"彰显了中国传统中庸哲学的调适性选择"。[①] 虽然包括汉语古诗词英译在内的诗歌翻译是杨宪益翻译译著和成就中较少被关注的一个领域，但杨老先生在汉语古诗词英译领域中所获得的成就仍旧不能被忽视。杨氏夫妇的文化传播理想以及严谨认真的翻译态度在国际上得到了应有的尊重，英国伦敦大学把他们（杨氏夫妇）的译著，如《史记》、《唐代传奇小说》、洪昇的《长生殿》、明代《平话小说》以及《红楼梦》、《儒林外史》等，都当作中文系必修的教材。荷兰著名的莱顿大学，有半壁书架挤满了他们的译著，其收集之博，比他们自己记忆的还要多。澳大利亚堪培拉国际大学，也收藏了一大书架他们的译著。香港大学更为他们的译著单设了特别的书架。英国汉学学会、意大利但丁学会、香港翻译学会等，都授予杨老荣誉会员与

---

① 辛红娟. 杨宪益诗歌翻译的中庸之道 [J]. 湖南科技大学学报（社会科学版），2018（03）：142–148.

院士称号。1993 年 3 月，香港大学特地颁发杨老名誉文学博士学位，以表彰他在文学和历史方面的贡献。① 所以应该说，杨氏夫妇对汉语古诗词在英语世界的传播和英语读者的接受做出了巨大的贡献。

第六节　译诗数量居首的译者——许渊冲

出生于 1921 年的翻译家许渊冲先生（1921—2021）从事文学翻译半个世纪之久，为中国文化的对外传播贡献了一己之力。许老先生名片上两行醒目的介绍"书销中外百余本，诗译英法唯一人"概括了许老的杰出贡献和巨大影响。许氏终生致力于中西文化互译工作，其中汉语古诗词英译几近一半。凭借巨大成就，许氏于 1999 年被提名为诺贝尔文学奖候选人，2010 年获中国翻译协会颁发的"翻译文化终身成就奖"，2014 年获国际翻译界最高奖项之一的"北极光"杰出文学翻译奖，并成为该奖项设立以来首位获此殊荣的亚洲翻译家。加拿大多伦多大学图书馆世界诗歌中心网站（http://rpo.library.utoronto.ca/glossary），从诗歌翻译角度将许渊冲视为中诗英译最伟大的在世翻译家：They (Tang poems) have been translated into English by the greatest living translator of Chinese poetry into English, Xu Yuanchong, as a testimony to its compiler's intent: "Learning three hundred Tang poems by heart, you can chant poems though you know not the art."

与其他译者相比，许渊冲先生有着非常典型的特点，即"以其惊人的译作数量和翻译理论备受关注，但又要时时面对学界的不断质疑，堪称中国近代翻译领域最有争议的人物之一"②。

就诗词翻译而言，迄今，许氏将从《诗经》《楚辞》开始，至汉魏六朝诗、唐诗、宋词、元曲、元明清诗，包括近现代诗歌近三千首汉语古诗词英译为英、法韵文，他的翻译已经可以为读者提供中国文学史韵文的基

---

① 杨宪益. 杨宪益对话集：从《离骚》开始，翻译整个中国 [M]. 北京：人民日报出版社，2011：260–261.

② 许渊冲. 新世纪的新译论 [J]. 中国翻译，2000：2–6.

本发展脉络。

　　许老先生在翻译实践的同时也进行翻译理论概况。在其分别于《中国翻译》1999年第2期上发表的《译学要敢为天下先》和2000年第3期上发表的《新世纪的新译论》中把自己的翻译理论高度概括为"美化之艺术，创新似竞赛"，其中"美"即"三美"理论，即意美、音美、形美；"化"即"三化"，即"等化、浅化、深化"，意为化用原作者用译语的创作；"之"为"三之"，即"知之、好之、乐之"，意为译作能使读者明了原作内容，对译作产生兴趣，反之译作对读者就对读者产生吸引力；进而，"艺术"为"翻译是艺术，不是科学"；"创"为"文学翻译等于创作"；"优"为"翻译要发挥译文语言优势"；"似"即"意似、音似、形似"或者"意似、音似、神似"；"竞赛"为"翻译是两种语言的竞赛，文学翻译更是两种文化的竞赛"。归纳起来，"三之"是翻译这些的目的论；"三化"是方法论，"发挥优势"既是认识论，又是方法论，统帅全局。"三美"是本体论；"艺术""创作"和"竞赛"是认识论；"神似"是目的论。①

　　此外，许老先生还进一步将马克思主义哲学是实践论和矛盾论应用于翻译，并且将译论和自然科学中的数学、物理、化学、生命科学等结合起来提出了六论，即实践论、矛盾论、1+1＞2论；发挥译语优势论、超导论、化学论和克隆论。

　　姑且不论接受度如何，许渊冲先生的译诗成就从数量上来说是无可厚非的。在其几十年的翻译生涯中，他将近三千首汉语古诗词译为韵体英语和法语。如此终生致力于中华古诗词文化传播的精神实在是值得赞扬。同时，许渊冲先生也注重理论探索，他在发表百余篇翻译类论文的过程中将翻译理论探索统一，整合了以往零散的翻译理论，从方法论、目的论、认识论和本体论等四个维度全面关照文学翻译，将文学翻译提高到与文学创作同等的地位。

　　但由于"他个性张扬，争强好胜，喜欢标新立异，相当一部分文章都带有争鸣性质，而且大都涉及对具体译例的讨论。由于出发点是为了证实自己翻译主张的有效性，因此往往以批评他人译文开始，又以推出自己的

---

① 许渊冲. 汉英对照唐诗三百首[M]. 北京：高等教育出版社，2002：13a–14a.

范文结束。他批评别人几乎不留情面，大都以定性评价为主，有时难免过于武断，加之评判标准因人而异，当事人乃至旁观者自然会据理力争。"[①] 基于此基础上，马红军教授总结出，从 20 世纪 80 年代开始，国内学术界围绕许氏翻译思想及实践先后展开的三次较大规模的学术论战，即韵体译诗利弊之争、归化异化导向之争、"优势竞赛"悖论之争，如果再加上许老先生本人参加过的论战或是辩论，则远不止三次。

无论如何，许氏的汉语古诗词英译在英语世界有着一定的影响力。墨尔本大学的美国学者寇志明称赞《楚辞》译本为"当今英美文学里的一座高峰"。世界著名的企鹅出版社于 1994 年出版了许氏《中国不朽诗三百首》，并在英美澳家等国同时发行，这是企鹅文学经典丛书首先选用中国国内本土译者的汉语诗词英译本，并在封底称"此书译文优秀"，也是许氏英译在英语世界接受度的一次证明，现以译著中王勃《送杜少府之任蜀州》英译为例。

城阙辅三秦，
风烟望五津。
与君离别意，
同是宦游人。
海内存知己，
天涯若比邻。
无为在歧路，
儿女共沾巾。

译文：

You'll leave the town walled far and wide;

For mist — veiled land by riverside.

I feel on parting sad and drear;

For both of us are strangers here.

[①] 马红军. 从文学翻译到翻译文学——许渊冲的译学理论与实践 [M]. 上海：上海译文出版社，2006 年第 1 版：73.

> If you have friends who know your heart;
> Distance can not keep you apart.
> At crossroads where we bid adieu;
> Do not shed tears as women do.[①]

原诗为离别诗，但诗人并没有使用通常离别诗中伤感、惆怅的语调，反而现出一种大气和壮阔。译者在译诗中体现的就是其"意美、形美与音美"的"三美"翻译观。译文严格按照以诗译诗的方法，节奏铿锵、押韵规整，形式上整体统一，对"三秦"和"五津"这样富含文化含义的词以意译的方式笼统译出"town walled far and wide"和"land by riverside"，为英语读者增加文化意义的阐释与转换，弥补翻译过程中诗歌所流失的内容，并同时尽量保持原诗的文化特色，以使读者获得更多的阅读享受。这样的翻译体现出许氏译介中一直持有的读者意识，他说："其实译文主要是给英美人读的……美国哥伦比亚大学伊生博士在中国教大学英语教师的英文，来信说我译的《送杜少府》最好……"[②]虽然马红军教授在其专著《从文学翻译到翻译文学——许渊冲的译学理论与实践》中通过问卷调查的实证方式测定许氏译诗总体介于"很好"与"一般"之间，但许氏近三千首汉语古诗词英译首先从数量上就居于汉语古诗词英译之首，况且翻译文学在有些英语国家本身就不太受关注，例如美国[③]。许渊冲汉语古诗词英译的数量与其在英语世界的接受度虽无法匹配，但随着中国国际地位的提高和中国文化逐渐变成世界文化的主流，许渊冲先生的译诗和译论在英语世界应该会有更广的传播和更高的接受度。

---

① 许渊冲. 唐诗三百首[M]. 北京：高等教育出版社. 2000：9.
② 许渊冲. 文学与翻译[M]. 北京：北京大学出版社，2003：273.
③ "美国对外语文学作品的翻译数量，最高不过占所有文学作品出版总量的3%。这是数年前来自一家名为鲍客公司的统计数字，指每年在美国出版的图书中，译作仅占3%。这一数字被广泛引用，用以哀叹美国文化界的孤立主义和自闭传统。但纽约罗切斯特大学的学者们怀疑，3%也属高估，遂决定创设'百分之三'研究计划。研究者广泛收集书目，同时向出版商咨询，终自2008年起，连续获得相对精确的数据。研究结果更加出乎人们的意料：2010年美国翻译出版的外语小说和诗歌总计317种，比前两年减少了十多个百分点。所谓'3%'，不过是就全门类译作而言，而在小说和诗歌领域，译作比例竟连1%都不到——大约只有0.7%"（宋炳辉. 文学史视野中的中国现代翻译文学——以作家翻译为中心[M]. 上海：复旦大学出版社，2013：166.）

第七节　散文体译诗的典范——翁显良

从1924年出生至1983年逝世，翁显良先生（1924—1983），学识渊博，在战争年代投身革命，经历过烽火考验，仍旧坚持不懈。其大部分译作论著均在1978年后，也就是翁老先生最后的短短几年中发表的。

翁先生的代表作为1985年北京出版社出版的《古诗英译》和1982年中国对外翻译出版公司（现中译出版社）出版的《意态由来画不成？——文学翻译丛谈》，前者为其逝世后，由北京出版社出版的翻译实践代表作，后者则既是翻译理论又是翻译实践的论著。

张积模教授在《解放军外国语学院学报》第4期上发表《试评翁显良教授〈古诗英译〉一书的得与失——兼谈散文体译诗的利弊》，并在文中评价："1985年，翁显良教授《古诗英译》一书的问世，标志着汉诗英译的又一次新的尝试。翁译以其独特的风格，传神的诗笔，在翻译园地里占有一席不可忽视之地"，并对翁氏英译的"新尝试"概况为"貌非神是""意足神完"以及"声随意转，节奏性强"[1]。许渊冲先生在论及翁译的价值与意义时也说："十一届三中全会后，我国翻译界出现了百花齐放，文艺复兴的新局面。首先翁显良在《古诗英译》中把古诗体译成散文诗体，把'创造派'的译法提到了前所未有的高度。"[2] 较之之前从蔡廷干开始到许渊冲为代表均把汉语古诗词译为韵文的译者而言，翁显良译为散文诗体，确是国内译者汉诗英译的新尝试，也是汉诗英译实质性突破。翁氏自己在《古诗英译》一书小序中说过："再现形象，不能背离诗人的本意，……然而再现绝不是临摹，似或不似，在神不在貌……"。结合《意态由来画不成？》中的观点，翁氏翻译观清晰地体现为"意态由来画得成""得作者之志"

---

[1] 张积模. 试评翁显良教授《古诗英译》一书的得与失——兼谈散文体译诗的利弊[J]. 解放军外国语学院学报，1992（04）：93-97.

[2] 许渊冲. 文学翻译谈[M]. 台北：书林出版有限公司，1998：70.

"用汉语之长",以及"求近似之效"[①]。由此也可得知,鉴于英汉两种语言的差异,翁氏持汉语古诗词不可移译的观点。基于此观点,翁氏使用散体译诗的翻译策略来呈现原作古诗中的"神"。为了让不甚了解中国文化的英语读者尽可能地读懂汉语古诗的诗意和韵味,翁氏通过在译文中使用直接增补和点明意象内涵的翻译方法对原作中意境进行再创作。为了突出意象,翁氏还大胆舍弃了包括音韵在内的原始形式,不拘泥于原诗作的表层结构,用英语对原诗作进行再创作,马致远的元曲《天沙净·秋思》即为体现其翻译思想的代表译作之一。

枯藤老树昏鸦,
小桥流水人家;
古道西风瘦马,
夕阳西下。
断肠人在天涯。

译文:

Autumn

Crows hovering over rugged old trees wreathed with rotten vine—the day is about done. Yonder is a tiny bridge over a sparkling stream, and on the far bank, a pretty little village. But the traveler has to go on down this ancient road, the west wind moaning, his bony horse groaning, trudging towards the sinking sun, farther and farther away from home. [②]

作为"秋思始祖",原作中使用的是非常简练的修饰语和中心词组合,带有强烈的音韵节奏效果,描绘出荒凉的乡村景致。全文没有一个"秋"字,但读者体会的却是一副落寞的秋景和寂寞的悲凉。国内学者对翁氏译

---

① 包家仁,梁栋华. 翁显良先生翻译观初探 [J]. 暨南学报(哲学社会科学),2003(06):110-114.

② 黄国文. 从《天净沙·秋思》的英译文看"形式对等"的重要性 [J]. 中国翻译,2003(03):21-23.

本也多有争议，有学者认为"翁译虽是散文体，但其选词更倾向于对曲中主人公心情，情绪的形容，译得更清新雅致，深得原曲神韵，再现原曲的景外之象，诗外之言，从而引发读者去寻味去思考"[①]，也有学者认为"翁显良的译法的确很自由地表达了原文的意象和意境，但他的译文太夸张而背离了原文，同时仔细比较两译本之后，读者会发现翁显良的翻译很少触及韵律与韵脚，没有韵体派那么多的音乐节奏感和美感"[②]。这些均来自国内学者评论，没有多少资料显示英语读者对翁显良散文体译诗的评论，但在《〈天沙净·秋思〉三英译的接受效果分析——来自德州大学孔子学院师生的问卷调查》一文中，64名美国师生对翁氏散文体译本整体评价为"很好理解"，甚至于又部分受访者表示喜欢这种"讲故事"的方式，其中78%认为此译本很好。只有4位受访者（对诗歌很感兴趣并懂汉语的大学老师）认为此译本中添加了太多原文本中隐含的意义，虽然易于理解，却使诗词失去了原有的韵味。[③] 这些分歧较大的意见均源于译作中的散文体译诗策略。

这样的翻译策略其实是出自翁氏所持有的译诗比起原诗"有多有少，未必不准确；不多不少，其准确性反而可疑"[④] 的认识，及翁氏"钻入（原诗）深层后重新构思再创作"[⑤] 的翻译策略，以达到"用译文语言之长，充分发挥译文语言的优势"[⑥]。翁氏选择散文译诗策略的目的直接指向的就是译文读者，他要"让英译文的读者易于直接体会到一首诗的意境"[⑦]，进而在译本阅读中体会到与原文本读者相近的阅读享受。无论效果如何，这是

---

① 金春笙. 汉诗英译"形式对等"重要性之我见——与黄国文先生商榷[J]. 中国翻译，2007（02）：33–37.

② 刘俊林. 从风格、美学角度分析《天沙净·秋思》的两个英译本[J]. 青年作家：中外文艺，2010（11）：29–31.

③ 吴琼军.《天沙净·秋思》三英译的接受效果分析——来自德州大学孔子学院师生的问卷调查[J]. 湖北第二师范学院学报，2016（01）：110–112.

④ 翁显良. 浅中见深——汉诗英译琐议之二[A]. 诗词翻译的艺术[C]. 北京：中国对外翻译出版公司，1987：23.

⑤ 翁显良. 观点与笔调[C]. 杨自俭，刘学云. 翻译新论：1983—1992. 武汉：湖北教育出版社，2003：137.

⑥ 翁显良. 意态由来画不成：文学翻译丛谈[M]. 北京：中国对外翻译出版公司，1982：2.

⑦ 翁显良. 古诗英译[M]. 北京：北京出版社，1985：107.

翁老先生为英语读者的接受所尽的努力。自翁氏之后，国内的汉语古诗词英译虽然也还是以"以诗译诗"为主流，但翁氏散体译诗也开启了汉语古诗词英译的新思路和新流派。

第八节　格律体译诗的回归——吴钧陶

出生稍晚于翁显良先生的吴钧陶（1927— ）既是一位诗人，也是一位翻译家。吴钧陶先生生于书香门第，但由于自小病痛的折磨，即使家境优渥也没有能够得到良好的学校教育，从中学以后就没有完整的学校教育经历。吴钧陶先生有别于其他译者的第一个特征就是没有连续的学校教育，吴氏靠顽强的毅力，以及对文学的爱好，写作、发表，后续一直供职于上海译文出版社，并加入中国作家协会。吴氏生平的第二个特征即是为人仗义，因为他的努力，孙大雨先生的《屈原诗选英译》得以发表。"1993年4月26日，吴钧陶撰写的《丝将尽，泪欲干》一文刊发在《新民晚报》副刊"夜光杯"上，向广大读者呼吁，重视孙大雨的译作。第三天，有外资企业派人访问吴老，有意资助孙大雨出版译著，那一刻，吴钧陶喜极而泣。1996年，孙大雨的《屈原诗选英译》和《孙大雨诗文集》出版。"[①]

吴钧陶先生出版的翻译代表作有《杜甫诗英译一百五十首》（*Tu Fu: One Hundred and Fifty Poems*）和《唐诗三百首新译》，前者是吴氏个人代表译作，后者则是由香港商务印书馆邀约许渊冲、陆佩弦与吴钧陶共同主编并翻译的。

吴氏从一千多首杜甫诗歌中选译了一百五十首，1985年由陕西人民出版社出版，这就是《杜甫诗英译一百五十首》。因为吴氏的《杜甫诗英译一百五十首》与翁显良先生的《古诗英译》同发表于1985年，翁氏古诗英译中也选译了杜甫诗歌，且两位译者刚好使用了截然不同的翻译策

---

① 吴钧陶："纸囚一世"亦英雄[N]．文汇报，2016-09-11（参见网页：http://whb.cn/zhuzhan/kandian/20160911/68983.html）

略，因此二位译者的杜诗英译也常被用于并列比较，而这样的比较也使读者对不同译者不同的诗学翻译理念和翻译策略有更深刻的认识。

学者周维新、周燕于《外国语》1987年第六期上撰文发表对比翁、吴二人英译杜甫诗歌之不同。不同于翁氏的散体译诗翻译理念，吴氏在《杜甫诗英译一百五十首》序中提道："要比较完美地传达原著的精神和面貌，就必须尽最大努力接近原著的精神和面貌。原著是诗，最好不要把它翻译成散文。原著是严谨的古典格律诗，最好不要把它翻译成现代自由诗。"① 如果说翁氏英译是无拘无束的自由派，那吴氏英译则是工整贴切的严谨派。从形式方面来看，翁译变通原文，译成散文，吴译忠实于原文，译成律诗，翁译平铺直叙，结构疏松，吴译苦心锤炼，思维缜密。从音韵方面来看，翁译不受格律限制，灵活引申，畅所欲言，确有"意美"之利，但吴译纯正浑厚，兼有节拍感和音乐感，诗意泱然。从内容方面来看，翁译自由发挥，善于揭示原诗内涵，画龙点睛，而吴译则憨厚翔实，妥为保留原诗内涵，引而不发，引人深省。只是如此一来，翁译的画龙点睛可能会反而画蛇添足，而吴译则因严守原诗格调，不轻易打乱原诗，反倒以质朴的译文取胜。但总的说来，一为散文，一为诗歌，两种译文不但做到了"信、达、雅"，而且堪称畅达俏美。② 从下面杜甫《病马》一诗的前四句翁显良译本和吴钧陶译本来看吴氏英译：

乘尔亦已久，天寒关塞深。
尘中老尽力，岁晚病伤心。

翁译：

You've long been ridden, too. Out-in the cold now, deep in the mountains, toiling along the dusty road, old nag. Sick, alas! Towards the end of the year.③

---

① 吴钧陶. 杜甫诗英译一百五十首[M]. 西安：陕西人民出版社，1985：31.
② 周维新，周燕. 杜诗与翻译[J]. 外国语 1987（06）：44—48.
③ 翁显良. 古诗英译[M]. 北京：北京出版社，1985：25.

吴译：

> You give me a ride for many a year;
> Now it is cold at the mountain pass here.
> Towards the year's end, on the path muddy,
> I'm sorry you towing your old, sick body.[①]

　　此诗为典型的咏物诗，诗人杜甫通过借吟咏老"病马"来表达自己晚年落魄的心绪。对比两个译本，翁译使用散文叙事的形式，将诗歌中的事件娓娓道来，更加充分地表达了诗人情感，尤其是"Sick, alas！"，既突出了马"病"的题眼，又使用英诗中诗人常用于抒发自己情感的词以便英语读者对译诗中蕴含情感获得最直接的感受。而吴译则直接使用了英语读者熟知的传统格律英诗形式，也在最后一句末尾用"old"和"sick"点明诗歌主旨。"翁译简明潇洒，不落俗套。吴译则纯正浑厚，兼有节拍感和音乐感，诗意映然。诚然，翁译不受格律限制，灵活引申，畅所欲言，确有'意美'之利，但吴译不仅"意美"，而且兼有"形美"和"音美"，风采更佳。"[②]

　　目前没有资料显示吴钧陶先生的《杜甫诗英译一百五十首》有在英语国家传播的影响，但 1988 年由香港商务印书馆邀约许渊冲、吴钧陶等译者共同编辑出版的《唐诗三百首新译》可以被视为吴氏汉语古诗词英译在英语读者中的接受度的体现。只是就总翻译策略而言，翁显良先生之后，从吴钧陶先生起，汉语古诗词英译的总策略又回归到传统的以诗译诗的格律派翻译大潮流中去了。

第九节　"三美"理论的坚持与革新——郭著章

　　郭著章于 1941 年出生于河南虞城县，自幼家贫，但读书异常用功。

[①] 吴钧陶. 杜甫诗英译一百五十首 [M]. 西安：陕西人民出版社，1985：132.
[②] 周维新，周燕. 杜诗与翻译 [J]. 外国语，1987（06）：44—48.

郭氏自小热爱中文和历史，这些都为其日后从事的翻译工作打下了坚实的基础。郭氏自考入武汉大学英文系后开始系统学习英文，之后留校任教并一直从事英汉互译工作。郭著章先生于1992年起享受国务院特殊津贴，2013年获得中国翻译家协会资深翻译家殊荣。郭著章先生的代表作有1992年武汉大学出版社出版的《汉英对照〈千家诗〉》(*An Anthology of Popular Ancient Chinese Poems*) 和1994年湖北教育出版社出版的《唐诗精品百首英译》(*The Gems of Tang Poems and Their English Versions*)。

  郭氏对于汉语古诗词英译提出的翻译理念是"尽最大努力争取英译在意、形、音三方面都尽量表现原诗之美，忠于原作，达到神似、形似乃至音似之要求。所谓神似，就是如实传达原诗内容和风格信息以及神情韵味……若三似无法兼顾，则舍音似而保意似和形似；在意、形之似无法得兼的情况下，则舍形似而力保最重要的意似，决不做因韵害义（意）等削足适履之类的事情"[①]。郭氏对于汉诗英译的翻译理念与许渊冲先生的"三美"理论相当接近，只是许氏将"意"放在了首位，"音"在第二位，"形"在第三位，而郭著章先生同样将"意"置于翻译实践的首位，但"形"和"音"分别于第二位和第三位。郭氏认为诗歌之美就在于意、形和音的完美结合，其中，达意是诗歌翻译的初级阶段，达意且形美则更胜一筹，如能三者兼顾则几近完美；但如果三美无法同时兼顾，则应"舍音似而保意达"，而在意、形无法同时兼顾时，则应"舍形似而力保最重要的意似"，此过程中绝不能"因韵害义（意）、因数字害义（意）"。郭氏就诗歌翻译的内容方面提出了清晰而具有逻辑性的理念，此外，在论及译者时，郭氏提出译者不必是诗人。他认为，在实际生活中，既是诗人又精通两种语言者不多，精通两种语言却不是诗人者则相对较多，而后者之中多有翻译诗歌之人，且颇具成就者不在少数。诗人并不一定比常人更具才情，译诗成败重在译者的双语能力、文化功底、知识眼界、态度方法和感受能力。诗歌翻译的标准仍然是"信"，这就要求译者在原语、译语和文化知识三方面功力深厚。除了对译者的要求，在选材方面也是提倡译者要尽量选择自

  [①] 郭著章. 唐诗精品百首英译"关于本书英译"[M]. 武汉：湖北教育出版社，1994.

己喜爱的原诗，只有喜欢，才能译好。[①] 郭氏英译理念在其王维《送元二使安西》英译中就得以体现：

> 渭城朝雨浥轻尘，
> 客舍青青柳色新。
> 劝君更尽一杯酒，
> 西出阳关无故人。

译文：

> What's got Weicheng's path dust wet is the morning rain,
> The willows near the Hotel become green again.
> I urge you to empty another cup of wine,
> West of the Yangguan Pass you'll see no more of mine.[②]

与孙大雨译本相比即可更加清晰地郭氏英译特色。在此译本中，译者使用了 aabb 式押韵，两个韵均余音绵长，可较好地体现离别之情，抑扬格的使用也使得译诗读起来有较强的节奏感。还有，郭译整体形式均衡、工整，与原诗的四句一一对应。通过韵式微调和句式对应，郭氏清晰、生动地再现了原诗意境，尤其 "empty another cup of wine" 和 "see no more of mine" 贴切地译出 "更尽一杯酒" 和 "无故人" 的惜别之情。郭教授在翻译领域成果颇丰，但涉及汉语古诗词英译的译著只有《汉英对照〈千家诗〉》和《唐诗精品百首英译》两部。这两部译著都被美国国会图书馆等海外机构收藏[③]，表明郭氏的汉语古诗英译在英语国家得到了相对的认可并已经有了一定的接受度。

[①] 郭著章，序 [A]．见刘军平．新译唐诗音韵百首 [M]．北京：中华书局，2002b.
[②] 郭著章，傅慧生．汉英对照《千家诗》[M]．武汉：武汉大学出版社，2004：127.
[③] 参见网页：https://baike.baidu.com/item/%E9%83%AD%E8%91%97%E7%AB%A0/1588151?fr=aladdin

第十节 "传神达意"的倡导者——汪榕培

汪榕培先生（1942—2017）于 1942 年出生于上海，研究生毕业后一直从事英语教育工作，是我国著名英语教育家、语言学家、词汇学家，更是一位优秀的翻译家。

汪榕培先生的典籍英译事业始于 1991 年《老子》英译，自此他便对典籍英译一往情深。在其完成的六十多部英译典籍作品中，汉语古诗词为其中重要的一部分，包括《诗经》《英译陶诗》《汉魏六朝诗 300 首》等。其中，于 1990 年外研社出版的《英译陶诗》（*The Complete Poetic Works of Tao Yuanming*）是我国第一部陶诗的全译本。

汪榕培对自己的翻译思想即理念论述较少，他在"今人译古诗——英译《古诗十九首》札记"中说过："我的译诗标准只有四个字：'传神达意'，即传达原诗的神韵，表达原诗的意义"[1]。汪老先生又在《英译陶诗》自序中说："我的翻译原则还是四个字：传神达意。……陶诗原来是押韵的，所以我采用的是韵译的方法，难免有'因音损义'的地方。不过译诗重要的是表达意境，不是传达每一个细节……"汪氏在"国人译汉诗"一文中着四个字的译诗原则进一步给出了两条注释：第一，'传神'就是传达原作的神情，包括形式（form）、语气（tone）、意象（image）、修辞（figure of speech）等等；'达意'就是表达原作的意义，尤其是深层意义（deep meaning），尽量照顾表层意义（surface meaning）。第二，这四个字不是并列结构（'传神'和'达意'不是并重的），而是偏正结构（'传神'是'达意'的状语，即'传神地达意'）"。一首好的译诗首先要表达原作的基本意义，传神是在达意基础上的传神，是锦上添花，不达意则无神可传。[2]

在"传神达意"翻译观的基础之上，汪氏采取了相应的韵体译诗的翻

---

[1] 汪榕培. 今人译古诗——英译《古诗十九首》札记 [J]. 解放军外国语学院学报，1996（06）：46-51.

[2] 汪榕培."国人译汉诗"，比较与翻译 [M]. 上海：上海外语教育出版社，1997：119.

译策略以对英语读者传递原诗的意境。例如五言古体的陶诗，汪榕培基本上用的是十音节五音步抑扬格律，原诗是双数行押韵，一韵到底，译诗就是每两行一韵，韵脚设计为 aabbccdd。[①] 再如针对被用来增加诗歌历史、文化方面广度、深度从而形成温柔敦厚的美学效果的典故，汪先生则使用"诠释性化入"的方法，对诗歌中典故化隐为显，化繁为简，用浅化、淡化的方法使解释性语言符合译诗的韵律和节奏，进而把典故中传达的文化信息更好地融入译诗的主题和风格的翻译策略[②]。

汪老先生英译的陶渊明诗歌《饮酒·其五》就极好地体现了汪氏"传神达意"的翻译观：

结庐在人境，而无车马喧。
问君何能尔？心远地自偏。
采菊东篱下，悠然见南山。
山气日夕佳，飞鸟相与还。
此中有真意，欲辨已忘言。

译文：

My house is built amid the world of men,
Yet with no sound and fury do I ken.
To tell you how I can keep deaf and blind,
Any place is calm for a peaceful mind.
I pluck hedge-side chrysanthemums with pleasure,
And see the tranquil Southern Mount in leisure.
The evening haze enshrouds it in fine weather,
While flocks of birds are flying home together.
The view provides some veritable truth,

[①] 徐伟儒．音形义在别样美——评汪榕培《英译陶诗》[J]．外语与外语教学，2001（08）：48-51．

[②] 李瑞凌．出神入化了无痕——汪榕培翻译诗歌典故策略管窥[J]．大连海事大学学报（社会科学版），2016（01）：117-120．

But my defining words seem to me uncouth.[①]

  诗歌描写了诗人摆脱世俗烦恼后，从南山的美好晚景中获得的无限乐趣的感受。唐代诗人钱起将陶渊明诗中对田园风光、山林景色的精彩描绘概括为"林端忽见南山色，马上还吟陶令诗"。五言诗是陶渊明诗歌的主要特色之一，并以双数行押韵。汪氏英译在音的再现方面基本使用了传统的英语格律诗形式，每两行一韵，形成 aabbccddee 的韵脚，在形式上也基本保持了工整统一，甚至将原诗中名句"心远地自偏"中隐含的诗人归隐后的道家和佛家思想用"Any place is calm for a peaceful mind."表现出来。正所谓徐伟儒教授所说："尽管'诗无达诂'，但是在汪先生的理解基础上，英语译文的意义同陶诗原文基本符合，这里所讲的"基本符合"，并不是字对字的对应，而是指深层含义相符。"[②]

  汪榕培先生的翻译涉猎典籍、诗歌以及戏剧等，但目前所知还只有戏剧英译有在英语世界得以传播，2017年8月《汤显祖戏剧全集》(*The Complete Dramatic Works of Tang Xianzu*)英文版版权被授权给英国布鲁姆斯伯里出版集团（Bloomsbury Publishing PLC），由该公司以纸质图书和电子书的形式通过其英国公司、美国公司和印度公司出版发行，并被收录入该出版集团的"在线戏剧图书馆"网站。汪榕培先生还长期为上海昆剧团、北京昆剧团和浙江昆剧团的演出字幕做英译工作，这些都极为有力地推动了昆曲艺术走向世界。应该说，凭借戏剧形式，其中的古诗词也跟随昆曲"走到"了英语世界。

第十一节　小结

  在英汉语文化交流的过程中，除了上述十位"文化外部人"之外还

[①] 汪榕培. 英译陶诗 [M]. 北京：外语教学与研究出版社，2000：41.
[②] 徐伟儒. 音形义在别样美——评汪榕培《英译陶诗》[J]. 外语与外语教学，2001（08）：48-51.

有很多其他译者同样在为中国文化的传扬做出努力和贡献,例如林语堂、钱锺书和现在仍在为之付诸实践的卓振英、顾正阳等学者。以本章所选十位译者为例,和西方汉学界的汉语古诗词英译发展进行比对之后可以发现以英国和美国为主导西方汉学界和汉语古诗词英译和中国国内译者的汉语古诗词英译恰似文世界学史上两条汩汩而流的长河,偶有交集但大多数时候有着各自的发展轨迹,二者的整体状况在各个方面有着明显差异。对比"文化内部人"及其译作,"文化外部人"及其译作呈现出以下几个方面特征。

第一,总体较晚。中国国内的汉语古诗词英译晚于西方汉学界。于西方汉学界而言,姑且只论包括汉语古诗词在内的中国文学被译为英文介绍到欧洲并进而影响整个英语世界的时间,以理雅各为起点,《诗经》第一个英译本发表于1871年。反观中国国内,第一部由中国本土学者蔡廷干独立完成的英译中国诗集《唐诗音韵》则是在1932年由美国芝加哥大学出版社出版。

第二,与"文化内部人"之间更为紧密的师徒或朋友式的传承或合作关系相比,基本没有资料显示出"文化外部人"之间有类似的学缘关系。除了杨宪益与其夫人合作合译之外,几乎没有资料显示其他译者有如同理雅各与王韬、陶友白与江亢虎以及王红公与钟玲那样,后者给予前者翻译上帮助与合作的关系。吴钧陶先生推动了孙大雨先生的译著出版,但即便如此,二人之间也没有更为紧密的合作关系。

第三,相较"文化内部人"除译者身份之外的身份多样化,"文化外部人"除译者之外的身份则较为统一。此处涉及的十位译者除蔡廷干是晚清和北洋时期政军事和外交界显赫一时的人物,以及吴钧陶先生一直任出版社的编辑之外,其他译者主要身份均为学者、大学教授,只是杨宪益和孙大雨同时也是诗人。

第四,纵览国内译者翻译策略,主要有格律体译诗和散体译诗,其中,格律体翻译是国内汉语古诗词英译的主流翻译策略。大致说来,以许渊冲和汪榕培为代表的格律体译诗占据了国内译诗的绝对优势,正如国内著名翻译理论家辜正坤先生所说:"诗歌之所以谓之歌,就在于其音乐性,而音乐性的体现多半要靠格律,如译诗能以格律见长,陪衬原诗意境，当如锦上添花，有何不可？或曰格律太束缚人。当然束缚人，大匠运斤，必有规矩，其高超的技术往往不出绳墨之外。能合于法度，而又能游刃有余，从心所欲不逾矩，才真正称得上大家"[①]。格律体译诗之外是散体译诗，杨宪益和翁显良即是散体译诗代表，杨宪益先生将"把散体译文推到了空前的水平"，而翁显良先生则是"国内将古诗译为散文的代表译家"。杨、翁二人的翻译方法虽为汉语古诗词英译的另类，但他们的散体译法更加自如地展现汉语古诗词意境，也为汉语古诗词英译另辟蹊径。

第五，"文化外部人"及其译作对英语世界的影响主要由出版、被用作教材或被收藏于图书馆、获西方学者评论以及获得奖项等四个侧面构成。在出版方面，蔡廷干的《唐诗音韵》在美国出版；初大告的《中华隽词》在英国出版并再版；许渊冲的《中国不朽诗三百首》在多个英语国家同时出版发行。在评论方面，蔡廷干的《唐诗音韵》被美国《星期六文学》评论称赞，初大告的《中华隽词》获得《诗歌评论》《伦敦信使》和《新英文周刊》等为代表的一致好评，许渊冲的《楚辞》被加拿大多伦多大学图书馆世界诗歌中心网站和美国学者称赞。在被用于教材或重要书籍方面，初大告的三首译词在白之的《中国文学选集：从早期到14世纪》成为美国高等学校教材，杨宪益的《离骚》译本被欧洲各大学图书馆收藏，郭著章的《汉英对照〈千家诗〉》和《唐诗精品百首英译》两部译著被美国国会图书馆等海外机构收藏。在获奖方面则是许渊冲为代表。

第六，从赞助力量视角来看，没有资料显示"文化外部人"曾经获得类似伦敦传教会、英华书院和牛津大学出版社对理雅各的赞助支持以及哥伦比亚出版社对华兹生提供的赞助那样的赞助力量。当然，从20世纪末开始，我国启动了一些优秀传统文化外译工程（如"大中华文库"等），以推动包括诗歌在内的经典文化对外传播是另外一回事了。

第七，从研究资料系统化程度来看，汉语古诗词虽为中国文学和文化的重要组成部分，虽有一些专著研究西方汉学家为汉语古诗词在英语世界的传播做出的努力，如从历史纵向视角审视包括汉语古诗和现代诗在内的

[①] 辜正坤. 中西诗比较鉴赏与翻译理论 [M]. 北京：清华大学出版社，2003：365.

《中国诗歌在英语世界——英美译家汉诗翻译研究》（朱徽，2009）、以唐诗英译西传为专题的《唐诗西传史论——以唐诗在英美的传播为中心》（江岚，2013）和更加宏观着眼于中国文学西传概述的《汉学家的中国文学英译历程》（朱振武，2017）等，但对"文化外部人"的梳理资料明显少于对"文化内部人"的研究资料。以在知网上输入译者姓名为主题进行检索为例，对国内译者进行研究的检索结果总数显示为 2438 条，其中郭著章的最少，仅为 2 条，最多为许渊冲，1103 条。相较而言，对国外译者进行研究的检索结果却更多，总是为 3331 条，其中最少的是白之，检索结果为 10 条，而最多的则数庞德，共 1612 条。对比西方汉学家呈系统性的相关研究可以为中国国内本土译者整体性的系统化研究提供借鉴和思考。

虽然至今学者们仍在为包括汉语古诗词在内的中国典籍究竟该"谁来译"争论，较为具有代表性的就是许渊冲于 2016 年 5 月 28 日《文汇报》上针对宇文所安提出的中文典籍应该由英美译者来译的观点[①]撰文，举例对比中国译者与英美译者译例的不同，并借徐志摩"中国诗只有中国人译得好"观点表达自己与宇氏相反的看法。但从"文化内部人"与"文化外部人"的译作及评价梳理来看，汉语古诗词的译介工作在中国国内起步更晚，译本也更多是由"文化内部人"独立或在中国合作者的帮助下完成，且从资料显示来看，"文化内部人"英译的汉语古诗词在英语世界的接受度明显高于"文化外部人"英译。

尽管国内有学者一再强调"典籍英译的主要目的，是向西方世界介绍真正的中国传统文化，促进中西文化交流和发展，让西方了解真正的中国。译者努力使中国典籍易于被西方读者接受，并不意味着应当一味屈从或归顺西方的阅读习惯"[②]。但从作为普通大众的读者接受来看，因为接受语境等的原因，确实是"文化内部人"的翻译因完成了语境转译而具有更高的可读性与接受度。就如同华兹生所说："开始我非常担心会影响中国古诗的

[①] 许渊冲. 文学翻译与中国梦［N］. 文汇报，2016-5-28 (08). 宇文所安观点为："不管我的中文有多棒，我都绝不可能把英文作品翻译成满意的中文。译者始终都应该把外语翻译成自己的母语，绝不该把母语翻译成外语。"

[②] 辛红娟. 中国典籍"谁来译"［N］. 光明日报，2017-2-11（11）.

优美，但当时的英语世界已经不考虑诗歌的韵律了，所以我一直按照自己的理解翻译，现在英语诗歌里面，很少有人侧重韵律，这是现实情况。所以，翻译中国古诗变得很容易，读者也容易理解。在19世纪的英语诗歌中有很多还在采用韵律，韵律在20世纪的美国英语诗歌中几近舍去。大家似乎也同情那些故作炫弄的学者们为了刻意紧扣韵律，而去分解甚至破坏诗作原来的含义或表达"①。或是宇文所安对读者受众语境分析的那样："我觉得中国古典诗歌的翻译不必强求押韵，为什么呢？因为现代美国诗，并不追求押韵，相反差不多所有的押韵的现代诗都是讽刺性的，读者读押韵的诗，总是会产生特别的感觉。我知道很多中国人把中国古诗翻成押韵的现代英语，可是这种翻译在美国大概很少有人愿意读。"②翻译过程中的语义转译固然非常重要，但译作的读者受众和语境也同样不容忽视，尤其是当西方的文艺理论研究关注点转移到作品读者的今天，译作的成败就必须基于译作读者的接受。

  当然，当回到"谁来译"的争论，其焦点始终是因为作为中国文化代表的汉语古诗词所具有的汉语语法意合和语义空灵等重要特征，而英语诗歌也有不同于汉语诗歌的审美标准，汉语古诗的内涵，尤其是意境，终究是难以完整地移植到英语的异质文化之中，就连宇文所安本人也承认"很多东西可以在翻译中流失"③。但在"文化内部人"英译汉语古诗词并使之在英语世界被接受并传播时，可以看到被翻译的古诗译本甚至反过来影响并嵌入了英美诗人的英语诗歌创作中，以诗歌创作新文本的方式被接受，也为汉语古诗词英译的接受另辟蹊径。

---

  ① "翻译家巴顿·华兹生教授的汉学情结"（http://cul.qq.com/a/20150714/041266.htm）.
  ② 季进，钱穆生. 探访中国文学的"迷楼"——宇文所安教授访谈录[J]. 文艺研究，2010（09）：63–70.
  ③ 许渊冲. 文学翻译与中国梦[N]. 文汇报，2016-5-28（08）.

第五章
汉英诗歌文本比较的五维分析

　　语言是文学作品的本质，在文学研究中，总有一条脉络能够把语言和文学作品系统地总体地串联起来。[①]尽管最近二三十年来随着"文化转向"的研究范式，文学文本被置于一个较为不受重视的地位，但是在理解文学作品的过程中，文本始终没有缺位。本章拟以古诗英译的维度理论入手，试图考察和分析古诗英译过程中的英汉文本。关于文本，有不少学者曾经论述过。有人认为，工具性、思想本体性和诗性[②]是文本的基本维度；还有人认为音、形、义是文本的基本维度。但是从人类认知过程的角度来看，语言文本的维度大概可以包括语言维度、交际维度、文化维度、审美维度和译者主体性维度。由于诗歌是语言的一种典型体现，因此首先来看语言的维度。在语言维度上，显然不仅音（文字的听觉感受）、形（符号的视觉感受）、义（心理的认知感受）是基础，还有构成语义、词法、句法和篇章的规则也是语言文本维度的范畴。在语言文本的交际维度上，有学者认为交际维度的范畴包括：对话、理解、模糊；语境，范围，方式；交际维度的过程包括题材（field of discourse），诗歌中话语模式（mode of discourse），对话中的语调（tenor of discourse）。[③]就语言文本的文化维度而言，思想内涵、历史传统以及建立在语言基础上的、通过语言实现交际

---

　① Stockwell, Peter. *Texture: A Cognitive Aesthetics of Reading*, Edinburgh University Press, 2009.
　② 高玉．语言的三个维度与文学语言学研究的三种路向［J］．江苏社会科学，2006（03）：204–210.
　③ 朱永生．语境的动态研究［M］．北京：北京大学出版社，2005：10.

过程中所体现的人际关系、物我关系等均属于文化维度的界线。语言文本的美学维度则包括：含蓄之美，简洁之美，对称之美，押韵之美，意境之美。译者主体性维度主要考虑的是译者主体性与诗歌文本之间的关系以及该主体性对文本所能够发挥作用的程度。[①]

以上是对语言文本的一个总体概括，但具体到诗歌，其语言文本特质虽然没有超出上述语言文本的五个维度，但比起其他几个维度，却也更加强调其审美维度；比起其他的艺术类别，其又更加强调形式以及由形式所产生的语境和意境。按照迈纳的说法，一种诗学的产生有赖于其他不同但独立存在的知识类型。……一个完整的诗学体系还必须考虑到生产方式。[②] 诗歌既与其他艺术种类不同，又是一个完整的审美体系。以上对诗歌文本的一种论点可能具有片面性，而缺乏比较具体的分析，是因为以上的论述缺乏跨文化的比较，而在定义一个概念时，比较是一种重要的甚至是不可或缺的手段，因为只有在比较中，人类的认知才能在概念的理解中得以提升。因此就诗歌文本的跨文化而言，其文本比较对于诗歌的翻译和研究有着重要意义，是一个必须经受的阶段。正如刘若愚说过的那样：译者应当关注什么样的中文结构能够实现语言的诗学功能，什么样的英语语言结构能够实现相似的诗学功能，译者的职责就是努力确立最佳地实现诗学功能的英语语言结构。[③] 本研究拟从语言文字维度、历史文化维度、跨文化交际维度和民族审美维度对汉英诗歌文本开展比较和分析。同时本研究认为：只有通过分析比较，才能对古诗英译的接受效果作出更进一步的判断，因此比较分析的手段对本部分的研究起着重要作用。英国诺丁汉大学教授彼得·斯托克维尔在其论著中提到文本在诗学中的重要性：他认为文本肌理是认知诗学的最新发展；文本肌理中蕴含着语言风格、语言心理、批评理论；他的书围绕文本肌理探讨了诸如共

[①] 本章部分内容作为本项目阶段性成果已发表于《昆明学院学报（哲社版）》2018年第4期，第116—124页。

[②] 厄尔·迈纳. 比较诗学 [M]. 王宇根，宋伟杰，译. 北京：中央编译出版社，1998：19, 24.

[③] 朱徽. 中国诗歌在英语世界——英美译家汉诗翻译研究 [M]. 上海：上海外语教育出版社，2009：218.

鸣、移情、读者认同等美学和文学批评基本问题。①

第一节　诗歌文本的语言文字维度

葛兆光教授说，汉民族文化与世界其他民族文化最大的不同之一就是建立在汉字基础上的思维模式。他认为，汉字的基础都是形，因此，用汉字来说话、思考、阅读、书写，就会带来很多特征，可能会有一些重感觉重联想、但语法相对简单的特点。在古代中国，汉字这种以象形为基础的文字，历史上没有中断，延续到现在，它对我们的思维、阅读和书写，都有很大的影响，甚至影响到了东亚，形成了所谓的"汉字文化圈"。②很多学者对汉英语言之间的差异作出了不少的比较，一般情况下汉英之间的不同主要是指：一是在种类属性方面，汉语属会意语言，而英语则属拼音语言；二是在语音发生方面，汉语是声调语言，而英语是语调语言；三是在字形结构方面，英语只有词，汉语是既有字又有词，而词又有多种：象形字、指事字、会意字、形声字等；四是在语义结构方面，基本而言，汉语一个字所能够包含的信息量往往多于英语的一个词，或者说汉字在表达同样概念所占据的空间一般也小于英语所占据的空间。除此以外，在语言文本这个维度上，汉英两种语言之间还存在着句法、语篇等方面的差异，在解读诗歌文本过程中，这些差异同样不可小视。

由于汉字的特点所产生的语言文本让汉语诗歌的生产过程大大区别于英语语言文本对于英语诗歌的创作构建过程。首先从古典诗歌文本的音质来说，汉字几乎都是单音节的字和词，其所产生的格律、节拍、韵脚都与英语诗歌文本有着巨大的差异。其次，在形式上，汉语古诗有七律、五绝等，在词中还有词牌名等约束性的写作要求。最后，在语义和语用方面，汉语古诗词也有很大不同，如汉语的回文诗。以下就许渊冲先生翻译唐朝

---

① Stockwell, Peter. *Texture: A Cognitive Aesthetics of Reading* [M]. Edinburgh: Edinburgh University Press, 2009：56–105.

② 葛兆光．什么才是"中国的"文化 [N]．新华每日电讯，2015-09-25（13）．

诗人韦庄的《台城》进行语言文本维度方面的分析。

江雨霏霏江草齐，六朝如梦鸟空啼。
无情最是台城柳，依旧烟笼十里堤。

译文：

Over the riverside grass falls a drizzling rain;
Six dynasties have passed like dreams, birds cry in vain.
Three miles along the dike unfeeling willows stand,
Adorning like a veil of mist the lakeside land.[①]

按照汉语语言的音形义这三个方面来看汉英两种语言在转换过程中来分析这首古诗的翻译得失，可以发现：（1）从视角上就可以发现英语中文字的形式和格式很难对齐，而格式和形式的要求对于汉语古诗都是通过语言文本来实现理解和审美的过程，这种空间的差异对源文本读者来看是有着一定意义的，而译文并没有将其转换出来。两种文字之间空间的差异可能也会形成疏离感。汉语古诗还有一个视觉上的特点，也与英语（甚至西方其他语言的）诗歌有着重大不同，那就是诗中有画，画中有诗，"诗画一律"[②]。（2）从听觉上来看，译文1、2行互相押韵，而3、4行互相押韵，基本实现了某种意义上的韵律。但并不是原文的韵律排序，即 aaba 的韵律，而译文的排序则是 aabb 的排序，更不用说其中的平仄韵律和内在联系了。（3）从语义上来分析，该译文本也基本传达了原作者的意图，但是语用是否能够对等依然存在疑问。从语言文本这个维度来看，这首古诗的翻译似乎基本达成了信息转义、形态变换和音韵转换，但是对于诗歌翻译来说，这似乎还有比这更多的内涵，其中就包括意象和意境。单就语音而言，"汉字和英语词汇的语音各具特色，音意之间的联想关系也不相同。英语是典

---

① 顾正阳. 古诗词曲：英译文化溯源 [M]. 许渊冲, 译. 北京：国防工业出版社，2010：259.
② 关于这一点，可参阅钱锺书. "中国诗与中国画". 《旧文四篇》[M]. 上海：上海古籍出版社，1979.

型的语音中心主义,语音具有抽象性,语音与语义之间几乎没有关联。"①至于其他诗歌英译的其他维度,且容下面分析。

第二节 诗歌文本的历史文化维度

18、19世纪英国思想家罗伯特·欧文说过,人是环境的产物。每个民族都会因为环境的不同而有自己的生活经历和经验,由此所产生的世界观也大为不同。诗歌也是环境的产物,是人们对自身环境的情感反应而做出的一种表达。那么不同地域的民族在与自身的环境相处的过程中,即可以拥有人类重叠和共同的生活经验,也会产生不同的情感体验。在诗歌的创作中,他们会针对不同环境中的事物而激发出不同语境、从而导致意象不同、意境各异。长久积累的这些经验和体验形成了历史文化的差异。"文化是人类在人本身的自然及外部自然的基础上,在社会实践中不断选择、创造并保存和演化中的一切物质财富和精神财富的综合"。② 在这个维度上看,各个民族的诗歌的确大相径庭。就题材而言,在汉语古诗中有边塞诗歌"长河落日圆"的孤寂;在英语中有惠特曼通过对美国边疆河山的赞美来表达政治诉求③。即便是同样的题材,由于历史背景、文化传统等因素的差异,东西方的文学特征也不尽相同。从跨文化视角对比分析苏轼的《江城子》和17世纪英国诗人弥尔顿的《梦亡妻》(*On His Deceased Wife*)④,就可以看出两首诗表现的诗学是不同的:前者在艺术表现上主写意、传神、婉约,而后者主写实、逼真、豁达。⑤

以下就吴钧陶先生翻译的唐代诗人张继《枫桥夜泊》为例来分析古诗

---

① 魏家海. 汉诗英译的比较诗学研究[M]. 北京:中国社会科学出版社,2017:21.
② 郁龙余. 中西文化异同论[M]. 北京:生活·读书·新知三联书店,1989:7.
③ 可参阅 Walt Whitman 的"Song of Myself"。
④ 有关弥尔顿诗歌的翻译可以参阅,朱维之,译. 弥尔顿诗选[M]. 北京:人民文学出版社,1998.
⑤ 宋曦,张文娟,刘正刚,等. 跨文化交流中基于文本的观念转换与生成[M]. 昆明:云南人民出版社,2016:187.

英译中的历史文化维度所能够产生的对等。

月落乌啼霜满天，
江枫渔火对愁眠。
姑苏城外寒山寺，
夜半钟声到客船。

译文：

The crows caw to the falling moon;
The frost air fills the sky.
The fisher's lights gleam, the maple croon;
With much sorrow I lie.
On the outskirts of Suzhou Town,
From Han Shan Temple, hark!
The midnight vesper bells come down,
Wafting to the rover's bark.[①]

接受理论的要点之一，就是从读者的立场看问题。在古诗英译的过程中，大部分目标读者应该是不懂汉语、不了解中国文化的外国人。在分析译文中，有几个意象问题需要解决。一是地名意象，如姑苏城、寒山寺分别被译成 Suzhou Town 和 Han Shan Temple，然而这些地名对了解中国文化的人来说有着历史和文化的意涵，也就是说，这些历史文化意涵给了解中国文化的读者来说具有某种意象的联想，而到了目标读者那里，这种意象联想是否能够与目标读者的意象联想一致，使之能够达到如奈达等人所说的在受众中再现最接近源文本的对等效果[②]，依然存疑。二是自然景观意象，如 The crows caw to the falling moon/The frost air fills the sky，对于长期浸淫在中国诗意氛围的中国读者（源文本读者），类似这句诗句的心理联想和效果自然不由分说，但是对于目标读者所能够产生的心理效果和联

[①] 顾正阳. 古诗词曲：英译文化溯源[M]. 吴钧陶, 译. 北京：国防工业出版社, 2010, 197.
[②] Nida, E., C. R. Taber. The theory and practice of translation [M]. Leiden: E. J. Brill, 1969: 12.

想就很难确定是否等效了。三是整体意象，即整首诗歌所能够给目标读者带来的意象联想。显然这需要目标读者加强对中国文化历史的深入了解，而这样的想法实际上是对目标读者提出了更高的要求，即不切实际，也非常奢侈，对于文化的推广形成了很大的障碍和阻力。

　　从上述分析可以发现，没有一定的历史文化知识和积淀，想要对汉语古诗进行深入了解是很难做到的，即便对于中国读者来说也是，毋庸说目标读者了；如果要求通过阅读他们产生思维的意象、联想和意境而实现整首诗歌的接受则就更难了。从翻译伦理理论和原则来看，如果无法传达古诗原文的真实意象，这在很大程度上就违反了翻译伦理，即在翻译伦理中，追求真理已经成为公认的最高美德，译者的伦理最高境界就是尽可能地覆盖源文本的意义，采取一切手段去抵达目标文本的边际意义。[①]但是如果要求、甚至强迫目标读者去对这个的历史文化进行深入了解，同样存在伦理问题。

第三节　诗歌文本民族审美维度

　　在中国"诗话"中，审美的价值取向是对诗歌的一项重要诉求。刘勰在《文心雕龙》中说道："昔诗人什篇，为情而造文，今人赋颂，为文而造情……故为情者要约而写真，为文者淫丽而烦滥"。唐代诗人白居易认为，诗歌应当"上可裨教化，舒之济万民，下可理情性，卷之善一身……文章合为时而著，歌诗合为事而作。"著名翻译家许渊冲先生以"音美、形美、义美"（节奏、韵律和情怀）"三美"理论来对诗歌的这种诉求作出回应。当代诗人顾城以他独有的体验和表达，把诗的形式和存在的可能性，向"自我"与"自然"的方向延伸、拓展，给人们留下了一个用诗歌构筑的童话世界。[②]而在西方学者看来，诗歌在本质上是精粹

[①] 王庆奖．理论与策略：异质文化的翻译研究［M］．昆明：云南大学出版社，2016：125．
[②] 江美玲．"自我"与"自然"：顾城诗歌的审美维度之一［J］．创作平谭，2005（12）：46-49．

的言说，出示心灵（生命与精神）的质。在康德的美学中，艺术美成为一种思想的体现，而所用的材料不是由这思想自外来决定，而是本身自由地存在着。即自然的、感性的事物，情感之类的东西本身具有尺度、目标与谐合一致，同时知觉与情感也被提升到具有心灵的普遍性，思想不仅打消了它对自然的敌意，而且从那里得到欢欣。这样，情感和欣赏就有了存在理由而得到认可，自然与自由、情感与概念都在一个统一体里找到了它们的保证和满足。[1] 卡明斯视觉诗中视觉模态隐喻演绎了包括人在内的任何存在者内在或外在的辩证存在关系，解构了事物间的对立统一的辩证思维模式，表征了由这种辩证存在关系构建的美的千姿百态、美的万种风情。[2]

在对艺术进行跨文化定义时，霍华德·墨菲认为艺术标准是多种设定的（polythetic）[3]，中国学者也认为"诗是最富民族性的文体"[4]。显然由于不同民族曾经面临和经历的历史境遇不同，导致他们所产生的审美感受、审美标准有异。而在翻译活动中，民族文化审美制约着原作的选择，本国的诗歌文体观念和传统的审美观念无形中规定和约束着译者的翻译活动。[5] 从接受的角度来说，诗歌翻译所面临的压力还来自国内读者的传统审美心理。[6]

接受美学是一个复杂的过程，不仅仅是忠实地再现原文的问题。译者虽然在协调两种文化关系时有着不可推卸的责任，但却不得不在两难之间艰难抉择：选择忠实，则有可能破坏目标读者的阅读体验；选择照顾

---

[1] 张晚林. 论中国传统美学对审美实践维度的建立[J]. 中南大学学报（社会科学版），2008（06）：827–835.
[2] 李娅红. 卡明斯视觉诗中视觉模态隐喻的哲性思维模式及审美维度[J]. 西安外国语大学学报，2012（04）：117–121.
[3] Moward, H. "Anthropology of Art", in Tim Ingold, ed.. Companion Encyclopedia of Anthropology. London: Routledge, 1994: 651.
[4] 吕进. 中国现代诗学[M]. 重庆：重庆出版社，1991：5.
[5] 熊辉. 民族文化审美与外国诗歌形式的误译[J]. 山东外语教学，2009（6）：80-83.
[6] 宋永毅. 李金发：历史毁誉中的存在[M]// 曾小逸. 走向世界文学：中国现代作家与外国文学. 长沙：湖南人民出版社，1985：403.

读者的体验，却可能背叛原文。[①] 正如许钧先生所言，民族文化审美导致原作形式误译的可能性是有的，因为译者所处的社会、文化和历史环境都会限制译者对外国诗歌形式的翻译，从而出现"译本对原作的偏离"，[②]而梁实秋先生则说："用中文写十四行诗永远写不像"。[③]应该说，古诗英译有很多质量标准：忠实于传递原文信息、形式和格式（shape & form）上的；按照接受美学的要求，适用于目标读者的；能够体现文化空间的；能够再现历史时间的……。如果给古诗英译的审美定一个标准，而且只能采用一个标准的话，那么这个标准一定是接受美学的，即让目标读者能够感受到诗歌之美：视觉上简洁之美，对称之美；听觉上的押韵节拍之美；感觉上的含蓄意境之美；体验中的奔放豁达、雄浑壮丽之美等。对于西方人看中国诗，钱锺书有过这样的评论：西洋文评家谈论中国诗时，往往仿佛是在鉴赏中国画。例如有人说，中国古诗"空灵"（intangible）、"清淡"（light）、"含蓄"（suggestive）……另一人说，中国古诗简约隽永……。还有人说，中国古诗抒情，从不明说，全凭暗示，不激动，不狂热，很少辞藻、形容词和比喻。[④]

第四节　诗歌文本的跨文化交流维度

翻译是跨文化活动的最基本手段之一，然而翻译的内涵也绝不是文字符号的简单转换。翻译过程充满了爱恨交加的矛盾，同时也是艺术展示的最佳途径之一。对于翻译，一直以来，很多学者有很多议论、评论和争论。其中最受瞩目的观点是可译性问题，也就是翻译能否实现来跨文化交流的问题。从极端的意义上来说，文化间的经验和观念是无法交

[①] Wang Qingjiang. *Theories & Strategies: a Study of Translation between Heterogeneous Cultures* [M]. Kunming: Yunnan University Press, 2016.
[②] 许钧. 怎一个"信"字了得：需要解释的翻译现象 [J]. 译林，1997（1）：12–14.
[③] 熊辉. 民族文化审美与外国诗歌形式的误译 [J]. 山东外语教学，2009（6）：80–83.
[④] 钱锺书. 中国诗与中国画 [M]. 上海：上海古籍出版社，1979：4.

流的，也是不可翻译的，美国哲学家奎因将此称为"极端翻译"①，或者翻译的不确定性。德国哲学家本雅明认为，"由于生活经验具有的独特性、与时俱进和不断丰富发展的特点，"，能够翻译的东西很少；即便有，"翻译也不过是为了学会接受异国语言而采取的权宜之计"。② 上述观点如果用来解读诗歌的翻译，则更为如此。所以语言学家雅各布森说："从定义上看，诗歌是不可译的"。③ 但也不完全，钱锺书说：一个译本以诗而论，也许不失为好"诗"，但作为原诗的复制，它终不免是"坏"诗。④ 即使奎因提出了翻译的不确定性，他本人也充分认识到翻译的不确定性不应干预翻译活动⑤；同样在《译者的使命》这篇晦涩的文章中，本雅明也认为，文学作品只有通过跨文化交流才有生命力。具体到古诗英译，钱锺书还认为，中国诗具有"高度艺术和活力，具有坚强的免译性或抗译性，经受得起好好歹歹的翻译"⑥。

如前面所论述，诗歌的翻译有很多难以逾越的难点。翻译家弗洛伦斯·艾思柯认为，对仗是汉语及其突出的特征，在可能的情况下，我也把它们翻译出来，但汉诗美丽的外形、声韵、节奏及音调——这些都无法传译。⑦ 以押韵为例，翻译理论家萨瓦里说，韵脚强迫作者遵循限制，给译者基本的字词选择艺术带来了沉重负担。把一首诗翻译得很押韵，既没有丢失原作者所要表达的信息，又没有包含原作者所没有表达的信息，这样

---

① Quine, Willard. "Meaning and Translation" in Venuti, ed.. *The Translation Studies Reader* [M]. London & New York: Routledge, 2000.

② Benjamin, Walter. "the Task of the Translator", in Lawrence Venuti, ed.. *The Translation Studies Reader* [M]. London: Routledge, 2000, with some additions and pagination added here from Zohn, op. cit. (1968). 其原文如下："life of the originals attains to its ever-renewed latest and most abundant flowering"; "all translation is only a somewhat provisional way of coming to terms with the foreignness of languages."

③ Jakobson, Roman. On Linguistic Aspects of Translation [J]. in R. Bower, ed.. Copenhagen: OFT Symposium, 1959: 59-60.

④ 马红军．从文学翻译到翻译文学——许渊冲的译学理论与实践 [M]．上海：上海译文出版社，2006：64．

⑤ 吕俊．奎因的"翻译不确定性"到底是什么意思：对一个译学中哲学误读的纠正 [J]．上海翻译，2002（02）：1–6．

⑥ 钱锺书．中国诗与中国画 [M]．上海：上海古籍出版社，1979：6．

⑦ 转引自：马红军．从文学翻译到翻译文学——许渊冲的译学理论与实践 [M]．上海：上海译文出版社，2006：58．

的例子绝无仅有。[①] 而汉语古诗的翻译还要再上一个层次，韵脚是汉语中的一个鲜明特性，通过翻译将其再现于英语之中意味着要牺牲诗歌的其他有效成分[②]。虽然汉语古诗英译有着诸多的不可能性，但是并不缺乏跨文化的可交流性。可译性和可交流性是跨文化中的两个既有联系又相互独立的概念；可译性对应的是翻译本位，而可交流性则对应人心互通；也许可译性难以容忍文本背叛的做法，而可交流性则允许手段多元的解决之道；就翻译本位来说，可译性问题的确存在，但就可交流性而言，人类文化几千年的交往，也是不争的历史事实[③]。诗歌存在不可译的特性，但是却具有可交流性。跨文化可交流性的一个最显著的特征就是，要容忍改变，正像哈南所说的那样，"无论用何种翻译手段，一定的变化都不可避免。"[④] 如采用民族诗歌的音韵方式，"使中国读者有一种亲切感。"这说明译诗在民族文化语境下的形式误译有利于外国诗歌在异文化语境中获得生存空间。[⑤] 美国汉学家王红公在翻译赵鸾鸾的《酥乳》时就体现了这种改变。

粉香汗湿瑶琴轸，春逗酥融绵雨膏。
浴罢檀郎扪弄处，灵华凉沁紫葡萄。

译文：

CREAMY BREASTS

Fragrant with powder, moist with perspiration,

---

① Rhyme impose a constraint upon the writer, a constraint which bears heavily on the essential feature of the translator's art, his choice of words. It is scarcely possible to find a rhymed translation of a lyric which does not contain evidence of this as shown either by the omission of something that the original author wrote, or the inclusion of something that he did not. (T. Savory, 1957), 转引自：马红军. 从文学翻译到翻译文学——许渊冲的译学理论与实践 [M]. 上海：上海译文出版社，2006：113.

② Rhyme has a totally different personality in Chinese and to reproduce it in English often requires the sacrifice of other effective parts of the poem（Wayne Schlepp, 2005），转引自：马红军. 从文学翻译到翻译文学——许渊冲的译学理论与实践 [M]. 上海：上海译文出版社，2006：113.

③ 关于这两个概念的论证，限于篇幅空间，可以另文撰述。

④ Hanan, Patrick, 2004, 转引自：熊辉. 民族文化审美与外国诗歌形式的误译 [J]. 山东外语教学，2009（6）：80–83.

⑤ 熊辉. 民族文化审美与外国诗歌形式的误译 [J]. 山东外语教学，2009（6）：80–83.

>They are the pegs of a jade inlaid harp.
>Aroused by spring, they are soft as cream
>Under the fertilizing mist.
>After my bath my perfumed lover
>Holds them and plays with them
>And they are cool as peonies and purple grapes.

这首汉语古诗的改变主要体现在：（1）在汉语古诗中，读者感受到的是男性的视角中对女性身体的观赏和赞美，但在译文中，却是"女性诗人对自己身体的欣赏和解放，而不是对被观赏者进行的客观描述"①（2）女性的自我欣赏和追求解放分明是现代化的话语，与存在于中国封建社会的汉语古诗语境形成了鲜明对比，在很大意义上的与时俱进的时代潮流的体现。（3）这两个改变在翻译中可以称之为改写，具有语境空间的变化，也有语境时间上的延伸，还验证了通过时空的转换，翻译在文化构建中所起到的作用，同时说明了古诗英译在异国他乡被接受的状况和诗歌的可交流性。这种翻译的路径，在英诗汉译过程中，也是同样的，"翻译过来的思想文化，既不是纯粹外国的，也不是纯粹中国传统的，而是中西思想文化的一种交汇。翻译一方面是介绍西方的思想文化，另一方面又是以中国传统的方式进行介绍，即西方的思想文化被纳入了中国传统的话语体系，也就是在翻译的过程中中国化了。"②这种翻译路径甚至还影响了诗歌的创作，因此才使得"歌德、海涅、哈代等的小诗偶有中国诗的风味"③；中国诗词带给王红公的是审美愉悦和艺术享受，"但丁的思乡，在中国诗人那里成了一门艺术"④。诗歌翻译的可交流性还可以体现在跨文化交流中的某个历史流程中，即移植（transplantation）、改造（trans-

---

① 黄立. 肯尼斯·雷克思罗斯译笔下的中国女诗人 [J]. 外语与外语教学，2017（2）：99–107.

② 转引自：熊辉. 民族文化审美与外国诗歌形式的误译 [J]. 山东外语教学，2009（6）：80–83.

③ 钱锺书. 中国诗与中国画 [M]. 上海：上海古籍出版社，1979：4.

④ Hamill, Sam. Hamill & Bradford Morrow, eds. *The Complete Poems of Kenneth Rexroth*[M]. Port Townsend: Copper Canyon Press, 2003: 162.

formation)和变异（transmutation）[①]，即移植体现了一个民族文化观念和生活经验的翻译传播；在适应另一个文化语境的过程中，文化观念与生活经验得到改造；这些文化观念和生活经验在最后形成变异，演变成为"他文化"观念的一个组成部分。方汉文教授等就中国文明对欧洲启蒙运动思想影响的论述也充分说明了这样一个过程，该论述认为欧洲启蒙运动在很大程度上借鉴了中国文明的思想，并从中得到启示，从而促进了这个运动的深入发展。[②]

前面所提到有关语言文本的交际维度，即：对话、理解、模糊；语境，范围，方式等在诗歌的翻译中不仅都得到了体现，而且还多了几重意思。如果使用市场理念来论述的话，那么这几重意思就可以包括：一是诗歌的对话发生在跨文化的语境中，对话人包括源文化文本的生产者（作者）和消费者（读者）的互动，这个阶段翻译尚未介入；二是，当翻译介入的时候，推销人（发起人、译者）向另外一个文化市场推广，这个市场的消费者（读者）有着与前一个文化市场消费者不同的文化理念；三是，由于有了对话，而且是跨文化的对话，语境发生了变化，理解的模糊性，对文本的误读等就在所难免，甚至是有意为之[③]。

第五节　诗歌文本的译者主体性维度

文学翻译是一项主体性极强、译者主体性体现非常充分的活动。人是万物的尺度，也同样是翻译的尺度，这一点对于文学翻译尤为如此。不仅如此，威尔斯说，"翻译是一种受多种因素影响的思维活动，在语言

[①] Wang Qingjiang, Zhang Yijun. Transplantation,transformation & transmutation — A study of American culture[M] // ZHOU Baodi. The United States in Times of War and Peace (Conference Proceedings). Beijing: Foreign Language Teaching & Research Press, 2005: 154–175.
[②] 方汉文，徐文. 世界体系与中国文明复兴 [J]. 重庆文理学院学报，2012(6)：42–49.
[③] 王庆奖. 文本、文化与颠覆 [J]. 学术探索，2004 (5)：67–69.

学的框架内，忽视作为人的译者，就无法彻底了解这项活动。"[1] 在翻译的过程中，仅仅对语言层面进行探索还不足以了解翻译的全部，还必须去发现译者与文本的关系，正如伽达默尔所言："虽然书写文本的本质是语言，但对于译者来说，解读文本不仅仅涉及语言的问题，更为重要的是，翻译的过程中的认识取决于我们对所处世界的理解"[2]。不仅如此，"把自己奉献给翻译不仅需要思想，还需要精神，这就是最终成就一个优秀译者的决定性力量。以往的翻译大师身上，就有这些优秀的品格。"[3]

以上论述试图说明：译者主体性、译者的认识能力与精神对于翻译文本有着密切的联系，也就是说译者的意识、学识和见识对译文本发挥着重大影响。也可以这样说，有什么样的译者就会生出什么样的文本，文本因人而异，因译者的个体差异而异。另外一方面，什么样的时代和什么时候产生的译本也可能有所不同。李清照的《声声慢》有多个译本，分别由不同时代的译者（包括林语堂、杨宪益、徐忠杰、许渊冲和王红公）产生。现以"寻寻觅觅，冷冷清清，凄凄惨惨戚戚"来看看他们各自的翻译：

林译：So dim, so dark / So dense, so dull / So damp, so dank, / So dead!

杨译：Seeking, seeking / Chilly and quiet / Desolate, painful and miserable.

---

[1] Wilss, W. *The Science of Translation: Problems and Methods* [M]. Tübingen: Gunter Narr Verlag, 1982: 217. 原文为："Translating is a mental, multi-factorial activity which cannot exhaustively be investigated within a linguistic framework ignoring the person of the translator."

[2] 转引自：SUSAN B & ANDRE L. Constructing cultures: essays on literary translation[M]. Shanghai: Shanghai Foreign Language Education Press, 2010:137. 原文为："The problems of decoding a text for a translator involve so much more than language, despite the fact that the basis of any written text is its language. Moreover, the importance of understanding what happens in the translation process lies at the heart of our understanding of the world we inhabit."

[3] Jin Di & Eugene Nida, On Translation, Beijing: China Translation and Publishing Corporation, 1984:30. 原文为："This (devotion to the task) is the force which, as it involves the spirit, not just the mind, will be ultimately decisive in the marking of a good translator, as can be found in such striking evidence in the life of every past master of this difficult art."

徐译: I've a sense of something missing I must seek / Everything about me looks dismal and bleak / Nothing that gives me pleasure, I can find.

许译: I look for what I miss / I know not what it is / I feel so sad, so drear / So lonely, without cheer.

王译: Search. Search. Seek. Seek / Cold. Cold. Clear. Clear / Sorrow. Sorrow. Pain. Pain / Hot flashes / Sudden chills. / Stabbing pains./ Slow agonies.[①]

由于客观因素，本研究并没有对上述这首汉语古诗的目标语读者接受情况进行调查，但是从上述译文来看，译者主体性的特征还是很明显的。首先是每个译者的词语选择与译者主体性之间产生了紧密的联系，每一个词语的选择都表达了译者对李清照书写文本的理解，也代表了他们翻译时的心情和感受。其次，徐和许的译本采用了更为明确的第一人称，试图解除目标受众对主体的疑惑（如文本中指的到底是谁？），但实际上，有时文学文本的最大魅力之一就是不需要太清晰，从而给读者受众留下很多的想象和解读空间。再次，与徐和许不同的是，杨、林和王的译本没有采用第一人称的指称方式，而是采用单个词汇和词组的谓语介入方式，使得文本显得更加接近李清照的源文本，更加忠实；而且林和王选择的词语音节短促，显得更有诗歌的节奏感，与源文本也比较相似，其中林海使用了"so"来强调。最后，这些译者的身份和时代也很重要，这也是译者主体性的主要组成部分。林语堂学贯中西久居英语国家；杨宪益国学功底深厚，有一个跨文化家庭；王红公则是典型的西方白人……。

译者的主体性是译者个体的识别性特征[②]，不仅包括其认识、学识和见识，也包括其阅历和生活的环境。译者主体性对文学作品译文生产过程中有着很大影响：在语言学层面，有对源语的认识、转换成目标语的技能；

[①] Rexroth, K., Ling Chung. *Li Ch'ing-chao: Complete Poems* [M]. New York: New Directions, 1979: 31.

[②] Wang qingjiang. et. al.. *Theories & Strategies: A Study of Translation between Heterogeneous Cultures* [M]. Yunnan University Press, 2016: 22.

在文化学层面，有对两种文化的理解和见解；在社会学层面，有对目标语读者接受状况的考虑；在心理学层面，有译者本人在认识作品过程中的个体心灵状态；甚至在历史学、哲学等层面都会体现译者的个体性和主体性。由于译者个体性和主体性的影响，文本的风格气质、形式和格式、内涵与外延都呈现出不同的状态，这给目标语读者接受带来了多元选择、领略不同文本风景的同时，也使目标语读者对经过翻译所产生的文本开展褒贬不一的评价。还必须考虑到的是，与源语读者一样，目标语读者也具有群体性，即不同群体的读者对不同文本的喜好不一，喜好的程度不一，对他们的影响也深浅不一。

第六节　小结

本章从五个维度对汉英诗歌文本进行了分析，并认为（1）汉英诗歌文本（甚至包括其他文学文本）在上述诸多层面有着巨大差异，这种差异导致译文生产过程与路径根本不同，这充分体现在英汉两种语言文字、历史文化传统的比较和分析中。（2）虽然本分析并没有对各种译文作出评价，但是本研究的目标强调译文的目标语读者接受状态，因此以接受理论的视角来评价译文的质量仅仅只是评价的一个侧面，但这是一个重要的侧面，因为没有接受的译文并不具备其本身的价值，也不具备跨文化交流的价值。（3）通过上述的分析，本研究得出的一个翻译策略上的结论：译诗需要传达原诗的形式和意义的基础上，尽可能地表达动态对等，即文本深层的文化对等：诗意和意境的对等，因为民族审美虽然具有某种共性（文化交流的基础），但不同历史境遇所导致的审美心理、审美方式和审美效果有着巨大差异。（4）也正因为如此，诗歌文本比之于其他文学文本具有更多的翻译不确定性，或如钱锺书所言，具有更大的抗译性；但并不是没有交流的可行性，正如迈纳所说的那样，真正的比较文学研究和诗学研究要求我们进一步拓宽想象力，因为过去习惯了的想象力远远不够。"① 诗歌不可译的特性与诗歌的可交流性不仅仅充分体现了不同民族文化的差异性和共通性（普世性），而且也是一个硬币的两个面，即差异性和共通性构成了诗歌翻译的一个整体，忽视其中的任何一面都可能导致诗歌译文质量、传播效果乃至文化误读。而重视和把握诗歌翻译这两大特性则至少是翻译理念和翻译行为的某种完善，也是文化间交流的一个重要举措。

---

① 厄尔·迈纳. 比较诗学 [M]. 王宇根、宋伟杰，译. 北京：中央编译出版社，1998：12.

结　语

1　结论

通过上述文献调查、问卷调查、理论运用以及对中古诗英译外译者的译品评价，本研究得出以下几个结论。

（1）古诗英译具有天然的抗译性与实际可交流性。汉语古诗是中国人民对自己生活经历的集中表达，具有高度的独特意向性、与域外文化的语境和意境都有着非常大的差异，可以说是所有文学文本中最难以用其他文字再复制的独有经历，因此无论从文字上来说，还是从域外读者的接受来看，汉语古诗所能够产生的语境和意境都几乎难以完整地置入域外的文化背景。而另一方面，英语文化中的读者亦有自己的独有生活经历，并随之产生独特的审美方式，其对诗歌的欣赏标准也与汉语古诗的标准相距甚远。两种诗歌无法高度匹配，也就有了诗歌的抗译性。但是这并不意味着汉语古诗无法交流。从本研究的结果来看，域外的汉学家在研究古诗英译的过程中都不同程度地受汉语古诗在写作手法、技巧、风格等方面的影响，这说明古诗英译的接受与传播是基于翻译但高于翻译，或者说通过翻译之外的路径加以借鉴和接受并通过翻译之外的方式来进行传播的，同时也说明古诗英译具有实际的交流性。

（2）翻译思潮与文化权力的争取过程亦步亦趋。无论是从一百多年前胡塞尔的现象学还是到最后的 20 世纪五六十年代的接受美学、作者之死、读者反应等论调来看，只要对西方普通大众争取文化权力进行历史考察，就可以发现中世纪的神权逐步消亡，因而尼采提出上帝已死；随后君权神授的皇权也退出历史舞台，被议会制所取代；而人的文化权力在二战以后得到了前所未有的强化，普通大众有了普遍权力。放眼哲学、政治学、文艺文化学的学术思潮、文化思潮和社会思潮，不难看到，西方的思维模式已经从关注作者权威、关注作品本身到了关注读者的接受，亦即读者作为普通大众（the reading public）的文化权力。也正因为此，西方人文社科的学术焦点在近一两百年的时间里都集中在普通大众、受众的身上，如从六十年代以来起步的文化研究，其主要议题就是文化权力，[①]而西方的翻译研究也在此后借助于接受美学、读者反应论等理论对从接受视角翻译作品开展批评。从20世纪末开始翻译研究的接受视角也逐渐传入我国翻译界，并得到了大力推广。翻译研究的思潮与文化权力的争取过程相随，对接受视角的研究亦是大势所趋。因为作品的生存只有基于对受众充分考虑的情况下才是合理的，这一标准已为学界普遍接受。

（3）文化内部人与外部人的翻译行为差异。许渊冲先生曾经说过，中国几乎是唯一一个具有将外语译入汉语，又有将汉语译成外语经验的国家。但是这种经验从效果来看，或者说从读者接受的角度来看，并不值得骄傲。本文在引言中提到的文化内部人与外部人在翻译行为上有着巨大的差异，其差异程度不亚于诗歌审美的标准差异。如前所述，既然汉语古诗与英语诗歌之间存在着巨大的文化差异，那么作为诗歌载体的古诗英译者也显然在对诗歌的认知、感受、表述方式上大相径庭；既然诗歌存在抗译性，那么就应该在文化内部人与外部人之间做出选择，不过也有学者认为可以探索中外译者合作翻译的模式。本研究认为，古诗英译的主要承担者应该以文化内部人为主，即以国外能够理解中国文化、熟悉中国文字的国外学者为主。这些文化内部人更了解自身文化读者的阅读需求、审美心理和接受体验，让他们从事古诗英译可以提升接受的效果，这对讲好中国故事、传播中国文化、增强中国文化的吸引力更有意义和价值。

[①] 王庆奖. 上世纪六十年代以来西方文化研究中的权力议题[J]. 昆明学院学报, 2010（05）: 68—73.

2 启示

本研究的启示主要有以下三点。

（1）对翻译走向的进一步认识。通过对中外翻译理论的梳理，结合古诗英译翻译实践和翻译批评的讨论，从中可以大致分辨出翻译的走向选择，即或以目标语读者（受众）为中心的翻译理念，或以文本为参考的翻译行为。前者重在译品的接受，从而使得译后效果更为人所知，传播更具可持续性更为长久，译品的生命力更强；但是也可能在另一极端误入一味迎合目标语读者的误区，难以彰显自身文化特色，导致自身文化文本进一步扭曲。后者强调对源语文本的忠实，试图使目标语读者获取更为纯粹的源语文化本色，但也可能在一定情况下假忠实之名，一味强调译者主体性，使得目标语读者难以承受阅读之苦，从而对译品的生命力造成伤害。翻译伦理的这类两难困境可能会在一定历史时段内，随着国家间文化实力的竞争而长期存在。

（2）全球化背景下中国故事的翻译路径。全球化背景下存在着翻译的两难，而这两难又主要体现在翻译的两种导向之中，即全球化的翻译到底是为了走向世界各族人民、不同文化的融合，还是为了强调民族身份、突出自己的特色？也就是说，翻译在促进人类的团结还是在彰显多元文化的存在？对此问题的最佳答案当然是两个都抓，两个都要。但若如此，显然其中的度是难以把握的。在翻译过程中，如何讲述中国故事就是试图回答类似问题。一方面，讲述中国故事既要考虑目标语读者的接受，即采用目标语读者所能够接受的表述方式、思维方式和阅读习惯来开展翻译活动；另一方面，在传播内容和文化概念上，充分体现中国味道。正如有人评价林语堂那样：他笔下的英文，全没有中国味；他笔下的中国味，却全都是英文。[1]曹明伦教授对一些标题性和命名化的句子外译也作出了解释，他认为，有些标题和命名的翻译没有把中国故事嵌入翻译之中，使受众在接

---

[1] 转引自：叶新，林曦，从林语堂看中国文化走出去[J]．中国出版，2012 09：51-55.

受时，不知所云，难以获得有效的传播效果。①

（3）对学科建设的指导意义。古诗英译的研究涉及跨文化传播学、哲学、文学、语言学、译介学等学科，而跨学科研究的特点不仅是借助几个学科的讨论、论证来提升对某个问题的认识，也是构建新知识的重要方式之一。本研究所涉及的多个学科也为翻译研究提供了知识构建，主要体现在对译介学、传播学和跨文化的认识有了新的提高；同时，由于本研究综合了多位项目组成员的研究，也通过集体讨论、个体视角和综合研究成果的提炼等方式培养了人才，为我省高校的师资力量构建作出了应有的贡献。

3 不足之处

本研究也存在一些不足，在今后的进一步研究中应给予更多的关注以期获得更好地解决。主要问题为：（1）问卷调查量化研究中的数量不够充分，样本数量的不足可能会影响量化分析的解释度，在今后的进一步研究中将考虑更加符合量化研究、更容易获得大数据样本量的方法以使研究数据更具有客观性和代表性。（2）逻辑性有待进一步提高和完善。

---

① 曹明伦."论对外文化传播与对外翻译"[C].《第四届中国翻译史高层论坛暨首届国际话语体系创新研究高层论坛》上的主旨演讲，重庆，2018年11月18日。

参考文献

英文文献

专著：

1. Bassnett, Sussan & Andre Lefebvre. *Constructing Culture: Essays on Literary Translation*[M]. Shanghai: Shanghai Foreign Language Education Press, 2001.

2. Beaugrande, R. de. *Factors in a Theory of Poetic Translating*[M]. Assen: van Gorcum, 1978.

3. Benjiamin, Walter. "The Task of the Translator", trans. Harry Zohn, in Lawrence Venuti, ed. *The Translation Studies Reader*[M]. London: Routledge, 2000.

4. Benjamin, Walter. "The Task of the Translator", in Lawrence Venuti, ed. *The Translation Studies Reader*[M]. London: Routledge, 2000, with some additions and pagination added here from Zohn, op. cit. (1968).

5. Birch, Cyril(eds.). *Anthology of Chinese Literature: From Early Time to the Fourteenth Century*[M]. New York: Grove Press, 1965.

6. Chu Dagao. Trans. *Chinese Lyrics*[M]. Cambridge: Cambridge University Press, 1937.

7. Eagleton, Terry. *Literary Theory: an Introduction*[M]. University of Miniensota Press, 1987.

8. Giles, Herbert Allen. *Gems of Chinese Literature: Prose*[M]. Taibei: Literature House, Ltd., 1964.

9. Hamalian, Linda. *A Life of Kenneth Rexroth*[M]. New York: W. W. Norton & Company, Inc., 1991.

10. Hamill, Sam & Bradford Morrow. *The Complete Poems of Kenneth Rexroth*[M]. Washington: Copper Canyon Press, 2003.

11. Holub, Robert. *Reception Theory: A Critical Introduction*[M]. London: Methuen, 1984.

12. Ingarden, Roman. W. *The Literary Work of Art*[M]. trans. G. Grabowiez, Evanston: Northwestern University Press, 1973.

13. Iser, Wolfgang. *The Act of Reading, A Theory of Aesthetic Response*[M]. Baltimore and London: The Johns Hopkins UP, 1987.

14. Iser, Wolfgang. *The Implied Reader: Patterns of Communication in Prose Fiction from Bunyan to Beckett*[M]. Baltimore: The Johns Hopkins University Press, 1974.

15. Jauss, Hans Robert. *Toward an Aesthetic of Reception*[M]. Trans. Timothy Bahti, Minneapolis: University of Minnesota Press, 1982.

16. Jin Di and Eugene Nida, *On Translation*[M]. Beijing: China Translation and Publishing Corporation, 1984.

17. Kahn, Paul. *Han Shan in English*[M]. Buffalo: White Pine Press, 1989.

18. Kern, Robert. *Orientalism, modernism, and the american poem*[M]. New York: Cambridge University Press, 1996.

19. Kerouac, Jack. *On the Road: Text and Criticism*[M]. New York: Penguin Books, 1979.

20. Legge, James. *The She King, or, The Book of Ancient Poetry*[M]. London: Trüber and Co. Ltd., 1876.

21. Legge, James. *The Chinese Classics with a Translation Critical, and Exegetical Notes, Prolegomena, and Copious Indexes: The She King*[M]. Taipei: SMC Publishing INC, 1991.

22. Lenfestey, James P. *A cartload of scrolls: 100 poems in the manner of T'ang*

dynasty poet Han-shan[M]. Duluth: Holy Cow Press, 2007.

23. Morphy, Howard. "Anthropology of Art" [A], in Tim Ingold, ed., *Companion Encyclopedia of Anthropology*[M]. London: Routledge, 1994.

24. Morrison, Ivan. *Madly Singing in the Mountains: An Appreciation and Anthology of Arthur Waley*[M]. London: Walker and Company, 1970.

25. Nida, Eugene A., Charles R.Taber. *The Theory and Practice of Translation*[M]. Leiden: E. J. Brill, 1969.

26. Owen, Stephen. *Remembrances: The Experience of the Past in Classical Chinese Literature*[M]. Cambridge: Harvard University Press, 1986.

27. Owen, Stephen. *The Poetry of Du Fu*[M]. Berlin: De Gruyter, 2014: vii.

28. Pound, Ezra. *Selected poems*[M]. London: Faber and Faber, 1928.

29. Quine, Willard. "Meaning and Translation" in Venuti, ed. *The Translation Studies Reader*[M]. London & New York: Routledge, 2000.

30. Rexroth, Kenneth. *Love and the Turning Year: One Hundred More Poems from the Chinese*[M]. New York: New Directions, 1970.

31. Rexroth, Kenneth. *The Poet as Translator*[M]. In: W. Arrowsmith & R. Shattuck, eds.. *The Craft and Context of Translation*. Anckor books, 1964.

32. Rexroth, Kenneth & Chung Ling. *Li Ch'ing-chao: Complete Poems*[M]. New York: New Directions, 1979.

33. Selden, Raman, Peter Widdowson and Peter Brooker. *A Reader's Guide to Contemporary Literary Theory*[M]. Essex: Prentice Hall, 1997.

34. Snyder, Gray. *Riprap & Cold Mountain Poems*[M]. San Francisco: Grey Fox Press, 1965.

35. Stockwell, Peter. *Texture: A Cognitive Aesthetics of Reading*[M]. Edinburgh: Edinburgh University Press, 2009.

36. Waley, Arthur. *A Hundred and Seventy Chinese Poems*[M]. London: Constable& Company Ltd., 1918.

37. Waley, Arthur. *A Hundred and Seventy Chinese Poems*[M]. New York: Alfred A. Knopf, 1922.

38. Waley, Arthur. *A Hundred and Seventy Chinese Poems*[M]. London:

Constable& Company Ltd., 1962.

39. Waley, Arthur. *Introduction to A Hundred and Seventy Chinese Poems (1962 edition)* [M]. London: George Allen & Unwin Ltd., 1970.

40. Waley, Arthur. *The Poet Li Po, 701—762 A.D.*[M]. London: East and West Ltd., 1919.

41. Waley, Arthur. *More Translations from Chinese Poems*[M]. London: George Allen & Unwin Ltd., 1919.

42. Waley, Arthur. *The Way and Its Power: A Study of the Tao Te Ching and Its Place in Chinese Thought*[M]. London: George Allen and Unwin Ltd., 1934.

43. Wang Qingjiang et. al. *Theories & Strategies: A Study of Translation between Heterogeneous Cultures*[M]. Yunnan University Press, 2016.

44. Wang Qingjiang & Zhang Yijun. *Transplantation, Transformation & Transmutation — A study of American culture*[M]//Zhou Baodi. The United States in Times of War and Peace (Conference Proceedings). Beijing: Foreign Language Teaching & Research Press, 2005.

45. Watson, Burton. *Introduction to The Jade Mountain*[M]//Bynner R. W.. The Chinese Translations: The Works of Witter Bynner. New York: Farrar, Straus and Girous, 1982.

46. Watson, Burton. *Selections from a Sung Dynasty Poet, SuTung — p'o*[M]. Columbia: Columbia University Press, 1965.

47. Wilss, Wolfman. *The Science of Translation: Problems and Methods*[M]. Tübingen: Gunter Narr Verlag, 1982.

论文:

48. Jakobson, Roman. On Linguistic Aspects of Translation[J]. in R. Bower, ed. Copenhagen: OFT Symposium, 1959.

49. Lister, Albert. Dr. Legge's metrical She — King[J]. The China Review, July 1876, Vol.5 no.1.

50. Witter, Bynner & Kiang Kang-hu. Poems by Wang Wei[J]. Poetry, 1922b (February 1922), Vol. XIX No. V.

51. Yglesias, Luis Ellicott. Kenneth Rexroth and the Breakthrough into Life[J]. New Boston Review, Dec., 1977.

论文集：

52. Fish, Stanley. E.. "Literature in the Reader: Affective Stylistics"[A]. in Jane. P. Tompkins ed. *Reader-Response Criticism*[C]. Baltimore and London: The Johns Hopkins University Press, 1980.

53. Rexroth, Kenneth, ed.. *Assays*[C]. New York: New Directions, 1961.

54. Ts'ai, T'ing-kan. *Chinese Poems in English Rhyme*[C]. Chicago: The University of Chicago Press, 1932.

其它：

55. Birch, Cyril. ed., *Anthology of Chinese Literature, Volume I, Volume II*[Z]. New York: Grove Press, 1965, 1972.

56. Kizer, Carolyn. *Cool, calm & collected; poems 1960-2000*[Z]. Port Townsend, Wash: Coppercayon Press, 2001.

57. Pound, Ezra. "Letter to Katue Kitasono (March 1937)." *The Selected Letters of Ezra Pound: 1907-1941*[Z]. ed., D. D. Daige. New York: New Directions, 1971.

58. Shelley, Percy Bysshe. "A Defence of Poetry", *Norton Anthology of English Literature*[Z]. New York: W.W. Norton & Co. Vol. 2, 1974.

59. Snyder, Gary. *The Real Work, Interviews and Talks, 1964-1979*[Z]. ed., by Wm. Scott Mclean, New York: New Directions. Pub. Corp. 1980.

中文文献

专著与国内出版译著：

1. 蔡镇楚．中国诗话史长沙［M］．长沙：湖南文艺出版社，1988．
2. 段峰．文化视野下文学翻译主体性研究［M］．成都：四川人民出版社，

2008.

3. 厄尔·迈纳. 比较诗学 [M]. 王宇根、宋伟杰（译）. 北京：中央编译出版社，1998.

4. 冯庆华. 文体翻译论 [M]. 上海：上海外语教育出版社，2002.

5. 伽达默尔. "历史的连续性和存在的瞬间"（1965），诠释学 II：真理与方法 [M]. 洪汉鼎（译）. 北京：商务印书馆，2007：170.

6. 伽达默尔. 诠释学I：真理与方法 [M]. 洪汉鼎，译. 北京：商务印书馆，2007：463.

7. 伽达默尔. 真理与方法 [M]. 洪汉鼎，译. 上海：上海译文出版社，1999.

8. 辜正坤. 中西诗比较鉴赏与翻译理论 [M]. 北京：清华大学出版社，2003.

9. 顾正阳. 古诗词曲：英译文化溯源 [M]. 北京：国防工业出版社，2010.

10. 郭著章，傅慧生. 汉英对照《千家诗》[M]. 武汉：武汉大学出版社，2004.

11. 郭著章. 唐诗精品百首英译"关于本书英译" [M]. 武汉：湖北教育出版社，1994.

12. 郭著章，序 [A]. 见刘军平. 新译唐诗音韵百首 [M]. 北京：中华书局，2002b.

13. 海德格尔. 海德格尔选集 [M]. 上海：上海三联书店，1996.

14. 吉瑞德. 朝觐东方：理雅各评传 [M]. 桂林：广西师范大学出版社，2011.

15. 江岚. 唐诗西传史论——以唐诗在英美的传播为中心 [M]. 北京：学苑出版社，2013.

16. 金隄. 等效翻译探索 [M]. 北京：中国对外翻译出版公司，1998.

17. 李学勤. 国际汉学漫步·序 [M]. 石家庄：河北教育出版社，1997.

18. 李玉良.《诗经》英译研究 [M]. 济南：齐鲁书社，2007.

19. 廖七一. 当代西方翻译理论探索 [M]. 南京：译林出版社，2000.

20. 林庚. "问路集序". 新诗格律与语言的诗化 [M]. 北京：经济日报出版社，2000.

21. 刘宓庆，章艳. 翻译美学导论 [M]. 北京：外语教育与研究出版社，2011（第1版）.

22. 罗曼·英迦登. 对文学的艺术作品的认识 [M]. 陈燕谷, 晓未, 译. 北京: 中国文联出版公司, 1988.

23. 罗时进. 唐诗演进论 [M]. 南京: 江苏古籍出版社, 2001.

24. 吕进. 中国现代诗学 [M]. 重庆: 重庆出版社, 1991.

25. M.H. 艾布拉姆斯. 文学术语词典 [M]. 北京: 北京大学出版社, 2009.

26. 马红军. 从文学翻译到翻译文学——许渊冲的译学理论与实践 [M]. 上海: 上海译文出版社, 2006.

27. 毛荣贵. 翻译美学 [M]. 上海: 上海交通大学出版社, 2005(第1版).

28. 钱锺书. 中国诗与中国画 [M]. 上海: 上海古籍出版社, 1979.

29. 尚永亮. 唐诗艺术讲演录 [M]. 上海: 广西师范大学出版社(上海)有限公司, 2014.

30. 宋炳辉. 文学史视野中的中国现代翻译文学——以作家翻译为中心 [M]. 上海: 复旦大学出版社, 2013.

31. 宋曦, 张文娟, 刘正刚, 等. 跨文化交流中基于文本的观念转换与生成 [M]. 昆明: 云南人民出版社, 2016.

32. 宋永毅. 李金发. 历史毁誉中的存在 [M]// 曾小逸. 走向世界文学: 中国现代作家与外国文学. 长沙: 湖南人民出版社, 1985.

33. 孙大雨. 古诗文英译集 [M]. 上海: 上海外语教育出版社, 1997.

34. 孙大雨. 英译屈原诗选 [M]. 上海: 上海外语教育出版社, 2007.

35. T. 伊格尔顿. 二十世纪西方文学理论 [M]. 伍晓明, 译. 西安: 陕西师范大学出版社, 1983.

36. 陶洁. 美国文学选读(第2版) [M]. 北京: 高等教育出版社, 2005.

37. 托·斯·艾略特. 艾略特文学论文集 [M]. 李赋宁, 译. 南昌: 百花洲文艺出版社, 1994.

38. 王峰. 唐诗经典英译研究 [M]. 北京: 中国社会科学出版社, 2015.

39. 汪榕培. 英译陶诗 [M]. 北京: 外语教学与研究出版社, 2000.

40. 汪榕培. "国人译汉诗", 比较与翻译 [M]. 上海: 上海外语教育出版社, 1997.

41. 王佐良. 文学间的契合 [M]. 北京: 外语教学与研究出版社, 2005.

42. 魏家海. 汉诗英译的比较诗学研究 [M]. 北京: 中国社会科学出版社,

2017.

43. 翁显良．意态由来画不成：文学翻译丛谈[M]．北京：中国对外翻译出版公司，1982.

44. 翁显良．古诗英译[M]．北京：北京出版社，1985.

45. 吴钧陶．杜甫诗英译一百五十首[M]．西安：陕西人民出版社，1985.

46. 吴伟仁，编．美国文学史及选读（第2册）[M]．北京：外语教学与研究出版社，1999.

47. 吴伟仁，编．英国文学史及选读（第一册）[M]．北京：外语教学与研究出版社，1997.

48. 吴翔林．英美文学选读[M]．北京：中国对外翻译出版社，1997.

49. 谢祖钧．新编英语修辞[M]．长沙：中南大学出版社，2002.

50. 许钧．翻译论[M]．武汉：湖北教育出版社，2006：10.

51. 许渊冲．汉英对照唐诗三百首[M]．北京：高等教育出版社，2002.

52. 许渊冲．唐诗三百首[M]．北京：高等教育出版社，2000.

53. 许渊冲，等．唐诗三百首新译[M]．北京：中国对外翻译出版公司，1997.

54. 许渊冲．唐诗三百首新译[M]，北京：高等教育出版社，2002.

55. 许渊冲．文学翻译谈[M]．台北：书林出版有限公司，1998.

56. 许渊冲．文学与翻译[M]．北京：北京大学出版社，2003.

57. 徐忠杰．词百首英译[M]．北京：北京语言学院出版社，1986.

58. 杨岂深，龙文佩，主编．美国文学选读（第二册）[M]．上海：上海译文出版社，2001.

59. 杨岂深，孙铢，主编．英国文学选读（第一册）[M]．上海：上海译文出版社，2002.

60. 杨宪益，戴乃迭，译．楚辞选[M]．北京：外文出版社，2001.

61. 杨宪益．漏船载酒忆当年[M]．薛鸿时，译．北京：北京十月文艺出版社，2001.

62. 杨宪益．"略谈我从事翻译工作的经历与体会"，金圣华、黄国彬，编．因难见巧：名家翻译经验谈[M]．北京：中国对外翻译出版公司，1998.

63. 杨宪益．杨宪益对话集：从《离骚》开始，翻译整个中国［M］．北京：人民日报出版社，2011．

64. 叶嘉莹．我的诗词道路［M］．石家庄：河北教育出版社，1997．

65. 叶朗．中国美学史大纲［M］．上海：上海人民出版社，1985．

66. 罗曼·英伽登．文学的艺术作品·序［M］．陈燕谷，晓未，译．北京：中国文联出版公司，1988．

67. 郁龙余．中西文化异同论［M］．北京：三联书店，1989．

68. 张葆全．诗话和词话［M］．上海：上海古籍出版社，1983．

69. 詹锳．文心雕龙义正（上）［M］．上海：上海古籍出版社，1989．

70. 张中载．西方古典文论选读［M］．北京：外语教学与研究出版社，1999．

71. 赵毅衡．诗神远游——中国如何改变了美国现代诗［M］．成都：四川文化出版社，2013．

72. 钟玲．"经验与创作"，郑树森，编．中美文学因缘［M］．台北：台湾东大出版公司，1985．

73. 钟玲．美国诗与中国梦［M］．桂林：广西师范大学出版社，2003．

74. 钟玲．史耐德与中国文化［M］．北京：首都师范大学出版社，2006．

75. 周仪，罗平．翻译与批评［M］．武汉：湖北教育出版社，2005．

76. 朱光潜．诗论［M］．合肥：安徽教育出版社，1987．

77. 朱徽．中国诗歌在英语世界——英美译家汉诗翻译研究［M］．上海：上海外语教育出版社，2009．

78. 朱徽．中美诗缘［M］．上海：上海外语教育出版社，2009．

79. 朱徽．中美诗缘［M］．成都：四川人民出版社，2008．

80. 朱徽．中英诗艺比较研究［M］．成都：四川大学出版社，2010．

81. 朱维之，译．弥尔顿诗选［M］．北京：人民文学出版社，1998．

82. 朱永生．语境的动态研究［M］．北京：北京大学出版社，2005．

83. 朱振武，等．汉学家的中国文学英译历程［M］．上海：华东理工大学出版社，2017．

84. 朱自清．诗言志辩［M］．桂林：广西师范大学出版社，2004．

论文：

85. 包家仁，梁栋华．翁显良先生翻译观初探 [J]．暨南学报（哲学社会科学），2003（06）．

86. 蔡方鹿．论汉学、宋学诠释经典之不同 [J]．哲学研究，2008（01）．

87. 常呈霞．杜甫诗歌在英美世界之翻译、传播与接受 [J]．河南理工大学学报（社会科学版），2012（02）．

88. 陈橙．论中国古典文学的英译选集与经典重构：从白之到刘绍铭 [J]．外语与外语教学，2010（04）．

89. 陈东成．从接受美学看广告复译 [J]．湖南大学学报（社会科学版），2007（02）．

90. 陈艳粉．中国古诗英译中"韵"的对比研究 [J]．洛阳师范学院学报，2010（01）．

91. 陈惠．阿瑟·韦利诗歌翻译思想探究 [J]．湘潭大学学报（哲学社会科学版），2011（3）．

92. 陈捷．严羽《沧浪诗话》美学思想初探 [J]．重庆邮电学院学报，2005（02）．

93. 陈宋洪．走向译者的诗性之美——诗歌翻译中译者主体性的接受美学视角 [J]．南京航空航天大学学报（社会科学版），2013（04）．

94. 陈友冰．英国汉学的阶段性特征及成因探析——以中国古典文学研究为中心 [J]．汉学研究通讯，2008（03）．

95. 丛郁．读者"提取"意义，读者"创造意义"——伊瑟与费希读者反应批评理论评析 [J]．外国文学研究，1995（04）．

96. 戴茂堂．接受理论的三重背景 [J]．扬州师范学院学报，1991（02）．

97. 戴玉霞，成瑛．苏轼诗词在西方的英译与出版 [J]．中国社会科学院研究生院学报，2016（03）．

98. 董洪川．文化语境与文学接受——试论当代美国诗歌对中国传统文化的接受 [J]．外国文学研究，2001（04）．

99. 段海蓉．简析中国古代诗歌理论史上对诗歌审美特质的认识 [J]．新疆大学学报（哲学社会科学版），1992（01）．

100. 方汉文，徐文．世界体系与中国文明复兴 [J]．重庆文理学院学报，

2012（6）.

101. 方汉文."反世界文学'的特洛伊木马：洋泾浜与克里奥尔话语"[J]. 广东社会科学，2018（06）.

102. 方建中. 论姚斯的接受美学思想 [J]. 求索，2004（05）.

103. 方维规. 关于"跨文化"的思考 [A]. 读书，2015（07）.

104. 方维规. 文学解释力是一门复杂的艺术——接受美学原理及其来龙去脉 [J]. 社会科学研究，2012（02）.

105. 方以启. 关于诠释学理论中若干基本问题的探究 [J]. 阿坝师范高等专科学校学报，2007（03）.

106. 飞白. 略论英国维多利亚时代的诗 [J]. 外国文学研究，1985（02）.

107. 冯正宾，林嘉新. 华兹生汉诗英译的译介策略及启示 [J]. 外语教学，2015（02）.

108. 高宏涛. 论陈子昂的诗歌理论及其诗歌创作 [J]. 现代语文（学术综合版），2016（10）.

109. 高玉. 语言的三个维度与文学语言学研究的三种路向 [J]. 江苏社会科学，2006（03）.

110. 葛文峰."诗魔"远游：英国汉学家阿瑟·韦利的白居易诗歌译介及影响 [J]. 华文文学，2016（06）.

111. 耿强. 江亢虎与唐诗《群玉山头》的译介 [J]. 东方翻译，2015（02）.

112. 辜正坤. 雪莱《西风颂》的翻译对策略论 [J]. 译苑新潭，2013（05）.

113. 郝稷. 英语世界中杜甫及其诗歌的接受与传播——兼论杜诗学的世界性 [J]. 中国文学研究，2011（01）.

114. 郝晓静. 雷克斯罗斯的英译汉诗在西方的传播与接受 [J]. 北京科技大学学报（社会科学版），2015（04）.

115. 胡大伟，蒋显文，易瑞英."意象派"诗歌创作原则对中国古典诗词翻译的启示 [J]. 南华大学学报，2014（01）.

116. 胡开宝，胡世荣. 论接受理论对于翻译研究的解释力 [J]. 中国翻译，2006（05）.

117. 胡筱颖，韩倩.《群玉山头》经典成因探微 [J]. 四川师范大学学报，2021（09）.

118. 黄国文. 从《天净沙·秋思》的英译文看"形式对等"的重要性[J]. 中国翻译, 2003（03）.

119. 黄立. 肯尼斯·雷克思罗斯译笔下的中国女诗人[J]. 外语与外语教学, 2017（2）.

120. 黄丽娟. 永无疲倦的探索者——英国浪漫主义诗人拜伦的艺术与人生[J]. 淮北煤炭师范学院学报, 2003（02）.

121. 黄耀华. 莎士比亚第十八首十四行诗修辞方法研究[J]. 现代语文（学术综合版）, 2017（06）.

122. 霍拉勃. 接受理论[A]. 姚斯, 霍拉勃. 接受美学与接受理论[C]. 周宁, 金元浦, 译. 沈阳: 辽宁人民出版社, 1987.

123. 季进, 钱穆生. 探访中国文学的"迷楼"——宇文所安教授访谈录[J]. 文艺研究, 2010（09）.

124. 姜燕. 理雅各《诗经》翻译初探——基督教视域中的儒家经典[J]. 东岳论丛, 2011（09）.

125. 江美玲. "自我"与"自然": 顾城诗歌的审美维度之一[J]. 创作平谭, 2005（12）.

126. 蒋孔阳. 唐诗的审美特征[J]. 文史知识, 1985（10）.

127. 金春笙. 汉诗英译"形式对等"重要性之我见——与黄国文先生商榷[J]. 中国翻译, 2007（02）.

128. 金惠敏, 易晓明. 意义的诞生[J]. 外国文学评论, 1988（04）.

129. 金元浦. 感受文体学: 客体的消失[J]. 海南学刊, 2017（02）.

130. 金元浦. 论接受美学产生的历史渊源（下）[J]. 青海师范大学学报（社会科学版）, 1991（01）.

131. 李冰梅. 韦力创意英译如何进入英语文学——以阿瑟·韦利翻译的《中国诗歌170首》为例[J]. 中国比较文学, 2009（03）.

132. 李赋宁. 古英语史诗《贝奥武甫》[J]. 外国文学, 1998（06）.

133. 李航. 布拉格学派与结构主义符号学[J]. 外国文学评论, 1989（02）.

134. 李林波. 论创作取向的翻译——以庞德、斯奈德等人英译中国古诗为例[J]. 外语教学, 2010（03）.

135. 李林菊, 胡鸿志. 接受美学理论和电影片名的翻译[J]. 电影评介,

2006（24）.

136. 李瑞凌. 出神入化了无痕——汪榕培翻译诗歌典故策略管窥［J］. 大连海事大学学报（社会科学版），2016（01）.

137. 李瑞凌. 接受美学视阈下诗歌模糊词翻译的"显"与"隐"［J］. 长春理工大学学报，2011（12）.

138. 李新德. 理雅各对《诗经》的翻译与诠释［J］. 文化与传播，2013（05）.

139. 李娅红. 卡明斯视觉诗中视觉模态隐喻的哲性思维模式及审美维度［J］. 西安外国语大学学报，2012（04）.

140. 李振. 文医艺术相与为一：中国古典涉医诗曲英译的接受美学观［J］. 南京医科大学学报（社会科学版），2014（05）.

141. 李正栓. 徐忠杰翻译原则研析［J］. 外语与外语教学，2005（10）.

142. 林从龙. 诗词的鉴赏标准［J］. 东坡赤壁诗词，2012（03）.

143. 林嘉新. 美国汉学家华兹生的汉学译介活动考论［J］. 中国文化研究，2017（03）.

144. 刘峰. 读者反应批评—当代西方文艺批评的走向［J］. 外国文艺研究，1988（02）.

145. 刘杰，马丽丽，杨秀珊，王佳坤. 亚历山大·蒲柏诗歌艺术探究［J］. 佳木斯大学社会科学学报，2007（06）.

146. 刘俊林. 从风格、美学角度分析《天沙净·秋思》的两个英译本［J］. 青年作家：中外文艺，2010（11）.

147. 刘月明. 接受美学视野下的译者与译文本——以古诗英译过程中的虚实关系嬗变为例［J］. 中国文学研究，2015（04）.

148. 刘尊明，王兆鹏. 唐宋词美学研究的新突破［J］. 文学遗产，1999（04）.

149. 陆娟. 诠释学不同流派对翻译学发展的影响［J］. 宁夏大学学报（人文社会科学版），2012（05）.

150. 罗志野. 莎士比亚的诗论［J］. 吉安师专学报，1997（02）.

151. 吕俊. 奎因的'翻译不确定性'到底是什么意思：对一个译学中哲学误读的纠正［J］. 上海翻译，2002（02）.

152. 吕佩爱. 马修·阿诺德对威廉·华兹华斯的评价浅析［J］. 井冈山

大学学报，2014（01）.

153. 马士奎. 蔡廷干和《唐诗音韵》[J]. 名作欣赏，2012（33）.

154. 倪修璟，张顺生，庄亚晨. 西方唐诗英译及其研究状况综述[J]. 语言教育，2013（11）.

155. 聂敏里. 古典学的兴起及其意义[J]. 世界哲学，2013（04）.

156. 潘蕾. 古英语诗歌的发展与中国新诗散文化之比较[J]. 山西大学学报，2010（05）.

157. 潘颂德. 朱湘的诗论[J]. 河南师范大学学报（哲学社会科学版），1989（04）.

158. 潘啸龙. "楚辞"的特征和对屈原精神的评价[J]. 安徽大学报，1996（02）.

159. 潘智丹. 中国古典诗歌意境翻译新探[J]. 外语与外语教学，2017（01）.

160. 彭彩云. 论朱湘的古典美及外来融合[J]. 求索，2003（01）.

161. 彭启福. 西方诠释学诠释重心的转换及其合理走向[J]. 安徽师范大学学报（人文社会科学版），2003（02）.

162. 荣立宇，张媛. 杨宪益汉诗英译理念的变迁——从《楚辞》到《红楼梦》[J]. 上海理工大学学报（社会科学版），2018（01）.

163. 束定芳. "境界"与"概念化"——王国维的诗歌理论与认知语言学中的"概念化"理论[J]. 外语教学，2016（04）.

164. 司德花，洪爱云. 约翰·多恩诗歌赏析[J]. 齐齐哈尔大学学报（哲学社会科学版），2010（01）.

165. 史诗源. 英语现代主义诗歌的源流[J]. 廊坊师范学院学报，2016（04）.

166. 宋延辉. 接受理论下探析许渊冲对《江南》的英译[J]. 吉林广播电视大学学报，2012（02）.

167. 邵炜. 从傅雷《艺术哲学》的翻译看翻译的接受美学[J]. 四川外语学院学报，2008（06）.

168. 沈炜艳，吴晶晶. 接受美学理论指导下的《红楼梦》园林文化翻译研究——以霍克斯译本为例[J]. 东华大学学报（社会科学版），2015（01）.

169. 寿敏霞．儿童文学翻译综述［J］．宿州教育学院学报，2008（02）．

170. 陶友兰．从接受理论角度看古诗英译中文化差异的处理［J］．外语学刊．2006（01）．

171. 王贵明．论庞德的翻译观及其中国古典诗歌的创意英译［J］．中国翻译，2005（11）．

172. 王辉．"扮成英诗的中国诗"——理雅各《诗经》1876年译本研究［J］．中国社会科学院研究生院学报，2017（02）．

173. 王辉．理雅各英译儒经的特色与得失［J］．深圳大学学报，2003（04）．

174. 王佃中．济慈的诗歌理念及其诗美艺术空间营造［J］．浙江大学学报（人文社会科学版），2005（04）．

175. 王建开．从本土古典到域外经典［J］．翻译界，2016（02）．

176. 王宁．沃尔夫冈·伊瑟尔的接受美学批评理论［J］．南方文坛，2001（05）．

177. 王庆奖．上世纪六十年代以来西方文化研究中的权力议题［J］．昆明学院学报，2010（05）：68-73．

178. 王庆奖．文本、文化与颠覆［J］．学术探索，2004（5）．

179. 汪榕培．今人译古诗——英译《古诗十九首》札记［J］．解放军外国语学院学报，1996（06）．

180. 王英志．清代四大诗说评说（上）［J］．文史知识，1991（09）．

181. 王占威．浅谈《诗经》语言美［J］．语文学刊，1995（02）．

182. 王佐良．十八世纪英国诗歌［J］．外国文学，1990（02）．

183. 魏家海．王红公汉诗英译的文化诗性融合与流变［J］．外文研究，2014（01）．

184. 魏家海．宇文所安的文学翻译思想［J］．北京理工大学学报，2010（06）．

185. 吴伏生．翟理斯的汉诗翻译［J］．铜仁学院学报，2014（06）．

186. 吴琼军．《天沙净·秋思》三英译的接受效果分析——来自德州大学孔子学院师生的问卷调查［J］．湖北第二师范学院学报，2016（01）．

187. 吴涛．华兹生的中国典籍英译对中国文化"走出去"的启示［J］．昆明理工大学学报（社会科学版），2018（02）．

188. 吴祥云."诗歌鉴赏五象美"在中国古诗英译中的应用[J].昭通学院学报,2014(02).

189. 习华林.意象在英汉诗歌翻译中的地位[J].外语教学,2001(06).

190. 肖明翰.乔叟对英国文学的贡献[J].外国文学评论,2001(04).

191. 谢淼.在汉学家阐释与阐释汉学家之间——读季进的《另一种声音——海外汉学访谈录》[J].东吴学术,2012(05).

192. 辛红娟.杨宪益诗歌翻译的中庸之道[J].湖南科技大学学报(社会科学版),2018(03).

193. 熊辉.民族文化审美与外国诗歌形式的误译[J].山东外语教学,2009(6).

194. 许德楠.宋词三阶段:婉约、豪放、醇雅——典型的"一分为三"的文学发展形态[J].中国韵文学刊,2003(02).

195. 徐伟儒.音形义在别样美——评汪榕培《英译陶诗》[J].外语与外语教学,2001(08).

196. 徐晓红.简论闻一多的新诗"三美"原则[J].无锡教育学院学报,1999(04).

197. 许钧.怎一个"信"字了得:需要解释的翻译现象[J].译林,1997(1).

198. 徐艳萍.评威廉·卡洛斯·威廉斯的《红色手推车》[J].西安电子科技大学学报(社会科学版),2002(03).

199. 徐宜修.接受美学理论视域下的诗歌翻译——以李商隐诗《锦瑟》英译为例[J].绍兴文理学院学报(哲学社会科学),2014(05).

200. 许渊冲.新世纪的新译论[J].中国翻译,2000.

201. 严晓江.孙大雨《屈原诗选英译》的翻译特色[J].重庆交通大学学报(社科版),2013(06).

202. 叶新,林曦,从林语堂看中国文化走出去[J].中国出版,2012(09).

203. 余荩.中国诗歌鉴赏理论的建构与走向[J].浙江社会科学,1999(06).

204. 余蕾.黑格尔诗论中的艺术辩证思想[J].求索,1999(02).

205. 余荣琦.接受美学视阈下的译者主体性研究——兼论文学作品自译中的译者主体性体现[J].西南科技大学学报(哲学社会科学版),2013(02).

206. 袁锦翔．一位披荆斩棘的翻译家——初大告教授译事记述［J］．中国翻译，1985（02）．

207. 翟萍．从接受美学视角探析庞德误译［J］．学海，2008（03）．

208. 赵旭卉．接受美学视角下中诗英译的两难选择［J］．长沙大学学报，2013（06）．

209. 张积模．试评翁显良教授《古诗英译》一书的得与失——兼谈散文体译诗的利弊［J］．解放军外国语学院学报，1992（04）．

210. 张洁．阐释学视阈下阿瑟·韦利的诗歌译介［J］．江苏社会科学，2016（4）．

211. 张萍，王宏．从《诗经》三译本看理雅各宗教观的转变［J］．国际汉学，2018（02）．

212. 张涛．耶稣会会士之著译：孔子进入美国的最初媒介［J］．社会科学辑刊，2017（03）．

213. 张晚林．论中国传统美学对审美实践维度的建立［J］．中南大学学报（社会科学版），2008（06）．

214. 张西平．传教士汉学的重要著作［J］．读书，2004（11）．

215. 张晓梅．叶嘉莹诗词批评及诗学研究评述［J］．文学评论，2007（06）．

216. 张秀燕．林语堂英文小说 Moment in Peking 在中国的译介与接受［J］．北京第二外国语学院学报，2014（04）．

217. 张旭曙．朱光潜"诗境"说述评［J］．古籍研究，2001（03）．

218. 张振翱．卡洛琳·凯瑟与她的拟中国古诗［J］．东吴教学（社会科学版），1988（06）．

219. 张振军．从三种英文本中国文学选集看苏轼作品在西方的传播与接受［J］．中国苏轼研究，2016（02）．

220. 赵毅衡．中国新诗运动中的中国热［J］．读书，1983（05）．

221. 赵云龙．初大告诗歌翻译活动探析——以《中华隽词一〇一首》为例［J］．外语与翻译，2015（2）．

222. 郑燕虹．论中国古典诗歌对肯尼斯·雷克斯洛斯创作的影响［J］．外国文学研究，2006（4）．

223. 周红民．论读者接受与翻译手段之关系［J］．西安外国语大学学报，

2008（03）.

224. 周来祥，戴孝军. 走向读者——接受美学的理论渊源及其独特贡献[J]. 贵州社会科学，2011（08）.

225. 周启付. 谈莎士比亚的十四行诗[J]. 外国文学研究，1982（02）.

226. 周维新，周燕. 杜诗与翻译[J]. 外国语，1987（06）.

227. 朱斌. 斯奈德译寒山诗对古诗英译的启示[J]. 安康学院学报，2016（06）.

228. 朱刚. 从文本到文学作品——评伊瑟尔的现象学文本观[J]. 国外文学，1999（02）.

229. 朱徽. 唐诗在美国的翻译与接受[J]. 四川大学学报，2004（04）.

230. 朱建平. 翻译研究·诠释学和接受美学：翻译研究的诠释学派[J]. 外语教学理论与实践，2008（02）.

学位论文：

231. 曹丽霞. 从姚斯的接受理论看现阶段儿童文学翻译——达尔作品任溶溶译本研究[D]. 重庆：四川外国语大学，2013.

232. 曹颖. 加里·斯奈德英译中国古诗的文学他国化历程[D]. 成都：西南民族大学，2014.

233. 柴孙乐子. 读者主体性地位及其对译者翻译策略的影响[D]. 合肥：合肥工业大学，2007.

234. 陈橙. 阿瑟·韦利中国古诗英译研究[D]. 成都：四川大学，2007.

235. 陈赓钒. 目的论看许渊冲诗歌翻译的读者接受——个案研究《琵琶行》英语读者[D]. 广州：广东外语外贸大学，2008.

236. 郭小春. 寒山诗在美国的接受和变异研究——以斯奈德寒山诗译本为例[D]. 成都：西南交通大学，2015：13–38.

237. 黄曼婷. 从接受美学角度探析庞德的误译[D]. 北京：北京外国语大学，2014.

238. 蒋蕊鞠. 论译者的主体性——接受理论视野下《水浒传》赛珍珠英译本中108将人物绰号翻译分析[D]. 成都：西南交通大学，2015.

239. 蒋伟平. 林语堂《浮生六记》文化负载词的翻译：接受美学视角

[D]．长沙：中南大学，2008．

240．康姝媛．接受理论与翻译策略——以《西游记》的两个英译本为例[D]．西安：西安电子科技大学，2008．

241．来伟婷．接受美学视角下中国古典诗词英译的案例调查研究[D]．杭州：浙江师范大学，2012．

242．李百温．文学翻译中译者主体性研究：哲学阐释学和接受美学模式[D]．北京：中国石油大学，2007．

243．李忱．从接受美学的视角论述广告翻译[D]．北京：北京第二外国语学院，2010．

244．李洪乾．接受理论指导下的古典汉诗英译中的意象再现[D]．长沙：国防科学技术大学，2006．

245．李巧珍．从接受美学视角看《诗经》的英译[D]．武汉：华中师范大学，2008．

246．李树．接受美学和目的论视角下的英汉电影片名翻译研究[D]．杭州：浙江大学，2009．

247．李昕．许渊冲诗歌翻译思想及其实践研究[D]．齐齐哈尔：齐齐哈尔大学，2016．

248．廖卡娜．接受美学视阈中的译者角色——以郭沫若《少年维特之烦恼》为例[D]．重庆：四川外语学院，2010．

249．梁颖．接受美学视角下《唐诗三百首》中谶诗的翻译研究[D]．南京：南京财经大，2016．

250．刘利晓．接受美学视阈下模糊语言在《红楼梦》翻译中的审美再现[D]．长沙：中南大学，2010．

251．刘琪．接受理论下的文本空白对比分析——以《天净沙·秋思》五个英译本为例[D]．南昌：江西财经大学，2012．

252．孟娆．汪榕培古诗英译技巧探究[D]．大连：大连海事大学，2010．

253．孟雪．接受美学视角下《楚辞》许译本研究[D]．郑州：郑州大学，2015．

254．闵莉．接受理论下诗歌文本空白之英译——《锦瑟》及其七个英译本的对比研究[D]．南昌：江西财经大学，2014．

249

255. 唐丹. 接受美学视角下儿童文学的翻译研究——以《夏洛特的网》两个汉译本为例 [D]. 长沙：中南大学，201.

256. 王佳妮. 中国古典诗歌英译"假象等值"现象——审美传递与接受过程分析 [D]. 广州：广东外语外贸大学，2006.

257. 王绍祥. 西方汉学界的"公敌"——英国汉学家翟理斯（1845—1935）研究 [D]. 福州：福建师范大学，2004.

258. 王伟. 接受美学视角下的文学翻译——林纾译《拊掌录》研究 [D]. 武汉：华中师范大学，2013.

259. 王玮. 接受美学理论视角下情景喜剧的字幕翻译研究——以《生活大爆炸》字幕翻译为例 [D]. 上海：上海外国语大学，2013.

260. 王琰. 从接受理论看译者主体性——以《聊斋志异》的两个英译本为例 [D]. 北京：中国石油大学，2013.

261. 王再玉. 从接受理论看李白诗歌的翻译 [D]. 衡阳：南华大学，2008.

262. 韦黎丽.《孔雀东南飞》不同英译本的接受美学角度分析 [D]. 南宁：广西大学，2015.

263. 吴英. 接受理论视角下《还乡》三译本的对比研究 [D]. 武汉：华中师范大学，2015.

264. 肖雨源. 新闻模糊语汉译过程中的读者接受 [D]. 长沙：中南大学，2012.

265. 谢晓. 接受美学观照下的许渊冲诗歌翻译研究 [D]. 合肥：安徽大学，2012.

266. 谢晓禅. 从接受理论的角度看古诗翻译标准的多元性 [D]. 上海：上海海事大学，2007.

267. 邢程. 接受美学视角下看古诗词文化意象的英译——以许译《唐诗三百首》为案例 [D]. 武汉：华中师范大学，2013.

268. 熊英. 从阐释学和接受美学的角度论译者的主体性 [D]. 重庆：重庆大学，2007.

269. 徐永乐. 从接受理论的角度看译者主体性的发挥 [D]. 沈阳：东北大学，2009.

270. 薛慧. 从接受美学角度看陶渊明田园诗歌的不同英译本 [D]. 济南: 山东师范大学, 2012.

271. 杨纯. 接受美学视角下儿童文学的翻译策略——以 *A Little Princess* 汉译为例 [D]. 长沙: 湖南大学, 2013.

272. 杨锋兵. 寒山诗在美国的被接受与被误读 [D]. 西安: 陕西师范大学, 2007.

273. 阳小玲. 汉语古诗词英译"意象美"的"有条件"再现——基于接受美学理论的阐释 [D]. 长沙: 中南大学, 2012.

274. 姚婕. 文学翻译中译者主体性和潜在读者美学接受之研究 [D]. 上海: 上海外国语大学, 2006.

275. 姚娜. 接受美学视角下《长恨歌》两个英译本比较研究 [D]. 镇江: 江苏科技大学, 2014.

276. 于杉. 接受美学视角下《茶馆》两译本中文化负载词的比较研究 [D]. 长春: 吉林大学, 2015.

277. 张洁. 从接受美学视角看陶渊明诗歌中的意象翻译 [D]. 苏州: 苏州大学, 2013.

278. 张钦. 从读者反应角度谈中诗英译 [D]. 西安: 西安电子科技大学, 2007.

279. 张婷婷. 从诗学角度看《域外小说集》之接受失败 [D]. 重庆: 四川外语学院, 2011.

280. 郑洁. 中国古典诗词中模糊美英译的研究——从接受美学的角度出发 [D]. 重庆: 重庆大学, 2007.

281. 郑翔. 接受美学视域下广告修辞的翻译 [D]. 合肥: 合肥工业大学, 2010.

282. 周海英. 从接受美学角度分析功能法在英汉广告翻译中的应用 [D]. 上海: 上海外国语大学, 2007.

283. 周蒙. 接受美学视角下寒山诗英译研究——以斯奈德英译为例 [D]. 杭州: 杭州师范大学, 2016.

284. 周锡梅. 从接受美学视角看吴钧陶与 Witter Bynner 的杜诗英译 [D]. 上海: 上海外国语大学, 2010.

285. 朱慧芬. 从接受美学的角度对《红楼梦》诗歌英译的对比分析 [D]. 杭州：浙江大学，2007.

论文集：

286. 曹明伦. "论对外文化传播与对外翻译" [C].《第四届中国翻译史高层论坛暨首届国际话语体系创新研究高层论坛》上的主旨演讲，重庆，2018 年 11 月 18 日.

287. 翁显良. 观点与笔调 [C]. 杨自俭，刘学云. 翻译新论：1983—1992. 武汉：湖北教育出版社，2003.

288. 翁显良. 浅中见深——汉诗英译琐议之二 [A]. 诗词翻译的艺术 [C]. 北京：中国对外翻译出版公司，1987.

289.《中国翻译》编辑部，主编. 文化思路织思——献给许渊冲学术思想与成就研讨会 [C]. 北京：国际文化出版公司，2001：483.

290. 朱炎. 中西文化之异同 [C]. 郁龙余，编. 中西文化异同论. 北京：生活•读书•新知三联书店，1989.

工具书（词典与教材）：

291. 辞海编辑委员会. 辞海（缩印本）[Z]. 上海：上海辞书出版社，1979.

报刊：

292. 葛兆光. 什么才是"中国的"文化 [N]. 新华每日电讯，2015-09-25（13）.

293. 刘重德. 庞德两行短诗译文评介 [N]. 文学翻译报，1989-09（01）.

294. 马士奎. 唐诗英韵和蔡廷干的学术情怀 [N]. 中华读书报，2016-12-14（14）.

295. 闻一多. 诗的格律 [N]. 晨报•诗镌，1926-5-13（07）.

296. 辛红娟. 中国典籍"谁来译" [N]. 光明日报，2017-2-11（11）.

297. 英美汉学家经典著述：助推汉语教学和汉学研究 [N]. 中国新闻网，2014-12-24.

网页：

https://baike.baidu.com/item/%E9%83%AD%E8%91%97%E7%AB%A0/1588151?fr=aladdin

http://cul.qq.com/a/20150714/041266.htm

http://news.takungpao.com/world/roll/2015-06/3035289.html

http://paper.people.com.cn/rmrbhwb/html/2018-02/28/content_1838815.htm

http://rpo.library.utoronto.ca/glossary

http://whb.cn/zhuzhan/kandian/20160911/68983.html

http://www.Pen.org/2015-penralph-manheim-medal-translation

https://www.chinatimes.com/cn/realtimenews/20180926003407-260405

http://www.cefc-culture.co/2017/06/专访英国汉学家闵福德教授/

附录　调查问卷

(发放样本)

Research on Receptional Aesthetic and Translation
of Chinese Classic Poetry

　　This research is on the *Receptional Aesthetic and Translation of Chinese Classic Poetry*, the purpose of which is to understand the level of reader's acceptance of the translation of Chinese classic poetry among the international students who are studying in Chinese universities and colleges, and native English speakers who are studying Chinese in the non-native Chinese context, or who are of interest in Chinese culture.

　　The entire questionnaire would take you 10-15 minutes. There are no definite answers to most of the questions. We encourage you to remain honest during the survey. The research is conducted in an annonymous manner. All data collected from the survey will be kept confidentially for academic research purpose only.

　　Thanks very much for taking your time to participate in this research!

Personal information:

1. Sex: male (　) 　female (　)
2. Native speaker of English: Yes (　) / No (　)
3. Educational level:

Bachelor ( )

Master ( )

Ph. D ( )

Others ( )

4．Degree of Chinese：

Fluency ( )

Good ( )

Poor ( )

Never ( )

Section One General Study

(Please mark √ in the frame according to your own conditions and ideas)

1 = Strongly disagree

2 = Disagree

3 = Neutral

4 = Agree

5 = Strongly agree

Items	1	2	3	4	5
I am conscious of the similarities and differences between Chinese culture and my own culture.					
I know the customs and traditional cultures of China.					
I have a general understanding of some basic features of Chinese and English, and get to know some basic differences between the two languages.					
I know some commonly-used translation methods.					
I know the basic translation theories nowadays.					
I often read the English translation of classic Chinese poetry.					

(Please choose A, B, C or D according to your own understanding and ideas)

Items	A	B	C	D
How do you like the English versions of classic Chinese poetry? A. very much B. average C. not very much D. dislike				
To your understanding, the ideal translators on classic Chinese poetry should be ( ). A. English native speaker excelling in both Chinese and poetry B. Chinese translator excelling in both English and poetry C. The cooperation of English native speaker and the Chinese translator D. Sinologist excelling in both Chinese and English as well as poetry				

Section Two: Case Study

Case 1: Poem

登鹳雀楼

王之涣

白日依山尽，

黄河入海流。

欲穷千里目，

更上一层楼。

Questions on "《登鹳雀楼》(*On the Stork Tower*)":

1) In this section there are two versions of 《登鹳雀楼》(On the Stork Tower). According to your own understanding, which one is more poetic? Please choose the one that you think is the best and mark your answers on the following bracket. (   )

A

The bright sun rests on the mountain, is gone.
The Yellow River flows into the sea.
If you want to see a full thousand miles,
Climb one more storey of this tower.

B

The sun beyond the mountains glows;
The Yellow River seawards flows.
You can enjoy a grander sight
By climbing to a greater height.

2) Could you please briefly explain the reasons on the above choice?
   _____

3) What is your general impression on the *diction* of the selected version?
   (Rank from 1-5, 1 represent the lowest while 5 the highest)
   Difficult of understanding1. (　) 2. (　) 3. (　) 4. (　) 5. (　)
   Acceptability1. (　) 2. (　) 3. (　) 4. (　) 5. (　)
   Aesthetic value1. (　) 2. (　) 3. (　) 4. (　) 5. (　)

Case 2: Poem

春晓

孟浩然

春眠不觉晓，处处闻啼鸟。

夜来风雨声，花落知多少？

Questions on "《春晓》（*A Spring Morning*）":

1) In this section there are two versions of《春晓》(A Spring Morning)

. According to your own understanding, which one is more poetic? Please choose the one that you think is the best and mark your answers on the following bracket. ( )

A

I awake light-hearted this morning of spring,
Everywhere round me the singing of birds —
But now I remember the night, the storm,
And I wonder how many blossoms were broken.

B

How suddenly the morning comes in spring!
On every side you hear the sweet birds sing;
Last night amidst the storm — Ah, who can tell,
With wind and rain, how many blossoms feel?

2) Could you please briefly explain the reasons on the above choice?
   _____

3) What is your general impression on the *diction* of the selected version?
   (Rank from 1-5, 1 represent the lowest while 5 the highest)
   Difficult of understanding 1. ( ) 2. ( ) 3. ( ) 4. ( ) 5. ( )
   Acceptability 1. ( ) 2. ( ) 3. ( ) 4. ( ) 5. ( )
   Aesthetic value 1. ( ) 2. ( ) 3. ( ) 4. ( ) 5. ( )

Thank you very much for your patience and cooperation